孟繁华 主编

年度百部篇正典

成长如蜕 叶弥
贫嘴张大民的幸福生活 刘恒
午后的诗学 李洱
致无尽岁月 池莉

北方联合出版传媒(集团)股份有限公司
春风文艺出版社
·沈阳·

图书在版编目（CIP）数据

成长如蜕/叶弥著. 贫嘴张大民的幸福生活/刘恒著. 午后的诗学/李洱著. —沈阳：春风文艺出版社，2018.7（2022.1重印）
（百年百部中篇正典/孟繁华主编）
本书与"致无尽岁月"合订
ISBN 978-7-5313-5457-4

Ⅰ. ①成… ②贫… ③午… Ⅱ. ①叶… ②刘… ③李… Ⅲ. ①中篇小说—小说集—中国—当代 Ⅳ. ①I247.5

中国版本图书馆CIP数据核字（2018）第086521号

北方联合出版传媒（集团）股份有限公司
春风文艺出版社出版发行
http://www.chunfengwenyi.com
沈阳市和平区十一纬路25号 邮编：110003
北京一鑫印务有限责任公司印刷

选题策划：单瑛琪	责任编辑：韩 喆
封面设计：琥珀视觉	责任校对：陈 杰
印制统筹：刘 成	幅面尺寸：145mm × 210mm
字　　数：199千字	印　　张：8.25
版　　次：2018年7月第1版	印　　次：2022年1月第5次
书　　号：ISBN 978-7-5313-5457-4	
定　　价：39.00元	

版权专有　侵权必究　举报电话：024-23284391
如有质量问题，请拨打电话：024-23284384

百年中国文学的高端成就
——《百年百部中篇正典》序

孟繁华

从文体方面考察，百年来文学的高端成就是中篇小说。一方面这与百年文学传统有关。新文学的发轫，无论是1890年陈季同用法文创作的《黄衫客传奇》的发表，还是鲁迅1921年发表的《阿Q正传》，都是中篇小说，这是百年白话文学的一个传统。另一方面，进入新时期，在大型刊物推动下的中篇小说一直保持在一个相当高的水平上。因此，中篇小说是百年来中国文学最重要的文体。中篇小说创作积累了极为丰富的经验，它的容量和传达的社会与文学信息，使它具有极大的可读性；当社会转型、消费文化兴起之后，大型文学期刊顽强的文学坚持，使中篇小说生产与流播受到的冲击降低到最低限度。文体自身的优势和载体的相对稳定，以及作者、读者群体的相对稳定，都决定了中篇小说在消费主义时代能够获得绝处逢生的机缘。这也让中篇小说能够不追时尚、不赶风潮，以"守成"的文化姿态坚守最后的文学性成为可能。在这个意义上，中篇小说很像是一个当代文学的"活化石"。在这个前提下，中篇小说一直没有改变它文学性的基本性质。因此，百年来，中篇小说成为各种文学文体的中坚力量并塑造了自己纯粹的文学品质。中篇小说因此构成百年文学的奇特景观，使文学即便在惊慌失措的"文化乱世"中也取得了令人瞩目的艺术成就，这在百年中国的文化语境中不能不说是一个奇迹。作家在诚实地寻找文学性的同时，也没有影响他们对现实事务介入的诚恳和热情。无论如何，百年中篇小说代表了百年中国文学的高端水平，它所表达的不同阶段的理想、追求、焦虑、矛盾、彷徨和不确定性，都密切地联系着百年中国的社会生活和心理经验。于是，一个文体就这样和百年中国建立了如影随形的镜像关系。它的全部经验已经成为我们最重要的文学财富。

编选百年中篇小说选本，是我多年的一个愿望。我曾为此做了多年准备。这个选本2012年已经编好，其间辗转多家出版社，有的甚至申报了国家重点出版基金，但都未能实现。现在，春风文艺出版社接受并付诸出版，我的兴奋和感动可想而知。我要感谢单瑛琪社长和责任编辑姚宏越先生，与他们的合作是如此顺利和愉快。

入选的作品，在我看来无疑是百年中国最优秀的中篇小说。但"诗无达诂"，文学史家或选家一定有不同看法，这是非常正常的。感谢入选作家为中国文学付出的努力和带来的光荣。需要说明的是，由于版权和其他原因，部分重要或著名的中篇小说没有进入这个选本，这是非常遗憾的。可以弥补和自慰的是，这些作品在其他选本或该作家的文集中都可以读到。在做出说明的同时，我也理应向读者表达我的歉意。编选方面的各种问题和不足，也诚恳地希望听到批评指正。

是为序。

2017年10月20日于北京

目 录

成长如蜕……………………………叶　弥 / 001
贫嘴张大民的幸福生活……………刘　恒 / 058
午后的诗学…………………………李　洱 / 140
致无尽岁月…………………………池　莉 / 202

成长如蜕

叶 弥

说起我的弟弟,先要说我的父亲。

我的父亲是一位成功的企业家,计有两家工厂和四个经营部。资产累计近一个亿。用现在流行的话讲是完成了资本的原始积累。

作为第二代人中唯一的男性,弟弟无可选择地成了他事业的继承人。说是无可选择,是因为没有一个人问我的弟弟:你喜欢做这些吗?这就像强行给他穿上一件衣服,合适与不合适,其结果是一样的。

说起我父亲,就要说起那些特定历史时期的经济形势。

一九八八年,也就是改革开放的第十年,我父亲从一家中学里辞职。斯年他四十八岁,看守学校的大门将近两年。他的学历是大专,籍贯江苏无锡。他出生的那年,他爷爷在上海滩上创下的家业已面临四分五裂。但他总算过了几天小少爷的日子,据他的叙述,两周岁之前他从来没有下地走过路。所以他至今害怕走路，即使他在落难时也没有改变这个特性。那时候，我们一家四口人蜗居在一间十二平方米的屋里，夜间父亲也是蹲在马桶上撒尿，那种突兀而来的急促声音总是扰人清梦；而厕所就在屋子前面不到百米处。

父亲尽职地看守大门，把所有偷懒不肯下车的人拦下来，包括校长。人们随意而简便地叫他"看门老头"。没有谁知道这个看大门的老头身上流动着祖先善于经商的血液，也没有谁对他的处境表示惋惜。回想起来，那段鲜为人知的日子，可能是父亲一生中最自在的日子。你可以想见我的父亲在无所事事中懒洋洋地伸展四肢，日子因为平淡而显得缓慢，他在缓慢中享受着每天缓慢行走着的太阳光，在缓慢中体味着生命的坚实和漫长。父亲后来成了亿万富翁，唯独失去了那种坚实的缓慢感。他无法欣赏太阳在大地上展现的魔法，后来他就否定缓慢，并不自觉地对我弟弟的生活进行干涉。因为我弟弟这时正好在读大专二年级，整天津津有味地做着一些无关紧要的事。他的悠闲使父亲多少有些失落感，甚至对目前粗糙的生活感到不满。他对我弟弟说："你要继承我的事业，必定先要改变你的生活方式。"

我的父亲那天向校长递交了一份辞职报告，从此他主动积极地改变了自己的生活方式。当时所有的人吃了一惊：这是他们知道的第一份辞职报告。有人幸灾乐祸，以为父亲必定倒霉，有人替父亲担忧。但归根结底他们都对那份辞职报告十分好奇，对父亲隐藏的动机猜测不定。他们加紧了接近我父母的次数，母亲在学校的校办工厂做会计，她对前来探听情况的人报以既老实又不老实地歉然一笑，无可奉告之下让人觉得受了一场莫名其妙的怜悯。

校长当时捏着那份辞职报告只管发愣，他不知道这是怎样一回事。他不安，甚至有祸事临头的预感：为什么让他碰到这种事？这件事是否影响他的声誉，危及他的地位？于是校长婉劝、规劝、力劝，无效，就把辞职报告锁进抽屉里。父亲正式办理好辞职手续是在半年后，那时候，人们对"辞职"这一行为已不陌生了。

我父亲就这样成了经济改革以来第一代民营企业家（也就是私营企业主）。他们中的一些人一夜之间成了"暴发户"，他们的消费和生活方式刺激着别人的神经，其意义大过了赚钱本身。

人们最后的结论是，我父亲辞职的背后酝酿着一场重大的家庭变故。于是他们停止了议论，等待着。三四年过去了，什么事都没有发生，而我家却表现出让人喘不过气的欣欣向荣景象：有了那个时候所有的最高档的东西，私家车的号码是00018。后来我母亲也辞掉了工作，跟随我父亲了。我们家里一下子有了两个辞掉"铁饭碗"的人。

我家最初富有的那几年，应该说人们对待我家的态度还是友好的。一是我父亲的奋斗使他们具有了希望和新的梦想；二是他们潜意识里为我父亲的事业做了一个限制，不相信父亲真能发展成后来的规模。这也是时代给予他们想象上的制约。他们关心着我家里的一举一动，宽容着我家并做着希望的梦。母亲从学校离开以后，他们就从钟老师那里打听我家的消息。钟老师与我家同住一个大院，从他有时半开玩笑的回答中，他们知道了我家最新的经济动向：我父亲又开了一片厂；从刮西北风那天起我家窗后面的垃圾箱里天天有新吃下的蟹壳；母亲手腕上的金镯起码有三两重。

听的人不屑一顾，散去后就说："手上戴那么重的东西，自找苦吃。"或说："我要是钟老师早就搬走了，天天看着别人吃香喝辣的，气都气死了。"什么话都有。当时，由于改革开放，他们已经熟悉了我父亲这一类人，但越来越不习惯与我父亲这一类人生存在同一空间。好几年下来了，希望变成了失望，梦想更是让人烦躁沮丧。他们常常被迫与我父亲这些人做对比，并逐渐形成泾渭分明的对抗意识。这是一种来自两个经济阵营的对抗，最后发展为钟老师和我家两个家庭之间的矛盾。

我父亲老早就预见到了会有什么样的一种矛盾等着他。从我母亲添置第一枚金戒指时，他就读懂了钟老师眼里的蔑视。那种蔑视里有着种种复杂的、只有双方都是男人才能领会的意思。这一刹那，我父亲的心软了下来。他怜悯钟老师，理解他作为男人的处境。同时，为了息事宁人，我父亲采取了"绥靖"政策。经常给钟家送去各样礼物，衣料、水果什么的，借以平息两家人之间的潜伏着的矛盾，不管是何种意图，父亲的举动呈现着讨好的意思。也就在这时候，钟老师还是教务处主任的身份，而我的父亲又回到昔日看大门老头的职位。我现在想，如果钟老师当时只是摆摆姿态的话，我父亲可能会一如既往地扮演讨好的角色。但一九九一年的春节发生了一件事，使得两家人的平衡状态发生了变化。

那一年的春节，母亲在父亲的差使下，抱着一板冰冻对虾到钟家去。母亲是很不情愿的，她为"年夜饭"忙了一整天，现在又被丈夫差遣着做这件事。但是她还是去了，因为她知道，家里除了她没有第二个人可以担当这一任务。她双手合抱着冰冻对虾，手指头一碰到冰，就粘了上去，她不得不经常轮换着指头。她敲开钟老师家的门，走进去她就把那板冰冻对虾放在地上，不说任何话。钟老师的女人，人称莫老师的，一个在教育局管理档案的女人，把我的母亲叫住，扭捏地客气地说："拿了你们这么多的东西，穷老师，没有什么回报的，祝你们来年身体健康！"

一定是莫老师的话里有什么东西刺激了钟老师。反正我母亲后来说，她没有做错表情，她对莫老师的祝福报以同样客气的微笑。她走出钟家，绕过一口水井走到钟家屋后时，钟家的后窗户打开了，钟老师在里面声音不大不小地说："我看你不要客气，不拿白不拿。这些东西都是剥削工人的剩余价值得到的。我们吃，吃饱了好好教书，为人民服务。"我母亲气得浑身发抖，把围巾朝头上一蒙急急忙忙地回来了。这些话当然是讲给我母亲听的，没有谁会在刮着西北风的寒夜，把后窗户无缘无故地打开。

父亲听了我母亲的叙述，只说了一个字："哦。"

随后吃晚饭，看春节联欢晚会，守岁，放炮仗。一切都很平静。

过了春节，父亲开始实施他的报复行动。他雷厉风行地用了一系列优惠条件，把院子里除了钟老师的房子全部转为他个人可以使用的土地。（半年以后，房地产开始升温，表明他的决策在商业上也是成功的。购买时看上去很高的代价变得不足挂齿。）

父亲在办理建房手续时，速度快得惊人。别人猜测说，政府里的人跟院子里的房主一样被我父亲的糖衣炮弹打中了。钟老师尚未反应过来，院子里已经热火朝天开始打地桩了。接着发生了许多老师拥进校长室请求校长出面主持公道的事。钟老师拉着校长走进面目全非的院子里时，我父亲已经造好底楼了。他们毫无办法，他们的经济实力和智慧全都跟不上这个时代所需。校长站在那儿半天不能说话，既为钟老师愤怒，也为他自己不平。校长尽力掩饰住心中的不平，说："你造房子不能不考虑老钟的利益，你们是多年的邻居又是同事。人要讲究良心，合法也要合理。"

校长的口吻表明父亲依然是他的属下，但他的话并未激怒父亲分毫。作为一个既得利益者，我猜想父亲早已摆正了自己的位置，现在，他不是校长的下属，他是一个成功的企业家，他为社会创造了很大的财富，他的社会地位早就高过了昔日的校长。

父亲沉默着，而母亲却勃然大怒。她请校长放了屁赶快走，我家造三楼是城建局、规划局、土地局批准的，并不影响钟家通风采光。

校长在我母亲的怒骂声中及时找了台阶下，他临走时歉然地对钟老师夫妇说："有辱使命啊。我看你们再把情况朝上面反映一下。这个泼妇真是粗俗不堪，怪不得人家说赚了钱的都是有问题的人物。"他骂得曲里拐弯很是高妙。他既指我父亲若干年前曾因经济问题坐过监狱的事实，又指出当时发家致富的一批人的情况。当时流行着这么一个说法，说发财的个体户十有八九是从"山"上下来的。我母亲突然噤口，她向我父亲投过心虚的一瞥。而我的父亲还是沉默着。

三个月过后，一幢漂亮的三层楼房矗立在钟家的屋后。房前，与钟家的屋子之间，父亲辟了一块绿油油的草坪，并在上面栽了一些名贵的月季，每天清晨和傍晚时分给它们浇水，很悠然、很心平气和的样子。有时候他会发现其中的一朵花消失了，他也不追究。他知道是我弟弟把它摘走了。这朵花经历了一些不为人知的小小波折，出现在钟家的小女儿钟千媚的闺房里。父亲的脸上出现一丝淡然的笑容，他不反对青年人之间的游戏。

现在，我家的三层楼房雄壮地矗立于钟家的屋后，钟家的破旧老屋子就像个被大人欺负的小孩，流露出末路的寒酸和卑微，又像不堪后面无形的压力而马上要倾倒了。

一九九二年的春节之夜，钟老师悲愤地拟了一副对联贴于门上，说是：

斗转星移是非全颠倒
物是人非贫富太悬殊

在他的对联中，一连两次出现了"是"和"非"，我想他是故意的。钟老师在学校里教的语文课是一流的，他本人的语文水平也是有口皆碑的。他完全可以把重复出现的字用别的字替换掉。

那副对联第二天晚上就消失了。左联被钟千媚顺手拉下来甩在风中，右联被她的哥哥钟千里扯下来揉成一团，然后用打火机燃着烧尽。钟千里与我的弟弟是同学。钟老师喝了半瓶绍兴女儿红加饭酒，醉意蒙眬地瞅着一双儿女，沉重地叹了一口气，说道："唉。我不行了，认输。就看你们第二代是不是能打赢了。"

现在终于要说到我弟弟了，在这篇小说中我弟弟是最后出场的一个人物，然而他是主角。就好像戏幕拉开，锣鼓敲了一遍，众喽啰——走过场，最后主角登台亮相。上面说过，我父亲已经完成了资本的原始积累，接下来的事情全着落在我弟弟身上。他需要守业，需要创业，需要不断开拓市场，需要扩大再生产。他的成功和失败关系到他自己，关系到我父亲，关系到企业的命运，关系到我家和钟家对抗的最后结局。弟弟一直隐藏在父母的身后，缓慢地进行他的人生过程。然而现在他就要被推上前台了，他是关键性的人物。道路已经铺就，障碍也已设置好。我的父母心明如镜，他们要把儿子培养成合格的接班人，我弟弟的责任是太大了。

一九九三年秋，我弟弟从学校毕业，不管他的再三反对，父亲把他安置到主营厂担任法人代表。在这个问题上弟弟没有半点发言权。

在我父亲的创业史上，我弟弟有过一次登台亮相。那是我父亲交上辞职报告的当天晚上。我记得是深秋了，雨懒懒地打在窗外的梧桐叶上，那种冷冰冰的寂寞预示着漫长的冬季即将来临。我们一家四口人坐在客厅里。这是一间小小的会客室，它的一边放着两只单人沙发和茶几，另一边放着弟弟的钢丝床和一张饭桌，这种满满当当磕磕绊绊的情景是当时普通人家的写照。地板上刷的紫红色油漆脱落得斑驳陆离，靠东的墙上印着鬼脸般的雨水痕迹。为了表示郑重其事，母亲把桌子收拾得一尘不染，连当日的报纸都拿走了。而后父亲缓缓地开了口，他说他已经辞职了，不管校长同意与否，他都将经商。为了赚钱也为了创业。我注意到他是把赚钱和创业分成两个概念的。

父亲简单地把话说完就陷入惯常的沉默。他已经说出了他的动机与目的，赚钱和创业，这就是他辞职的全部动机和目的。为了今天，也许他已经付出了很大的代价。不过他意志坚定，就像石头缝下的一棵草芽，一场春雨过后，它就弯弯曲曲地从下面生机勃勃地钻了出来。父亲沉默以后，母亲说："爸爸很可能失败。他今年四十八岁了，如果失败的话，他就再也找不到工作。你们要养着他。"

母亲的话突然把气氛渲染得很酸楚。

父亲转脸瞧着我弟弟的反应。

我弟弟若无其事地歪倒在沙发里，说："没问题。"他接着又保证一下，"绝对没问题！"

家庭会随即散了。我的父母走进卧室把门关上。父亲在这一刻显得十分疲倦，我弟弟的保证并未使他感到欣慰，他反而对自己可能有的失败心惊胆战。

我弟弟却在陷塌的单人沙发里直起了身体，双眼略带忧郁聚精会神地倾听外面的雨声。他对我说："你听见没有？雨点落在梧桐叶上是沙啦啦的，落在芭蕉叶上是噼噼啪啪的。哈，愁因薄暮起，兴是清秋发。"我弟弟的脸色虔诚而感动，嘴里继续前言不搭后语。对他来说今天重要的不是父亲辞职，而是得到了雨声的什么启示。我毫不奇怪他的态度，这时候小城里的青年人，个个都在埋头写诗作文章，你到处都可以看见满脸激动、神经兮兮的文学青年。我弟弟正读高一，他终日陶醉在诗歌营造出来的虚幻的境界里。后来文学降温，我弟弟也不再狂热。他离开文学后，一直没有找到自己的位置。令我不解的是：为什么当初他能追赶文学的潮流，而后全民皆商成为潮流时，他却一反常态地不能成为其中一员？他并不是意志很坚定的人，因为文学降温，他也就对文学冷淡了。但为什么他顽固地抵抗着我父母呢？我父母的生活方式在什么地方与他的生活不相融，还是原本就是父子之间的权力对抗？

我弟弟是在被迫的情况下接受我父亲的安排的。我知道他一直都把世界机械地分成两大类：富人（强者）和普通人（弱者）。他是站在弱者这一边的，因他本身就具有怯弱的本性。他站在了父亲的对立面，这里面有着弟弟的善良愿望，更有着无法承受压力的软弱。在我弟弟走进商界之前，他的生活是懒散而浪漫的。他有一个朋友的圈子，圈子里都是他班级的同学，钟千媚有时也参加他们的活动。他们在一起纵情欢乐，心心相印。他们下围棋、打扑克、旅游。在月光下放歌，在雪地里喝啤酒。他们之间经常有一些看似矛盾却冲击心灵使友情不断加深的事发生。我曾经翻看过弟弟的照相簿，绝大多数都是在这个时期拍的黑白照片。有他与钟千媚搂着肩膀的，有他与钟千媚两个人抱着膝盖坐在台阶上的，更多的是七八个人搂着腰挤在一处。他们笑得轻松、纯洁、甜蜜，就像真的兄弟姐妹。弟弟在其中的几张集体照片上精心地用红笔写了"幸福"两个字，他那时真的觉得全世界的人都亲如兄弟姐妹。我父母有时把他拉到客户中去应酬，告诉那些客户：这是我唯一的儿子，他正在读企业管理。客户们马上知道这是未来的一厂之主，他们客气而有趣地打量他。我弟弟表现得很不耐烦，他不喜欢利益覆盖的虚伪。他总是一言不发，冷冷地观望着父亲的客户们财大气粗的面孔。但是他一开口，总能叫那些在商界中打滚的老油子发笑。我弟弟有一句著名的祝酒词："让天下的人都幸福。"

于是小城的商界掩口窃笑，知道我父亲有这样一个儿子。

我相信我弟弟并非矫情。在翻看他的照相簿时，我原以为一定会在他与钟千媚的照片后面也写上"幸福"字样，结果没有。我弟弟不是那种羞涩内向的少年。那就是说我弟弟寻求的不是个体之间的幸福，而是寻求他在群体中的认同。这样他才会觉得幸福。他愿意像一个普通人一样淹没在人堆里。他朋友的父母都是很清贫的,他在这些家庭出入,吃着朋友的母亲烧出来的煸青菜和清淡冬瓜汤,听着朋友的父亲对社会不公现象的议论,感受着清贫的然而其乐融融的家庭气氛,他会为朋友的父母平淡而充实的话语所感动。他心中也一定歉然,为自己的家庭有别于别人的家庭而内疚。自从我家渐渐富有后,我弟弟的朋友也渐渐鲜有上门。我父母像所有的富人一样爱清静,对上门来玩的青年人脸色不善,疑虑重重。这也是我弟弟抵抗我父母的原因之一吧,但我认为这还不是弟弟最深层的内心因素。

父亲不会听任弟弟朝反方向发展下去,他要尽快让儿子接他的班。

弟弟毕业后没多久,那是他刚从千岛湖旅游回来的一个日子,父亲把我弟弟叫进书房,拉上和客厅共用的铝合金移门,把我和母亲隔绝在外面。父亲和弟弟面对面地坐在真皮沙发里,弟弟的脸正好对着书房隔壁的花房,他闻不到花香,但能看见里面开着灿烂的玫瑰和月季。不一会儿我们听见父亲的叫喊声,母亲从健身房里跑出来,我从厨房里奔出来。我们同时看见父亲气呼呼地拉开移门。

父亲指着奔过来的母亲说:"你生的好儿子,骂我为富不仁。都是你平时纵容他的结果。"

这两句话说重了,母亲立即和父亲争执起来。突然父亲冲到院子里,不知从什么地方找出一根木棍,直奔我弟弟,一棍结结实实地砸下。弟弟危急中把身子一偏一弯,腰背那儿就响起了惊天动地的呼的一声,棍子断为两截。弟弟被打得单膝跪在了地上,他在慌乱里看见父亲捡起了一截断棍,赶紧忍痛一转身,攥住了父亲的双手。父子两个人涨红着脸，颤抖着手相持着。父亲口角边堆着白沫，只是低低地重复："打死你，打死你。"突然紧张的局面瓦解了，父亲把棍一松，仰天倒在了地毯上。父亲中风了。弟弟张皇地一抬头，看见花房里的花怒放着——被禁锢地生存着，弟弟的心中一刹那滑过这个想法。他跪下去扶起父亲的头，急急地说："爸，我们不吵了。"

父亲在医院治疗的日子里，拒绝见我弟弟。我弟弟每次来探望只好在窗户上敲三下，让我知道是他来了。我就找个借口来到走廊上，说几句话。有时候我们沿着医院边上的那条河散步，谈话就深入了。我劝他看在父亲年高力衰的分上，接任吧，他有时候表示得很决绝，有时候又显得犹豫不定。我就说你是跟一个假想中的敌人打仗吧？他说不是的。那么，我说："你就是为了千媚和你那帮朋友和父母作对，这样很有趣，很带劲是不是？"弟弟迷惘地笑了一声。

有一次我们信步走着，走到一座深宅大院前迷路了。八点多钟的冬天，月亮已冷峭地吊在天空。我们沿着宅子走了一圈找出路。这座宅子里面有座二层砖混结构的民居，从房了到围墙都涂成了黑色，在月光下显得阴森森的，让人害怕。从房子和大门的情况看来，这是一家新建不久的民宅。宅子后面栽着两排小松树，乱堆着废弃不用的建筑材料。弟弟指着树对我说，人家说，暴发户什么都可以得到，可他没办法让院子里的小树一夜之间长大。我说那有什么要紧的，到他儿子或者孙子手里，树就长大了。我们俩说话的时候，惊动了宅子里的两条狗。两条狗一递一声地汪汪叫喊，在月光下的旷夜中传得老远。弟弟抬起脚狠狠地朝黑墙上踢了几脚，骂道："妈的。恶心，这家人整个就是地主恶霸，再来一次革命才好。平均主义是最让人幸福的。"

而后弟弟问我还记不记得小时候在农村时，有一个地主把我们赶到河里去的事。我说那是我们小孩子不懂事，成天跟在他后面叫"地主，地主，坏分子"。我弟弟说他至今想起来这个人还觉得讨厌：他嘴角下撇深深地弯进腮里，脸上从无笑容。他有时候像只猴子一样龇牙咧嘴地朝我们叫喊："穷崽子们，老太爷玩金元宝的时候，你爷你奶只好光着屁股躲在旮旯里哭哭啼啼。"我承认那个地主确实面目可憎，但我认为在这个时候回忆这个地主是不合时宜的。我隐约地感觉到我弟弟绝不是单纯地替别人发泄不满，即使是为了求得某种群体的认同，也不至于如此偏激。

父亲一个月后从医院的贵宾房里搬回家。父亲消沉了一段时间，为他自己，为弟弟。但他很快振作起来了，他不是那种善罢甘休的人。他又开始逼迫我弟弟，无休止地谈话、争吵，一次又一次的家庭风波。最后，他在激动之下给弟弟跪下了，铁打的人也经不起这样的做法，弟弟上任了。我替父亲想一想，这样做值得吗？这里面除了父亲的意志在起作用外，另外还有什么因素在起作用？我的解释是一样东西：利润。父亲变得贪婪了。

我弟弟就这样被父亲强逼进了商界。他已经知道在这里不能对别人掏真心，不能说"让天下人都幸福"。他压抑着内心的反感，和他认定的一帮脑满肠肥的人、为富不仁的人打交道。他尽着最大的努力压抑自己的本性，但他有时还是顺应着内心的单纯，他因此显露出很多毛病：智慧不足，言语笨拙，头脑不灵，固执己见。他就像贸然闯入商界的一个怪物，他分不清朋友和敌人的界限。越是分不清，就越是想分清。结果他把自己搞得晕头转向。除了这个问题，他还有许多交易中的问题需要分清楚。譬如一位他熟悉的同行，我姑且称为甲爷。甲爷一口气能喝七瓶啤酒，且口不择言，上了桌子就骂同道、骂他自己。因而我弟弟在内心把他归为豪爽的一类人。

甲爷对我弟弟说："×地方的乙爷要到我厂里订一大批产品，这龟儿子养的。我这批货成本高，价格实在不能下去。我知道你厂里这种产品的成本比我低，你弄点打发他走吧。你记住了，我这边最低价格每台××元。这只乌龟王八蛋！"

我弟弟自然对送上门的生意兴奋不已，对甲爷心怀感激之情。于是我弟弟招待乙爷。乙爷肯定是要这批产品的，但乙爷表现出不急不躁的样子，拼命压价。弟弟每天招待他吃喝玩乐，并一步一步地在价格上退让，最后弟弟已经把价格降得比甲爷的价格还低一点。因为甲爷之前实际上已让弟弟遵守一个最低价的诺言，所以弟弟不再降价，而坚持着那个价格。到第五天，乙爷忽然丢下句："你这人太死心眼。"一声没吭地走了。

其实甲爷暗地里一直与乙爷有着联系。他知道我弟弟不会把价格压得太低，因为弟弟还信守诺言。他让乙爷与我弟弟接触，一来是放个烟幕弹，二是这几天的费用让我弟弟承担。甲爷从我弟弟那儿知道了最低价，就对乙说："怎么样，人家把价煞住了吧。我可以比这小子再优惠一点。这四天的吃用开销我加给你个人，就算我也招待你一回。"

乙爷提了产品悄悄地溜了。所以，他对我弟弟说了那句话。我弟弟后来听了这件事的内幕情况，这才明白了乙爷话里的含义，他怒不可遏之下又犯了错误：他去责问甲爷。甲爷全部承认。但他把责任推给了乙爷，是乙爷软缠硬磨之下他才这样干的，他现在也后悔了。甲爷甚至搀着我弟弟的手把他拉到财务室，翻开账簿，让我弟弟看乙爷把价格压得多么低，个人又拿了多少回扣。甲爷眼中都要滴出泪来。他说小老弟，我难哪，门面上好看，实则上我是打肿脸充胖子。这批产品卖出，虽说是没有利润，总算让资金流动起来。

我弟弟当然不好再发火，他心中恨恨的，对甲爷的人格产生了怀疑。在怀疑之下，我弟弟继续犯下错误：他与甲爷断交，而且在各种场合下表示对甲爷的鄙视。

我的父亲认为现在该他出面指导我弟弟了。父亲把事情的全部分析给我弟弟听，然后告诉我弟弟：第一，听说这件事后，只当没事。不能去责问甲爷。责问的本身就给了他解释的机会。而且这样做让他小看你。你要不动声色，让他心里寻思，不知道你下一步给他吃什么药。第二，如果他解释以后，你就不能和他断交。你不相信他的解释，他也知道你并不相信他的解释。那他为什么要做解释呢？他这样做是表示歉意。这时候，你就要大度地表示原谅。你得拉拢他，因为有了这件事后，在可能的情况下，他还会帮你一把。这就是商界互惠互利的原则。你与他断交，损失的只有你，你少了一条路。

我弟弟满脸的不解和好奇，说我把这件事宣扬得大家都知道了，别人还会信任他吗？还会跟他做生意吗？

父亲想对儿子说，傻子，这件事宣扬出去的结果就是让别人背地里嗤笑你。商人做生意时只有一个原则——有利可图。父亲忽然对我弟弟感到厌烦起来，他觉得自己快变成喋喋不休的娘儿们了。父亲一向喜欢沉默，他何尝说过这么多的话？他看着面前这个一米七五高的健壮的儿子，想，这个头脑简单的东西把我都改变了。

父亲说，我最后告诉你一句，用心学习才能进步。

我弟弟说，学什么？变得狠毒奸猾吗？我宁愿是个穷人。有一帮真诚的朋友，一个老婆，一个孩子，靠工资吃饭。父亲说，朋友？老婆？孩子？父亲说完就躺下睡觉了。从此后他真的对弟弟不闻不问。他从账面上转走了几笔款子，说是作为将来养老用。

甲爷这件事过后，我弟弟又陷入另一场骗局。有一个从国营厂里辞职出来的工程师，包里带着图纸找我弟弟，说是他刚研制出来的新产品。我弟弟看了看，认为可以开发，便买断了产品生产权，双方签订了合同，在公证处进行了公证。我弟弟在组织生产时，发现全市不下七八家厂都在生产这种产品，他赶紧去打听，才发现这个工程师把图纸如法炮制地卖给了这几家。我弟弟叫了几个朋友准备登门算账，工程师闻讯连夜逃到深圳去了。听说他后来在深圳发展得很好。我弟弟厌恶地告诉我，这个工程师平时有一句口头语，说除了钱，爹娘也不认的。就是这么个人，商界里许多人都佩服他。将来他成为大富翁的时候，他一定会津津乐道地向人叙述他当年如何从一群傻瓜手里骗来了原始的资本。

我父亲创下的企业在我弟弟僵硬的操作下，很快走了下坡路。一九九四年的下半年，企业出现严重亏损。我弟弟突然撂下摊子，失踪了。三天后他打来电话，说他已到了西藏。我告诉他，企业亏损，我父亲不怪他，请你回来吧。况且我就要生养了，B超上做出来的是一个女孩。他在电话那头唏嘘了，说他并不是畏罪潜逃。他现在在西藏,心里很安逸。他的外甥女儿长大后,什么都可以做,哪怕就是做妓女,也不要踏进商界半步,这里是世界最恶脏最丑陋的地方。他不是不能做好,他是实在不想勉强自己。我听出他的话里有一股酒意,就把电话挂了。我真想对他说,做妓女也是经商的一种。经商就是把物品卖个好价钱或者把自己卖个好价钱。挂断电话后,我就想西藏那个地方一定是很明净的。而后我感到了恐惧:弟弟的心理症结远比我想象的严重,受到的伤害也是巨大的。他踏入商界就如踏进了地狱,在这里他看不到他喜欢的和谐、平静、信义,他的心灵受着折磨,忍着来自各方面的嘲弄、讥笑和阴谋。现在他走了,脆弱得不堪一击。到西藏去是他防止发疯的最好选择。但是西藏能根治他的毛病吗?

我父亲在同线电话上听着我与弟弟的对话,不住地捶胸、咳嗽,却什么话也没说。我挂下电话后,父亲怔怔地坐在床上发呆。

已经是冬季了,第一场寒流袭击着城市。家里到处开着取暖的电器,厚厚的羊毛地毯散发着温馨可人的气息。当你听着外面西北风呼啸中树枝断裂的声音,你就会觉得家里的一切都变得厚重而温暖,变得如附在你身上的一件棉大衣。而我弟弟却在西藏远离他喜欢的这种氛围。我把父亲扶着躺下,尽量小心地不打扰他的思维,我敢肯定父亲现在想的不是弟弟而是他的企业,但我想错了,父亲躺下时惨然一笑,说:"我再狠,也狠不过命。"我无言,给父亲掖好被角。心中替他一阵悲哀:父亲信命了。

半夜时分,风突然停了。我掀开窗帘,世界呈现出狂怒后的安详和纯洁,月光洁净如水,地面上结了一层薄薄的冰面子,在月光下有时发出吱吱的断裂声。

我想弟弟所在的西藏,月亮会比此时此地的月亮更干净。但我不会为了追求一个干净的月亮跑到西藏去。这当中有着复杂的取舍,体现了一个人是否真正成熟。真正的成熟使人抑制某种欲望,牺牲某种信念,换取目前的平衡,这才是一种清醒的取舍,含有人生真正的悲壮。而弟弟却不屈不挠地追求他的镜中花或者水中月。弟弟小时候是个聪明实际的小孩,和大多数小孩一样,他会为一粒糖而使用点小心眼,或者为打碎的花瓶撒一个谎。我不知道是什么使他变成了今天这个样子,换而言之,他是为了什么才把自己塑造成今天的这个样子。

我要想想他以前的事。

我家是在一九七一年秋天下放到苏北农村的。弟弟那时是六岁。那时候农村的行政体制是人民公社,公社下面是大队,大队下面设小队。小队里面无可设置。社员就在口头上把小队分成一个个基本组成,叫×庄×庄的,叫姓的,叫地形特征的,叫树的名称的。我家住的地方紧密地分布着十几家人家,因为柳树又多又大,就称为大柳庄。我们一家在秋天的傍晚静悄悄地来到大柳庄,被安置在姓于的寡妇家里。寡妇也是外来人,四十多岁,身材高大结实。因为她的第二个儿子在县城水电站工作,所以她的一家都有着不可置疑的体面。深秋的雨一下,大柳庄的人就基本上没事了,成天朝一起聚,等待冬天来临,再把它熬过,熬到春暖,日子又有了希望。哪怕肚子吃不饱,身上却不会再感到西北风的寒冷。大柳庄不是最穷的庄,据说除了三年困难时期,从来没有一个人饿死或者出去要饭,这是大柳庄人的一笔巨大的精神财富。大柳庄的人一日三顿玉米稀汤,里面掺几根山芋干。如果谁家例外地烧了米饭,那一定要用碗盛着,当礼物一样送到左邻右舍。米饭里面放一块猪油,这就是美味佳肴了。我家安置下不久即学上了这里的规矩,隔三岔五地盛了米饭,让弟弟送出门。我记得母亲先是让我去的,但被弟弟热心而蛮横地夺走了这个差事。弟弟那时候愿意和别人交流,远不像现在这么在人前感到紧张。弟弟成了送饭使者,同时成了大柳庄里最受欢迎的人,他的一举一动都是别人嘴里的新闻。他可以坐在别人家的床上和大爷大妈大嫂拉家常,一本正经地问:"月亮怎么不摔到地上?"又问:"饭变成屎需要几个钟头?"于是第二天,这些社员在地里劳动时扶着铁锹说我弟弟这些新闻时,一脸的惊叹和迷惘。

  我弟弟在大柳庄感受到的气氛肯定影响了他今后的审美取向,农民的质朴,简单贫乏的日子中只剩下缓慢的对大自然的等待,等待到了好年成时大自然真诚而不露声色的感谢,懒散的没有一丝过多欲望的却时而闪现智慧的个性,爱我的弟弟并表现出赞许他的喜悦⋯⋯在我弟弟若干年后过着锦衣玉食的生活,耳闻目睹的却是丑陋的尔虞我诈时,回忆起来,大柳庄那里有理想中的完美的人际关系。他把大柳庄作为他心中的圣地而竭力维护。一九九二年夏,我父亲带着我弟弟回到大柳庄,我父亲的用意很明显,他开着自己的轿车,西装的口袋里鼓鼓囊囊地放满了崭新的十元钱。他带来的轰动效应不下于省委书记下乡,甚至比之更热闹。父亲到每一家熟人家里都坐一下,听着埋怨或者诉说,看着哽咽或者潸然泪下,欣赏着因崇敬而焕发的满脸红光所导致的手足无措。我父亲眯着眼睛慈祥地微笑,全盘接受各种深浅不同的形形色色的思想。可我弟弟在后来却一口咬定父亲是在玩猫捉老鼠的游戏,因为我父亲总是在听完许许多多的诉苦以后,才不慌不忙地从口袋里掏出准备好的钱发放。我弟弟在大柳庄之行回来的路上就和父亲吵开了。他讽刺父亲说,他应该把那一张张十元换成一元或者一角,这样拿出手的时候显得更多更漂亮。父亲说这是我辛苦赚来的钱,我愿意把它怎么样就怎么样。我弟弟说你这样做是在施舍懂吗?父亲说,这有什么奇怪的。这是施舍,谁不知道这是施舍。他们需要的就是施舍。我弟弟说你可以换一个方式帮助他们。父亲不耐烦地叫起来,难道要我既损失钱又要费心照顾别人的自尊心吗?儿子,如果你换在我的位置上,你也只能选择这种方式。别人不需要你如此挂心上,你最重要的是把自己挂在心上。我弟弟沉默了,眼睛看着窗外,在默思中,他把自己换到父亲的角色。他反复衡量,反复思考,从各个角度为父亲的行为找出理由和实施的必然性。最后他毅然地对父亲说:"不,我绝不会像你这样污辱他们。"

我弟弟曾经发誓要报答大柳庄人对他的爱护,但他至今没有实现过诺言。至于原因,情况不明,也许被我父亲当年说中了,我弟弟找不到有别于父亲的更好的做法。但在当时,我弟弟迈着短短的小细腿,端着比他小不了多少的盛满饭的大海碗,跨进每一家门槛,他确实给大柳庄人带来了最直截了当的、最实质性好处。因此,大柳庄人极是喜爱他。他在这里受到成年人的待遇:他可以面对面地与各位年长的坐在一条凳子上对话,从而感受浓醇的人情。但我的弟弟在长大成人后,不知道出于怎样的心理把起初的原因剔除了,把结果安排成原因:因为他受到了温暖的关怀,所以他对大柳庄怀有美好的感觉。我弟弟在这种偏差的美好回忆中固定了自己的人生观。实际中的大柳庄在他心中淡化了，只留下关于解释美好的误差性概念。他把这种概念当成现实世界的参照。我弟弟就是这样一步一步远离了现实世界而囿于他的丰富美丽的内心世界，大柳庄是重要的原因。

当他从他厌恶的那个世界仓皇出逃时（他的房间里撒了一地的零碎衣物，他甚至忘了拿他的一副二百多度的眼镜），我想过一个问题：他为什么选择了西藏而不是大柳庄，与大柳庄相比较，西藏的梦更遥远艰辛充满危机。他为什么舍近求远，舍易取难呢？我忽然明白了：我弟弟是个极聪明的人。他的聪明在于避开有损于他内心世界的一些事。我父亲馈赠钱时，大柳庄表现出的感激，或者诸如此类的过激情绪时，弟弟一定受到了震动。他一定后悔看见父亲成全虚荣心的举动，他被父亲的举动伤害了，所以他才恼怒地和父亲大吵大闹。

我弟弟小时候的聪明表现出他的另一面人格。我们的房东于大妈是极喜欢我弟弟的，寡妇人家的禁忌是出去串门。她就常在晚上把我弟弟抱到她床上，抽着她那黑腻腻的烟斗，一边呵斥着孙子，一边听我弟弟说话。忽然有一天，我想是从于大妈那盏跳动不已的煤油灯发出的光亮里，我弟弟看见了于大妈的耳朵上跳跃着灯光一般晶莹的黄光。弟弟忽然呆住，他偏着头死盯住于大妈的耳朵看。于大妈后来对人形容我弟弟的神态只用了三个字："吓人呢。"

于大妈在我弟弟的注视下下意识地捂住了耳朵。我弟弟却沉思着别过头去，两条腿啪啪地击打着空气。他若无其事地问于大妈："这是什么东西？"

于大妈告诉我弟弟这是金耳环。

这个孩子就再次打量于大妈的耳朵。冥冥之中是什么因素把他突然唤醒了。弟弟站起身来到床上，采取了最简单的利己行为，这种行为也是后来我弟弟在某种僵硬的思维方式中逐渐消失殆尽的。我弟弟紧紧抓住于大妈的耳朵，于大妈左右躲闪不开，低吼一声："疼啊。"

可是我弟弟最终没有把耳环抢到手。第二天早上，他拿了一把东西来换于大妈的金耳环，计有：他自己吃剩的五粒驱蛔虫宝塔糖，一把新牙刷，一块新的方格子男式手帕。这些东西即使在物资匮乏的年代也是普通的物品，但宝塔糖的可贵之处不在于驱虫的功能，而在于甜，入口又甜又沙。牙刷的可贵之处在于，是我的父亲昨天晚上从上海出差带回来的。这是当时我弟弟的价值观。宝塔糖马上给于大妈的孙子抢跑了。于大妈思考了一下，就收下了牙刷和手帕，再从耳朵上取下一只金耳环放在弟弟的手心里。六七年后于大妈一定会为她的举动后悔。但在当时，金子对人没有多大用处。于大妈收下香喷喷的手帕压在箱底下，她的二儿子请人带信说过几天就回来。于大妈收下牙刷，配上她二儿子获奖得到的搪瓷杯，让她的大儿媳、二儿媳、三儿媳蘸上盐水轮流刷了牙。

所以我说，我弟弟作为一个人，一开始是个普通人，他的心理和行为都和大家一样。金耳环事件对他的心理来说是完成了一次利己主义的潜渡，他的行为上具有了人类进入私有制社会后的商业行为：交换。这只金耳环弟弟一直保存着，他曾经和我说起过这只金耳环，忏悔伴随着对大柳庄美好人情的感激，弟弟一如既往地剔去了事物的本质，他的潜意识里否定这种本质，因为他认为这种本质是丑恶的。本质如石块一样沉于深水之中，这时他的水面上就升起了美丽的莲花。

如果说人具有喜欢追忆过去、粉饰过去的特性，那么我弟弟的心情就很容易理解。但我的弟弟，粉饰过去不仅仅为了心理的需要，他把粉饰后产生的事件内涵，作为自己遵循的规范。

上面说过我父亲在一九九二年回到大柳庄上，风光了几天。他在激烈如战场的商场中抽出几天的空暇其实不易。其中重要的原因就是他想洗刷在这里留下的不愉快的记忆。一九七七年他作为盗窃犯被捕三年，逮捕他的当天，整个乡里都轰动了。他的被捕是一起桃色事件引起的。

事情是这样的：大柳庄的旁边有个叫徐庄的小村子，它那边有二十几家姓徐的人家团居在一起。徐庄和大柳庄隔了一条河，可以说是一衣带水了。徐庄里面有一个不姓徐的下放知青，姓岳，姓岳的知青娶了邻近公社姓黄的女知青。小岳小黄都是苏南人，丈夫羸弱妻子懒惰，这样的两个人凑在了一起，除了不断地让日子过得难受外，再也没别的内容。他们自留地里的草长得比麦子还高，奇怪的是他们的孩子却如雨后春笋般繁荣昌盛。小岳对着四个孩子唉声叹气愁眉苦脸的时候，小黄却跨出了改善生活的第一步：和大队书记勾搭上了。这是一桩互不吃亏的交易。书记乐意和女知青浪漫一番，女知青家的口粮和工分凭空地多了起来，有时候还会有一段衣料一只猪腿之类的东西。这一对知青夫妻开始打架，从床上打到地上，丈夫用尽了力气，气喘吁吁，妻子眼泪一把鼻涕一把。四个孩子的哭号声就像一群黑夜里的小狼崽。妻子一次又一次地上吊，丈夫一次又一次地把她解救下来，两个人好像在上吊和被解救过程中获得了家庭的乐趣。他们达成了一致的意见，要保存家的完整性，以免孩子遭遇不测。妻子不

023

再上吊，丈夫发誓要让妻子儿女吃饱吃好。丈夫小岳是个老实人，他一定是在无计可施的情况下，才铤而走险地与人合伙偷了一台机器。他把机器卸成零件藏在他家屋后的稻草堆里，准备当成废铜烂铁卖给旧品收购站。

我父亲当时在公社办的机排站搞销售，他是"戴帽右派"，具有大专学历，在乡下，他被人家尊称为"先生"。

男知青小岳在几场雨过后，偷偷扒开草堆一看，发现铁上生锈了。锈不多，但已经令他有些焦急，他听人说锈会"吃"铁的。于是他冒冒失失地来求我父亲了。我父亲跟着他到草堆边扒开一看，心中豁然明白这是一台完整的机器。我父亲心中明白后站在草堆边沉吟了许久，走在路上也是边走边想，回到家中就对着窗外出神。而后他买下这台机器，因为站里也正好需要这种机器。我父亲做出这一决定有两个因素，一是同情，二是有利可图。我认为更多的是出于后者。当时流行的一句话是：世上没有无缘无故的爱，也没有无缘无故的恨。我父亲不可能只是为了同情而把自己推向犯罪的境地，作为一个国家的销售人员，他知道这种机器只会来自一种地方：国家的大厂。但他还是铤而走险了。他用低价收购了这台机器，又以国家牌价转卖到机排站里。小岳自然是千恩万谢，我父亲同时也解决了自身的困境。作为一个男人，我父亲和小岳的处境是一样的，他得养活妻子儿女，我和弟弟正在上学、长个子，而母亲从来没有做过真正的农活，作为一个家庭妇女，她尽心尽力抚养我们，帮助丈夫。

不久东窗事发，我父亲起先作为知情者被公安机关传讯。我猜想父亲曾经与小岳有过某种暗示性的约定。我父亲是个聪明人，他不可能让小岳说出机器的底细，那样的话，他就被动了。

那暗示性的约定是必需的自我保护。公安局的人找到我父亲，请他协助调查这件事。如果父亲这时候全部交代清楚，我想他不会为了这件事吃那么多的苦头的。但我父亲全然没有坦白的打算，刚硬的脾气发作，拒不交代。他说他不知道机器是偷来的。他是太看重那个约定了。但是小岳受了审问后一口咬定我父亲是明白机器的来源的。从这件事过后，我父亲从不相信任何人的口头许诺，哪怕白纸黑字的合同，他也会指着说："这种东西，骗骗人而已。做生意的，千万不要被它迷惑。"

我父亲在以后除了不相信别人的口头许诺，是不是也会用口头的或纸上的约定去迷惑别人？我弟弟极端的理想主义，最初的动机是否只是想反对父亲的人生信条？

知青小岳很快交代了所有的犯罪事实，我父亲被作为同犯判了三年徒刑。小岳漫长的服刑期满后，我父亲已在中学里守大门，度他一生中最轻松的日子。小岳出来后费尽周折地打听出我家的住址，找上门来，未说话就跪倒在我家的门槛外面，他跪了足足有五分钟。他说来世必定做牛做马报答我父亲。他说得那么斩钉截铁，说明他对今生今世已失去希望。

知青小岳第二次许下了无法实现的诺言，他似乎卸去了心头的重负，十分钟后他走了。每个人都很平静，只有我弟弟热泪似乎要盈眶而出。很多年了，父亲坐牢的经历他一直作为耻辱噤口不言，现在我弟弟终于找到了破译这件事的金钥匙，他解了心头的结又让自己的水面盛开了新的莲花。他开始向他的朋友讲述这件事，于是这件事就如同童话般的美好，我父亲成了解救别人于危难而不幸蒙难的人，十多年后那个出卖他的人在他面前下跪了。故事中具有了这些东西：高尚和信义，蒙难和忧郁。但在我看来那五分钟的下跪，却有十分不协调的地方，因为老话说，早知现在，何必当初？我父亲和小岳的事是可笑的。我弟弟却这样利用了这件事，更深地把自己引入他设计的那个天地。在他的天地里，人生实质性的苦难没有了，五分钟下跪引出的美丽，使得生活里真实的狰狞微不足道了。

我想，我已经基本上说清楚了弟弟抗拒我父亲的原因，这原因在于他对社会和人生有着顽固的理想化审美倾向。一个人在择定自己的观点时，一定会同时使用两种方式：排斥和吸收。我弟弟排斥了真实，吸收了虚幻。他用虚幻来滋润自己。上面我说过，我弟弟一步步远离现实世界而囿于他内心，大柳庄是原因之一，父亲和小岳之间发生的事又是原因之一。他从这上面吸取的东西使他极力抗拒进入商界。商界在他的心目中几乎是丑陋的代名词。我弟弟一方面把存在误差的美好概念存入内心；一方面把没有误差的事物作为禁锢自己的理由，我想这就是我弟弟落后于社会的原因。我弟弟对商界产生反感，尚有另外一个原因，这就不得不说起父亲的爷爷。

父亲的爷爷本是江南乡下的一个农民，后来他来到上海滩并在这里发家致富，其中的经过和原因已无法知晓。据说他在经商中使用了一些令人反感的手段，因而他很快致富并成为远近闻名的泼皮人物。这种人物我们在古典小说中经常看到，譬如《水浒传》中蒋门神、郑屠户、西门庆之类。他在三十五岁那年果断地了结了与他同居多年、竭尽全力为他周旋的从良娼妓，回到老家去娶了一位健康结实的女人。这个女人不负厚望，一口气让我的老太爷做了八个孩子的父亲。临到五十岁生日的那天还生了个老幺，她七十岁时，还是神清气爽，满脸红光。七十一岁和大儿子打官司，她用砖头砸破了自己的头，告了大儿子忤逆罪。她在法庭上哭声惊天动地，摄人心神。法官最后把家族的产业管理权从大儿子手中判给她时，她大宴宾客三天。我从亲戚的家里看见过我老太爷和太婆的一张合影。老太爷的脸色凶横，一只手叉在腰里，一只脚搁在凳子上。我的太婆横眉立目地站在旁边，脸色冰冷。看得出她模仿着我老太爷的为人处世，两个人都是手粗脚大，流露无遗的自满嚣张，使整张照片有了一种醒目的粗鄙。老太爷和太婆都是地道的农民，本身在离开家乡时没有劣迹，祖上各代都安分守己，他们是后来才变成了一对令人生畏的人物。听说他们与人做生意时，凶悍而不近情理。我们不可以把这种变化归结为环境所致，只能说他们具有了某种强烈的欲望，在欲望的驱使下，他们才变化了。正因为变化了，他们才成功了。简单的变化和简单的成功，是我们永久不变的咒语。老太爷的发家史，就是一部改写自己的历史。社会总是这样奇怪：为什么没有了道德规范的约束，他反而有了强大的生存力？

我老太爷和太婆的处世方式深深地腐蚀了第二代。老太爷死后，太婆把财产管理权争夺到手后，八个孩子明争暗斗，财产被瓜分得支离破碎，热闹的大家庭也分崩离析。老太爷创下的家业没有再度辉煌。可想而知，我父亲在这样一个家庭中能感受到什么。在他的周围只有一个人值得他永久地纪念，这个人是他的母亲。她把我父亲生下来七天后，染上产褥热而撒手归天了。她没有留下一张照片供我父亲瞻仰，因而我的父亲只能从他的阿姨身上，推断出他的母亲该是善良美丽平和勤劳的一个人。他的推断似有主观之嫌，但谁说不是合情合理的？父亲后来以异乎寻常的热情与他的阿姨频繁地往来,他的心里必定从中得到了安慰,他所寄托的对人世的一点美好的看法也有了着落之处。而我的爷爷在我奶奶死了不久之后,立刻成了一位寻花问柳的好手。他在他认为必要的日子里,打扮整齐:脖子上戴好金链条,西装口袋里揣上怀表,手腕上还套着手表,十只手指上戴满金戒指。诳说下乡去看看地里的收租情况或者别的什么情况。等到黄鹤久久地归来,他的身上只剩下内衣内裤,就像遭过一场生死大劫了。

我的父亲一直对他的父亲讳莫如深,也许他明智地认为不应该拿很多年前的又脏又破的事情来干扰我们。但父亲在一次酒后打破了沉默,第一次说了他父亲的事情,他说从前哪,那是很久了吧。有一年的年三十晚上,他饿着肚子在家里等着父亲回来。他父亲的兄弟姐妹们全都分了家,大分家时为了财产彼此结下了刻骨仇恨,因此,谁也不会来照管这个七天就失去母亲的孤儿。我发现弟弟神色恐惧。

父亲继续回忆,他的父亲拿了几枚金戒指出去,他想在这年三十的晚上,父亲拿了金戒指是为了换米和一些好吃的东西。他就坐在楼梯上,在黑暗中等待着。

你完全可以想象出一个需要吃饱和温暖的孩子,是怀着怎样的心情坐在楼梯上:他的心呈现出某种易碎的敏感,他的直觉在黑暗中如刀子一样锋利,他那一点愿望把空间填满了。未来因此变得甜蜜、辛酸而不可预测。

半夜里,门开了。进来两个人:一个是他的父亲,另一个是陌生的女人。陌生女人说:"你怎么还有这么个小可怜?"这孩子的父亲就飞起一脚把孩子踢到楼梯底下,并喝一声:"嚯。"

我父亲讲述这个故事时，我和弟弟早已过了靠长辈教训的年龄了，所以父亲的故事并未让我们感觉到有忆苦思甜的意思。我们在心理上已把父亲当作朋友一辈了。我想父亲以前受了多么沉重的难言的伤害呀。有的人一生当中很少体会到美好的东西，那不是他的错，实在是运气不好，上帝没有好好地照顾他。

父亲讲完这个故事，我弟弟仓皇地四下里张望，好像空气里还流动着那个惊天动地的"嗵"。他站起来又坐下，脸上突然现出极度的不快，咕哝道："讲什么讲？有什么意思。大家不快活。"我弟弟不近情理的话让我的父母呆坐着，过了好一阵他们才恢复常态，两个人对视一眼，不尽的怜悯和悲哀。我父亲酒意全消，他与我母亲同时推开杯盏离开餐厅。这是一九九二年除夕之夜的事情，我弟弟读大专二年级，夏季就是他毕业的时候。父亲就是在这个时候下定了决心把弟弟逼进商界的，以父亲的观点来说，我弟弟只有进入商界进行拼搏，才有可能让他自己进步和成熟。

这一年的除夕之夜过得很沉闷。我弟弟在我父亲母亲离开餐桌后，走出了家门，他临走的时候一再对我说："讲这种事有什么意思？你说说。我问你讲它有什么意思，这么丑的事也值得讲出来？"

我平心而论，确实没有什么意思，但我告诉弟弟应该让父亲有一个宣泄的机会，他是个很不愿意公开自己的人，今天他这样宣泄了，就应该为他高兴。

我弟弟说："哦，你这么实际的人也会替别人考虑了？祝贺你了，我觉得你今夜不再面目可憎。"

我弟弟走后，一九九二年的除夕之夜就这样结束了。在父亲讲述完那个令人不快的故事后,他所遭受的苦难实质上一点不漏地转嫁到了我弟弟身上,他感受到的苦难甚至比我父亲还要多。在中国,鲜有健康的家庭,而健康的商人之家几乎是没有的。贪婪和冷漠覆盖了人性中的其他特征,我弟弟本能地厌恶这一切。

我弟弟的成长是缓慢而沉重的。因而,当我的笔叙述他成长的历程时,也相应显出了缓慢和沉重。对于我弟弟来说,阻碍他成长的因素多而复杂,因此他的成长就不可能是某时某刻的"顿悟",必定如蜕壳一般难受而缓慢。内因和外因的一般关系在弟弟的身上反映得彻底:外界的因素影响了弟弟的人生观,被外界影响了的人生观反过来影响弟弟和外界的关系,这就像一枚受精的鸡蛋终于孵出了一只小鸡。

我弟弟出走西藏的那些日子里,我一直很有信心地等待他突然出现在家里。一九九一年的除夕过后,他也悄悄地出走过一次,那一次是为了钟老师在年三十晚上贴出的对联。我弟弟是唯一被那副对联打伤的人,他出走了一个月。在一个月当中他思考了一个问题:世上产生丑恶的根源在于不公平、不平等。贫富不均就能造成最大的不公平、不平等。

我父亲毫不留情地尖刻地嘲笑他的观点,说大家都光着屁股喝西北风,哪有不亲如一家的?但即使是一家,亲如父子兄弟的,也会为了一枚铜板谋财害命。他活了六十几岁,见得多了。我弟弟听了,冷笑一声,面如死色。

我相信弟弟在一年之内会回家。我弟弟不是一个会实践的人，他从不知道下一步要干什么，干了之后也不能判断行为的对错，所以他每一次采取行动的原因都是值得推敲的，他无法坚持下去。

我的女儿一周岁生日那天，他真的回来了。离开家里是一年零两个月。他可能有意选择了这一天回来。

他在火车站打了一个电话回家，咋咋呼呼地说："是我，我回来了。看见家乡太兴奋了。你最好到巷子口来接我。"我赶紧放下电话告诉父母。我母亲慌忙在观音菩萨面前敬了一炷香，对空祷告一番。转眼又在财神爷面前敬了一炷香。她的行动是意味深长的。我不顾父亲的反对，抱了女儿真的到巷子口站着了。过了一刻钟弟弟从出租车里钻出来，之所以说他"钻"，因为在我的感觉里他仿佛长高长胖了。看来西藏稀薄的空气反而让他得到愉快。他长了一脸的络腮胡子，外表上风尘仆仆，神情坦然，仿佛经过了灵魂的洗礼。我很想知道他这次思考了哪几个问题。我们见面了，笑着寒暄，而后我问他是不是认为贫富不均是造成丑恶现象的最根本原因。我弟弟在络腮胡子里眨眼睛，看出我的不怀好意，但他并不想回避这个问题，以他一贯的煞有介事的认真说："是的。"一切都没有改变，还是老样子。

我弟弟给了每人一样西藏的物品，唯有给父亲一枚古铜钱。父亲有意无意地把这枚铜钱放在了厨房的洗手池边，漫不经心地让它搁置了好几天，以致我以为父亲会扔掉它的。我弟弟把铜钱拿出来的时候说，爸，你爱钱，我就送给你。我弟弟坦率的态度缓和了这句话尖刻的讽刺。父亲不作声，看着我弟弟走进浴室。我弟弟在浴室里改头换面地出来时，我父亲才收回注视他的目光。我弟弟坐到餐桌边，谈起了西藏的所见所闻，他眉飞色舞，对西藏的风土人情，对西藏人的粗犷质朴和对神灵的极度虔诚赞不绝口。他一边说一边吃，吃完了也说完了，而后他摸摸剃得干干净净的脸说："我回来干什么呢？"

他穿上T恤衫和西裤，准备出去了。他一边费劲地套袜子，一边还在问："我回来干什么呢？"父亲的手突然颤抖起来，脸上出现无可遏制的苍老。

我弟弟出门的第一站是钟千媚的工作单位，他被告知钟千媚不在此处，半年前辞职到什么饭店去了，至于什么饭店无可奉告。我弟弟站在初秋的薄暮里，梦游似的看着路上的行人如蚁虫般来来往往。他还记得钟老师的那副对联叫作"物是人非"什么的，这时他真有了那种迷离恍惚、物是人非的感觉。他想人最感无奈的可能就是这种物是人非的境况。我弟弟无奈地离开。

他的第二站是一爿叫作"老客"的小酒店，他的狐朋狗党酒肉朋友全都聚集在里面给他"接风"。这些未婚或刚婚的男孩子狂饮一通，最后交流对女性的新认识。我弟弟发现自己不能习惯那些议论女人的新的时髦用语，但他不能让自己显得不合群，他端起酒杯说："我是二十世纪里十八岁以上的唯一的处男。"他的话引来一阵哄堂大笑。男孩子们开始说下流话。我弟弟就向钟千里打听千媚，钟千里斜着眼睛，冷冷地告诉我弟弟应该换一个时辰向他打听钟千媚。我弟弟说："哥们儿，讲究起来啦？"钟千里不屑地说："你什么东西？"我弟弟捶一下桌子："怎么？"钟千里站起来："凭你？"我弟弟也站起来，怒目而对："我在西藏也和人打过架，不过没跟朋友打过。"我弟弟说到"朋友"二字，突然眼睛湿红，以致不能再正视钟千里。钟千里脸上现出鄙夷：

"你什么地方比别人高明？请指教。"我弟弟劈面一把抓住钟千里的领子："兄弟我主要想你妹妹。"

众朋友一哄而上，嚷道喝醉了，喝醉了。拉的拉，架的架，把他们分开了。我弟弟明白过来的时候，已经在酒家门外了。他不知道是谁把他攮到了门外，他也没有细想朋友们待他有什么异样的地方。在他看来，朋友就是朋友，朋友之间是最真诚最纯洁的。甚至他也没有计较钟千里的态度，他想这是一个哥哥在维护妹妹的尊严而已。我弟弟离开了酒家，在公用电话亭里打了电话给钟千媚的一位女友，女友告诉他钟千媚在蓝云大酒店里当领班小姐，还顺便告诉我弟弟有空的话可以去找她。

我弟弟此时已灌足了啤酒，他脑袋麻木，脚底飘忽，处于酒后的最佳状态。他恍惚觉得蓝云大酒店在不远处，正好以步当车，让酒味散发掉，这样对钟千媚也表示出尊重。他走了好久才发觉自己的记忆出了差错，于是他叫了一辆出租车驶向蓝云大酒店。出租车开了一会儿，我弟弟忽地又想起应当尊重钟千媚，他叫出租车停下，问了蓝云大酒店的方向，就走了过去。他到达蓝云大酒店时已是九点多钟。他在餐饮服务部一眼就看见了钟千媚，钟千媚的口红涂得太鲜艳，眼睛里汪着水光，这些都是不太正经的标志。于是他生气起来，一把拉住钟千媚的袖子，气势汹汹地嚷开了。他说："你怎么好意思当吧台女郎，你知道吗？这是一门阴暗的职业。是不是这儿赚钱多？喏，我有钱，都给你。"他把我父亲给他的大把零用钱掏出来，满地乱甩。

钟千媚平心静气，她闻到了一股酒气，而后她认出是谁。她向一位女服务员招手示意，自己迅速地消失在酒店富丽堂皇的走廊里。她不想在这时候让我弟弟纠缠不休。而我弟弟在女服务员的安置下，痛痛快快地卧在角落的沙发上睡了一觉。他醒来的一刹那心怀恐惧，以为是睡在西藏的某个简陋的小旅馆里。当他看见了墙壁上悬挂的豪华的壁灯，恐惧就如潮水一般退却了。取而代之的是有关家的概念：温暖、舒适、平安。西藏的日日夜夜成了他永不再想重复的一个梦。第二天下午，他接到了钟千媚的电话，三言两语刚过，我弟弟就提出了约会的要求。放下电话，他颇有些如梦初醒的感觉，那是当初偷偷送上一朵月季花所不能比拟的。什么叫"蓦然回首，那人却在，灯火阑珊处"？这种情形就是了。我弟弟的心里充满了对圆满结局的感激：父亲已和他谈过了，尊重他的意愿，让他想干什么就干什么，他不想进入商界那也悉听尊便。我弟弟想，他得找一份喜欢的工作，娶一个称心的妻子，过一种既不窘迫也不富裕的生活，与别人无争无斗地一天一天重复着琐碎的安乐和温暖。

我弟弟对"家"所勾勒的蓝图就是这样，是某种退守。

钟千媚在答应约会时有过一会儿的犹豫不决，但我弟弟迫切的声音不让她再做第二种考虑。钟千媚答应约会在水上花园里，但她又闪烁其词地说别让双方的家长知道这件事，因为这不过是一个很平常很普通的约会。

因为我弟弟和钟千媚的关系，我家和钟家再次产生了瓜葛。历史上两家有着数不清的陈年老账，随着时间和形势的变化，两家更迭着胜负的场地。一九九三年的十月份，我家卖掉了那幢引发风波的楼房，我就再也没有见过钟家夫妇。在我的记忆中，那副"是是非非"的对联几乎是钟老师最后幽怨的面孔。而现在，钟家和我家的关系变得扑朔迷离。据我的了解，我弟弟在钟千媚之前没有爱过什么异性。

　　我家和钟家，在我出生后的第二年就是邻居了。钟家住着前面的两大间屋子，我家在他的后面，小小的一间，以前是用作厨房的。母亲在搬进去之前，用报纸把熏得发黑油腻的墙壁全部糊起来。母亲说，我家搬进去的时候，钟家的女人，刚怀孕的莫老师，掀开她的后窗帘，不怀好意地看我家简陋的几样家具。她那不带表情的眼珠子轻侮地骨碌乱转，母亲的心中就此感到了女人之间的一种芥蒂。她心中很不平静，如果公平地做个比较的话，钟老师是中学里语文课教学楷模，我父亲是教地理的普通教员。钟老师是校长的红人，我父亲则沉默寡言，默默无闻。钟家和我家的住房条件没有丝毫不妥。但母亲另有一种比较：钟家还没有小孩，我家四口人却住得如此拥挤。于是两个女人天天照面，却从不说话。当钟家的女人每次掀开后窗帘进行例行公事的窥察时，母亲总要找个理由给父亲看脸色。母亲已经看够了一墙的报纸，她感到了绝望。

　　我的弟弟出生后，我家里养了一只黄色皮毛的猫。小黄猫经常吃不饱，就在外面干起了偷偷摸摸的勾当。它抓开了钟家的碗橱，吃掉了一块排骨，在它激动无比地抓住第二块排骨时，它被莫老师连头带颈地抓着了。小黄猫才一岁多点，既缺乏经验又缺乏勇气，所以它令人羞惭地抻长了躯体一动不动。莫老师一手抓住小黄猫，一手提住那酱排骨。她神态自若地走进我家，我家刚吃过晚饭，碗堆放在桌子上，母亲正给我弟弟喂牛奶。莫老师把排骨扔到我母亲的脚边，把小黄猫扔到排骨旁边。小黄猫跳起来一口叼住排骨，"穷"相毕露，嗖地跳上屋脊不见了。我母亲眼皮都没有抬，莫老师走后，她才掀起一只眼皮轻描淡写地瞄瞄父亲。父亲就躺到床上去了。

在人类各式各样的歧视里，最有力的是经济上的歧视，而各式各样的歧视最后会殊途同归为经济上的歧视。莫老师在教育局里管理档案，她应该知道父亲的出身，父亲的充满铜臭的祖上会令她嗤笑不已。如果把她与钟老师两个人的祖上（他们的祖上都是书香门第）与父亲的祖上相比，她生出的丝丝优越感是不奇怪的。奇怪的是，她经常从我家的饮食起居中寻求优越感。这是一九六八年，一九六八年的所有宣传都在极力铲除人们头脑中的资产阶级思想，树立"穷是光荣"的观念。

"文革"时期钟老师戴上了"高帽子"，这是我母亲扬眉吐气的好时光。时间不长，我父亲也成了"右派"。而后我们在一个秋风萧瑟的天气里全家下放，直至重新回到被报纸糊满的屋子。两家人家经过了十几年的时光，风风雨雨并未冲淡他们之间的芥蒂。只是因为年龄大了的缘故，双方都不再剑拔弩张。他们都历经磨难，也都习惯了起伏不定的人生。他们都成了有韧性、有信心的人，认为自己能打败对方。

这是我弟弟第一次恋爱的背景情况。不过我弟弟用他惯常的轻松处理了这种局面：他认为他和钟千媚重复着罗密欧和朱丽叶的故事。因为有账可查，有样子可寻，我弟弟不觉得有压力。双方父母不睦的背景只是历史和环境所造成的，甚至与心情也无关。

我弟弟很快厌烦了约会的方式，他跟钟千媚从小在一起玩，看电影、逛街、见彼此的朋友，熟悉得失去了敏感。他发现钟千媚也有些不耐烦。我弟弟就在想，是不是让两个人进一步熟悉呢？但他接收不到钟千媚那边释放出的信息，我弟弟只能悄悄地摸摸钟千媚的手，压下心里窜上窜下的欲望，心酸地对钟千媚说："你看，我是多么爱惜你。像我这样的君子已经不多了，但愿你能好好地爱惜我。"朋友的聚会当中，每当谈起性方面的事，我弟弟基本上只是个忠实的听众。他很惊讶平时在女性面前面红心跳的朋友们，一谈起女性便是如此眉飞色舞。女性对于他们来讲，是一架让他们登上男性屋顶的梯子。譬如说他们会想办法了解对方是否是处女，约会时突然通知女方说今天有事改天再约，发火时会把女方顶在墙上痛打一顿，女方要是母亲不同意他们往来而啼哭不已时，他们会轻松地说声"拜拜"，跟她分手。这些事都让我弟弟惊讶不已，不要说做了，想一想都是对女性的污辱。

我弟弟现在进退维谷，他发现钟千媚在他们的关系中欲进欲退。钟千媚忽喜忽愁，忽而懒懒地朝我弟弟身上一靠，忽而严正地坐直了身子。她毫不掩饰自己的情绪，因而我弟弟接收到的信息就杂乱无章了。钟千媚就像舞台上的演员，四壁的灯光全部投射在她身上，但愈是明亮清楚，台下的人看着，愈是迷离恍惚。我弟弟还是那样的想法，认为钟千媚因两家存有的矛盾而心怀恐惧。我弟弟开玩笑地说让我们殉情自杀吧，或者说让我们私奔到西藏去吧。钟千媚对弟弟的努力置若罔闻，淡然一笑或不笑。我弟弟无计可施，只得大肆诋毁起自己的父母，他把他目前不能伸展的生活统统归结于父母，父母伤害了许多人，其中有他们的儿子。但钟千媚却说很佩服我的父母，而她自己的父母，并不是别人看的那么清高。他们很可怜，不是给权势伤害了就是给金钱伤害了。我弟弟惊愕于千媚残酷的冷静，冷静的女孩子大都实际。很实际的女孩就不可爱了。钟千媚在浮躁不安中,家里发生了一件事:钟老师自杀了。像连锁反应似的,钟千里辞去国营厂的工作,跑到南方做生意去了。钟千媚也就突然恢复了果决的性格,淡然而坚决地要求我弟弟不要再去打扰她。

　　谁都知道钟老师的死与我家有着微妙的联系,自从我家搬走后,表面上看来他恢复了平静。在他生命的最后一年里,他经常无缘无故地发火,偏激地嘲讽别人对物质的追求,他拒绝了别人邀请他出去补课捞外快的建议。经常地拒绝,夫妻俩就经常地吵架,钟老师就变本加厉地敌视一切,他躲进了卧室,平常总是锁着房门,除了吃饭,轻易不出来。他在卧室酣然大睡,好像总也睡不够的样子。当他清醒的时候,他就掀开后窗帘朝后面的楼房观望,就像莫老师当年做的那样。他漠然、平静,有着痴呆的认真。莫老师说:"老头子呀,你不要这样看,你看得我心里害怕。"钟老师这样的神态,这样地看,但是他脑子没有毛病,身体也没有毛病。所以莫老师忍无可忍,终于骂道:"你死吧,你去死吧。"莫老师出去买了一趟菜,钟老师就吃了莫老师的半瓶安眠药死了。

　　钟老师的丧事期间,我弟弟趁着钟家人多混乱时去了一趟。他挤在门外的人堆里,为钟老师而难过万分。而后他看见钟千媚披麻戴孝地跪在灵前,那种单纯的悲哀让我弟弟难以忘怀。我弟弟突然觉得情绪复杂的钟千媚是假的,只有这个单纯的钟千媚才是真的。那个化了妆的钟千媚是假的,这个脸色黄黄的嘴唇干燥苍白的是真的。我弟弟站在人堆里出了一会儿神,突然所有的记忆之门都打开了,我弟弟看见了各个时期的最纯真的钟千媚,他甚至还记起钟千媚五岁的时候经常穿着一条天蓝色的短裤,每当看见她穿着天蓝色的短裤在树下看蚂蚁,我弟弟就忍不住看看她家的窗帘是否不见了。因为她家的窗帘也是那种天蓝色的布料。

我弟弟从钟家出来,发现自己刚找到了恋爱的感觉:不是紧张的激烈的甜蜜的,而是有些心酸的,似哭非哭的,懒懒的,头脑有些晕乎,分不清东西南北,时间似乎定格了,而心中却渴望迷失。

钟老师的葬礼过后,钟千里到远方的一个城市去了。钟千媚开始回避我弟弟。我弟弟约会的要求总是被她以母亲需要人陪为理由拒绝。我弟弟在不祥的预感中度日如年,这期间他天天喝得酩酊大醉,与别人豪赌,为一句不相干的话打得翻天覆地。经常有人看见他喝醉了酒躺在马路上。三个月后,钟千媚打电话来约我弟弟出去,直截了当地告诉我弟弟她要结婚了。她那直截了当的方式使我弟弟忽然之间明白:她从来没有爱过他。

我弟弟愣了,酸楚地说:"那家伙是谁?不是个白痴吧?"

钟千媚告诉他嫁的是一个台湾商人。

我弟弟问明白这个商人的年龄、长相、资产,而后说:"我的条件优于他——年龄上的,身体上的,为什么不选择我而选择了他?"钟千媚冷笑了一声,说:"你这个人,什么时候让自己聪明一些。"我弟弟又问:"那么,为什么玩弄我的感情?"钟千媚大叫起来:"你不要这样没出息好不好?现在就连女人都不用'玩弄'两个字了。"我弟弟站起来,一把揪住千媚的头发:"为什么?说个明白。"钟千媚极力挣脱,为了减轻头发的疼痛,她索性把头顶到我弟弟的胸口上,夜色朦胧中看上去就像一对相亲相爱的恋人。钟千媚挣脱不开,眼泪涌了出来:"请你放开我,我告诉你理由。"我弟弟固执地说:"你先讲了再放。"钟千媚伤心地说:"我是想爱你的。"我弟弟把她的头发抓得更紧:"请你重新找一个理由,不要说爱。"钟千媚呜咽有声:"我是为了钱,他比你钱多。"我弟弟放开手说:"这么说才对。"钟千媚马上跑开了,但我弟弟追上了她。他需要发泄,渴望践踏这个伤害他的女人。我弟弟拉拉扯扯地纠缠,钟千媚像一只受惊无力的兔子在马路上跑跑停停。我弟弟借着夜幕的掩护,时而搂着她,时而狂热地在她身上摸索,对她说下流话,想把她劫持到角落里破坏她。我弟弟满腔怒火而又充满了欲望,他完全没有了翩翩的君子风度,悲天悯人的形象不复存在。我弟弟在追逐千媚的过程中尝到了解脱的轻松。他们走走停停,最后到了钟千媚的家门口。钟千媚倚着院子的大门,面对着我弟弟,她喘着气,脸色有些半推半就了。她不去拿钥匙就是明证。但是我弟弟的脑子清醒过来。他看见我家以前造的楼房还是那么巍然屹立,钟家更显得苍老不堪,灰白的墙上一道道黑色的污迹。他马上原谅了钟千媚。他向她道歉。而后他心中空落落地,又沉重万分地独自消失在夜幕中。他刚才尝到了解脱的轻松,现在又恢复到了以前的精神状态。他为钟千媚做了辩护,谴责自己的卑鄙无耻。而后他倒头睡了三天三夜。

后来,我弟弟既没有振作也没有沮丧,既无悲也无喜。他孤苦的灵魂仿佛已超越在事件之外,一切都毫无意义,只有回忆才是美好的。我弟弟在想起千媚的天蓝色短裤后连续地回忆了许多事。他想起有一次千媚闯祸。一男一女两个人吵架,女的柔弱而男的凶狠,他看见千媚站在人群外,手里拿了一纸袋玉米花,时而吃一粒,时而抻长了脖子朝那凶狠的男人头上掷出一粒。千媚的身后是灿烂如锦的晚霞，初冬的傍晚，看上去一切都很干净。千媚那沉着的神情，认真地抻长头颈的模样，准确的投掷手势，至今想起来还觉得十分可爱。那个吵架的男人终于察觉了人群外面的阴谋，大吼一声，朝钟千媚扑过来，她措手不及，把玉米花扔到地上，慌不择路地逃进了女厕所。那男人叫骂一阵，不甘心地冲进了女厕所，女厕所响起一片尖叫。我弟弟急忙冲进去把千媚护了出来。她倚在我弟弟身上咯咯地笑个不停，她那时既没有学会冷笑也没有学会复杂。

我弟弟沉湎在回忆中不能自拔，回忆使他安静而苍老。我就去找钟千媚。钟千媚告诉我她并不想捉弄我弟弟，她想爱我弟弟，但最终放弃了努力。像我弟弟这样的人，即使身后有着万贯家产，因为他没有竞争力，眼下这些钱是不牢靠的，和他在一起的生活也是没安全感的。她要找一个有钱又有头脑的丈夫。我弟弟是那种新型的纨绔子弟，他不能保证她将来幸福。我说我弟弟很爱你，这点很重要。钟千媚抬起眼睛向我看看，她面如桃花，眸子却幽暗而森冷。她说："我有办法让台湾丈夫像你弟弟一样爱我。"她打了一个寒战，小城的人，素以谦逊著名，现在一切都不同了，这个城市已经在败坏。

话说到这儿就如隧道到了尽头。我感慨，坐在我面前的是一个坚定自信而非常实际的女性，对生活的要求面面俱到，什么都不会轻易放弃。相比之下我的弟弟显得脆弱而可笑。

钟千媚很快筹备结婚了。结婚之前她就从寒酸的家里搬到了大宾馆，等候台湾商人把她带走。有一天，她恳求我弟弟到她那儿去，在告别前有话对我弟弟说。我弟弟就去了宾馆，心里朦胧地有着什么期望，却什么话也没说。灯光暗着，屋里飘着若有若无的香味。钟千媚穿着白色的丝质睡衣，裙裾飘飘，里面的身体若隐若现，像有风在吹出一些诱人的线条。她在我弟弟面前走来走去，然后装着若无其事的样子在梳妆台边坐下，慢慢地梳理头发。我弟弟突然明白了她的意图，满身烘地一下燃烧起来，渴望清晰无比。他颤抖着用双手捂住千媚的乳房。但是，他在想进一步探索时突然放弃了，他想千媚或许是忏悔、赎罪，他有什么理由接受这样一个身体呢？我弟弟坐下来抽烟，抽了半根，他回过魂魄，招呼都不打，逃一般地离开了宾馆。

钟千媚结婚后随夫婿到了台湾，从此离开了我弟弟。我弟弟在逃离宾馆后的第二天，就心急火燎地认识了一个外号"无限"的姑娘，这个外号着实奇怪，听上去又有些猥亵的意思，但我弟弟很快与她上了床，就此消除了钟千媚给他唤醒的欲望。"无限"是个坦白放荡的女人，生着一张小小尖尖的妩媚狐狸面孔。表情阴柔，一对毛毛的眼睛卖弄地半眯着。她对所有的男人都毫不顾忌，她的性格快乐而兴奋，她毫无疑问是粗俗低级的，她坦白得既无耻又天真，她极大地刺激了我弟弟的欲望。我弟弟在她身上得到了空前的解放，轻松得什么都有，轻松得一无所有。在很长一段时间里，我弟弟眼前只晃动着那张妩媚的狐狸面孔，他已记不起钟千媚是怎样的一张脸。他努力回忆着，只想起自己从宾馆里逃出来后到处找厕所大便，他想自己对钟千媚是没有欲望的，如果有欲望的话，照他现在的经验，应该是想小便而不是大便。

我弟弟的眼睛酸涩不已，他和千媚的事就这样过去了，有着空白的纯洁。

我弟弟认识到了这一点，就和"无限"分手了。

许多人匆匆地走过我弟弟身旁，千媚、"无限"，包括我的父母。我弟弟不再把他们看作生活中重要的因素。他在经历了精神和肉体之旅之后，自以为对女人看透了，又回到他的朋友身边。但是这次他的友谊不那么牢靠了，他的朋友们无一例外地经商了，有开服装店的有开出租车的有开米行的有开咖啡馆的，还有倒卖倒买的。他们碰在一起谈的是怎样"轧冲头"，怎样在米里掺沙子，怎样让服务小姐在咖啡馆里展开魅力攻势。他们应该知道我弟弟的忌讳和隐痛，但是他们全然不顾，口沫横飞，斗志昂扬，豪情万丈，把我弟弟冷落得像个局外之人。我弟弟感到了愤怒和惶急，对于在米里掺沙子等事他实在没有热情加以赞赏，对于做生意时的种种手段他厌恶、反对，但又懵懂得像个无知的孩子。他企图加入朋友们的谈话，但他说出来的话连他自己都觉得枯燥无味。在朋友们交流"生存经验"时，我弟弟痛苦地认识到了他以前在商界里扮演的弱者角色，纵观自己二十八年的生活，他一直是受害人，但又找不到施害者。

我弟弟怀着某种说不清道不明的愿望和父亲长谈了一次，他说服了父亲让他再次进入企业的管理层。跟以前一样，他没有明白自己最终需要的是什么。重新进入父亲的企业没多久，他又厌恶了商界的种种勾当。他整日无精打采，没有目标，他又开始厌恶朋友对经商的热衷，朋友的兴高采烈让他如鲠在喉。曾经使他感到"幸福"的纯真的友谊发生了变化。

他与朋友终于分裂了。我现在不想详细地叙述那天在小酒店"老客"里发生的事。因为整个事情简单明了。他们在"老客"喝酒，朋友们一如既往地谈他们感兴趣的话题，我弟弟说："谈些别的吧，谈别的吧。"其中有一个外号叫"骆驼"的米行老板说："别的有什么好谈的，你要谈找女人去。"两个人吵起来。"骆驼"愤愤不平地说："摆什么老爷架子，我们爱讲什么就讲什么，你有钱去玩女人好了，在我们面前不要潇洒。谁比谁高明？你有资格限制我们讲话吗？"我弟弟把他的朋友一个个轮流打量过来，他看见的是冷漠或不在乎。我弟弟就指指"骆驼"问："你们都同意他的话？"他的朋友们全都沉默，我弟弟就明白了。他脑子里闪过一个词：众叛亲离。我弟弟悲愤地叫喊："我是为了你们才落到今天这种地步的。""骆驼"说："你说什么？你是为了谁才打胎的？"

我弟弟和朋友之间的分裂就这样发生了，是必然的，不可避免的。

我回过头来说一说我弟弟与他的朋友们分裂前的事。当时他陪着一批客户喝酒，喝到一半他惦念起他的朋友们，联系后知道他们都在"老客"。我弟弟就在宴会半途溜走了。他头脑还清醒，所以他没有开自己那辆轿车，而是骑了一辆到处生锈的破自行车。他觉得开着轿车去见朋友不太好，他时刻要照顾朋友的自尊。钟老师家给了他很多启迪，钟老师的死曾经让他在无数个夜里自责不已。他为朋友搬家，办喜事、丧事，为朋友找工作、打架。他记住朋友的生日，朋友孩子的生日，朋友的妈妈生病了，他如儿子一样跑前跑后。他做得无怨无悔，最终的目的是营造着某种叫友爱的东西。他爱这种东西胜过爱父母，因为父母身上可供他做梦的东西不多了。他倾尽心力对待朋友，为朋友每一个可爱、可笑的举动而感动。值得记住的东西太多了。从十七八岁开始，譬如欢笑，譬如哭泣彷徨，月光下的沉默和歇斯底里的群殴，譬如不眠之夜的深谈。所有的喜怒哀乐都表达着纯真、信任、友谊。弟弟在那些年里淋漓尽致地表达了自己，而现在他有着心闷的痛苦，看见而无法触摸到就如隔了一层玻璃。但是我弟弟还是心怀柔情地处处顾及他的朋友们。他骑着那辆破自行车，自行车一路上掉了一只铃铛，链条脱落两次，加之我弟弟有些酒意了，拐弯时龙头太僵硬，摔了一跤。当我弟弟满身渗汗地来到"老客"，把自行车朝朋友的摩托车堆里一塞，心里很安逸。他没有预感到此行凶多吉少，他根本不明白"骆驼"为什么说那些话而别的人默认了。我弟弟抬手砸了两只酒瓶，责问他们："你们就是这样对待我的吗？"我弟弟忽然明白了不应该在他们面前表现喜怒哀乐，他就沉默了。沉默是台阶，他的朋友们陆续离开，把他一个人扔在这里。我弟弟独自喝下半斤白酒，又把隔壁桌子上的酒瓶砸了几个，他对劝阻他的酒店老板笑道："别慌，我赔你。我无能，可是我有钱。"他把钱摔到老板的脸上，咕哝着："这世界什么是真的呢？"老板把钱一张一张地捡起来，告诉他这个世界只有钱才是真的，然后把他搡到门外。

  我弟弟站在马路上抬头一望，只见满天的星星都向他兜头砸下来。他吓了一跳，赶紧躺倒在地上，星星就在天上旋转起来。满天里都是星星旋转造成的光环。我弟弟躺在地上想，他想他现在是条狗或者是条毛毛虫了，所以，不用多想什么，爱干什么就干什么。我弟弟轻松地在马路上打滚，他仿佛听见一个孩子在说："妈，你看那个人。"我弟弟一下子坐起来，叫道："我不是人。"他解下钥匙扣上的指甲剪，费劲地切割手腕上的动脉，直至他觉得手腕在剧痛中豁然开朗而一片冰凉时，他才满意地原地一躺。朦胧中想起了另外不相干的两件事。一件是在马路上追逐千媚,一件是跟"无限"夜以继日地性交。他觉得现在的解脱状态与这两件事有些相像。他喜欢这样。

我觉得我弟弟像一件过时而无用的物品似的,有着过去年代所具有的结实、隽永,虽然旧了,但从积攒了很久的时间里焕发出光泽;虽然无用,却能勾起拥有者对时光的回忆。可惜现在的人们不需要这样的物品了。现在的人需要的是短暂的停留、不断的更新,人人都像被大风刮着跑的灰尘,身不由己地向前进,未来就是一个大黑洞。

我弟弟割腕过后,愤愤然地在朋友面前炫耀起财富。他开着轿车撞来撞去,他一身的名牌,腕上戴着瑞士金表。他上朋友家里去的时候带着贵重的礼物,总能叫朋友的妻子发幽古而思今,想入非非而不满现状。我弟弟在朋友的眼里看了如下的情绪:强抑的自卑,虚弱的愤怒,无奈的敷衍。我弟弟的目的达到了,他乐此不疲,直至所有的朋友都老鼠躲猫似的躲着他。我弟弟告诉我,他这样做"很舒服"。我陡然想起父亲大柳庄之行。感觉中是冥冥之手操纵着弟弟重复我父亲走过的路。接下来的事也证实了我的想法。

我弟弟无处可去了,再没有人能把他连带着他的精神一同接纳下来。他如流浪儿一样回到家里,父母总是无条件接纳子女的。我弟弟如绵羊一样地乖,他乖乖地吃饭、睡觉、上班,不酗酒,不骂人,不打架,唯唯诺诺。他天天吃早饭时向父母报告他夜里做梦的内容,他爱上了做梦。为了做一个好梦而不是噩梦,他煞有介事地每天晚上听一遍儿歌,念几首诗,看看幽默小说。早晨天很亮时候还在做梦,我父母常常在晨曦里听见他咕咕哝哝的笑声。因为做梦做得太多，我弟弟瘦了下来。母亲对父亲说："不会有毛病吧？"父亲看了看儿子，什么也没说，摇摇头。家里虽然能经常听见我弟弟的笑声，气氛却诡秘而阴森。

我弟弟陆陆续续地开始整理他的东西：书籍、照片、日记、信件。仿佛要总结或者回忆。但他整理的样子更像哀悼或者舔舐伤口。他在旧东西里面翻翻拣拣，把他的房间搞得灰雾腾腾，忽然他大声叫我了。他拿着一帧照片给我看，照片上是一个胖乎乎的十三四岁的男孩，表情黏糊糊的。弟弟一定要我猜这是谁，我猜不出。弟弟以前结交了很多朋友，因而他有很多这类照片，都是男孩子之间的依恋。他们都老实，穿着宽大的衣服，回忆中都有些胖乎乎的，弟弟说："再想想，最胖的那一个。他在下雨天的时候老撑着伞站在我家门口等我。"弟弟把照片翻过来，上面写着很漂亮的两行毛笔字：弟留念。祝永远健康幸福。兄许福赠。我看见了这毛笔字，想起了一个从小学一年级开始练字的男孩，一个下雨天老撑着伞站在我家门口的男孩。他平时不敢经常来我家，只有下雨天的时候，他才理直气壮地，很早就站在了我家门口。他这样做可以免去我弟弟撑伞的劳累，又可以搀着我弟弟过马路。我们家刚从大柳庄回来不久，弟弟老是不敢横穿马路。他战战兢兢地立在马路边瞪着眼张着嘴，就像一个梦游者。幸亏有了阿福。

"这是阿福。"我说。

我弟弟的眼睛红了，他随即慌慌忙忙地到处找手绢。终于没来得及地用一件衣服捂住掉下来的眼泪。阿福在十五岁那年生了脑瘤死了，他的拮据双亲为此一贫如洗。那幅雨天等候的情景，那种男孩的固执的亲爱、眷恋，真诚的愿意付出，一去不复返。

阿福死了之后，我弟弟常常一个人坐在阿福的座位上伤神。我说的是曾经。阿福死了那么久了，有那么多年不再想起他。我弟弟大约没有必要现在这么伤心难过。红红眼睛是最大极限了，可他用那件灰蒙蒙的衣服捂住脸哭了半天。我一想到是一个死人让弟弟恢复了神气，就浑身不自在。我弟弟确实重复了父亲。父亲对他从来没有见过面的母亲那么怀念，想必也是对活着的人一次次地失望了。死去的阿福继续帮助着我弟弟。他让我弟弟振作了，原谅了伤害他的人——有了阿福的情义支撑，我弟弟对别的不太在乎了。这是不是像身藏珍宝的人不在乎别人嘲笑他衣衫褴褛。我弟弟如大梦初醒，神采奕奕，满脸红光。他在濒临绝境的一刹那得救了，精神如迷途的鸽子寻找到了家。

在我看来，我弟弟的挣扎是饮鸩止渴。但不管怎么说，他又充实了内心，对人生看上去又有了信心。阿福对于他的作用类似于护身符。这道护身符挂在他的嘴巴上。他说阿福家里很穷，所以上小学时不得不带着他的小弟弟。他拉着他的小弟弟，小弟弟身后拉着家里的小狗。我弟弟朴素的回忆感动了我，我想一个带着小弟弟和狗上学的男孩，心灵肯定是美的。我同时也赞赏了我弟弟的审美力。他从众多的回忆里独排出这件小事——两句就说完了，足见我弟弟审美的嗅觉有多灵敏。我弟弟对美好的事物确实有着刻骨铭心的嗜好。他说他和阿福常常安静地坐在阿福家的院子里，院子里有一棵枫树，很高大，秋天枫叶半红不红的时候，他们坐在树下，彼此沉默，世界变得若有若无了。树上掉下的东西分不清是鸟还是枫叶，时间如潮水一样忽来忽去，徘徊不前。我弟弟感受到的是缓慢的、轻柔的动荡。动荡之中蕴含了憧憬和茫然的柔情蜜意。后来阿福死了，我弟弟很伤心地一个人坐在树底下，那是初冬了，枫叶零落，被冷雨浸过的枫叶呈现浮肿的黄，就像阿福生病的脸。我弟弟无可奈何地看着枫叶从树梢上滑落，想，这就是大自然给他的启示和安慰，死生由命。我弟弟看着满地的落叶欲哭无泪，如痴如狂。

为了阿福，我弟弟找了个小女伴，共同分享对阿福的回忆。他已不仅仅是回忆了，而是在享受那种伤感的情绪。小女伴才二十岁，婴儿一般温和天真的脸，很温顺，很听话，眨动着纯洁的大眼睛听我弟弟喋喋不休对于阿福的回忆，肚子里转动着赶快结婚的念头。但是我弟弟很自私，他把这个小女孩的功用限定得窄窄的，甚至除了手没有摸过别的地方。小女伴委屈死了，我弟弟向她解释还没有发展到那么亲密的地步。小女伴用手捶着他，命令他快点发展。我弟弟恐慌地想，天哪，我要结婚了。可是我有爱情吗？我弟弟把这个难解之题告诉了某个昔日的朋友，他们虽然已没有了亲密，但还保持着藕断丝连的来往。弟弟看在阿福的面上，已宽宏大量地原谅了朋友对他的伤害。朋友叫我弟弟早点"干了她"。我弟弟说这样的话就得结婚，朋友拍着弟弟的肩说你真老实，能赖则赖，赖不掉就结吧。我弟弟回到原先思考的地方，发愁道，没有爱情的婚姻是不幸福的。朋友重重地叹了一口气，费劲地告诉我弟弟他是一个大傻瓜。人家都不讲究的东西你还在讲究，不是傻瓜是什么？三年前男人热衷于找一个完整的姑娘，现在呢？你找到的姑娘都是失掉处女膜的，怎么办？你上吊去吗？你要适应，就像做生意一样。这世界到哪儿都是识时务者为俊杰。干了她没错。我弟弟冷笑了一通，回敬了朋友一拳，说我看你们越来越像一群动物了。朋友气急败坏地叫，谁不知道你跟"无限"，在厨房里也能干事，装正经。我弟弟红了脸，严肃而大声地说，我后悔了，我早就和她没来往了。

我弟弟一如既往地让阿福生活在他和小女伴之间。他想，你要是个善良之人，你一定不会对阿福反感，你不反感的话，有没有爱情我也会跟你结婚了事。品行比爱情好像还重要一点。

这样过去了三个月，两个人之间终于无话可说，关于阿福的那几件事，反复地说，说得没了滋味。小女伴有一天把我弟弟带到她家里，指指她的床，我弟弟就提出了分手。

小女伴也不是好惹的，换上本色，劈脸唾了我弟弟一口："倒让你先提出分手？告诉你，要不是你有那么多的家产，我愿意花时间在你身上？神经病。"

我弟弟向我发了牢骚，说那么纯洁的一个女孩子，说话那么粗俗；她的笑容和眼神那样美，可是内心里不存一点对美好事物的向往。只想让人早点"干了她"，达到结婚的目的。一个男人，不要谈精神或性欲，哪怕找一个稍微称心的女人怕也不容易。

失去了叙述对象的弟弟毫不沮丧，他把阿福的照片放大贴在墙上，放大了的阿福模模糊糊地笑着，眉目间越发黏糊糊的。这张照片是家里唯一不清楚的一件物品，但细想来，却是唯一清楚得要命的东西。如果在夜里，月光投射进来，你感觉到那游荡在屋子里的那份清楚，会让你毛骨悚然。父亲提出了抗议，他说这样太不吉利，对他及母亲的身体影响不好，我弟弟说你们不要烦我。我觉得最亲的就是他了。父亲恼怒地揭下阿福的照片撕个干净，我弟弟从抽屉里又拿出一张，说我早料到了，所以我印了许多。

父亲觉得父子两人的这场矛盾活像一场游戏。如果玩下去的话就会越来越喜剧化，父亲豁达地摆了手。他内心里对儿子早已失望，也早已驯服地听从了命运的安排。不过他还是叮嘱儿子，因为市场形势不好的缘故，应该多放点心思在生意上。你逃避到西藏后，企业的状况一直时好时差，很不稳固。昨天厂里走了两个技术骨干，还有一些"做苦力的"叫嚷着加工资。仓库里的材料失窃了许多。应付款无法还，应收款收不回。销售渠道有几条被别人拦截掉了。父亲唠唠叨叨的，十足是个上了年纪又不甘心的人。但他又说他现在最想干的事就是种种月季花，给它们浇浇水，捉捉虫。不用药水，用手一只只地捉下来。我到时候两脚一伸上西天，什么都不管，你好自为之，不要老像个长不大的孩子。他叫我弟弟过去摸他的身子，我弟弟触手之处皆如嶙峋的山道。我父亲挣下上亿的财产，却落个皮包骨头，身上并没比别人多一两油水。

我弟弟面临着的问题不是不想做，而是做不到。这种现状令他感到窒息。如抓不到的剧痒，如哑巴想呐喊，如坠入黎明前浓重的黑暗。他摸过我父亲的身体后，就开始严肃认真地想一些事。他想如果阿福在的话，是不愿看到他现在这种样子的。为了阿福的在天之灵，他应该振作起来。但是弟弟转念一想，如果阿福活着的话，也像朋友一样嫌弃他呢？要是阿福也经商了，开个米行，会不会也在米里掺沙子呢？看来死也有死的好处。死让人觉得有不可变化的稳固，因而过去了的事，无论在什么时候想起，都不会怀疑它的真实性。

这是冬天了，西北风在屋外猛烈地呼啸，把树摇得哗哗地乱响。我弟弟怀着对阿福的假想，一时竟觉得阿福这个人是平庸的。风把我弟弟的魂悠悠地吹到半空,刮上九霄。我弟弟的魂动荡不安。世界是如此的不牢靠,生活的本质就在于失去和被毁灭。此时,阿福在墙上默默地看着我弟弟,同领着那份苍白和虚脱的情绪。我弟弟的思绪渐渐冷却。

我弟弟在工作上勤勉了许多,这令我的父亲欣慰。

离一九九六年的春节还有一个月的时候,我弟弟接到了钟千里从外地打来的长途电话。钟千里先是无聊地谈起了女人,他说他所在的城市漂亮女人多得很,烦得他常常干咽口水睡不着觉。但是他不能去招引她们,他钟千里是有原则的。钟千里突然声调一变,激动得结结巴巴地说,这里有一笔大生意,人家要订一批电器产品,恰巧这人是他拜把子兄弟。

我弟弟不置可否地扯开话题,我弟弟并不傻。但后来的一个星期当中,钟千里每天打一个电话来,有时只是说他现在喝醉了,想哭。有时说他在看书,看《红楼梦》,一个星期后,他说再也不打了,电话费吃不消。他只是寂寞得慌,身在异乡为异客,每逢佳节倍思亲罢了。他住的旅馆里,客人们都是闹嚷嚷的,成天醉生梦死。看见他们,你会觉得人的一生就是乱糟糟的:肮脏的红地毯,昏黄的走廊灯,拖到地上的被单。到处有一股说不清的杂交气味,人来人往。房间里走出来的陌生面孔,不是昨晚那个人。昨晚那个走了到什么地方去了?谁都不知道谁在干什么,他真的很想家。

我弟弟后来就带着资金去了钟千里所在的城市,准备和他联手做下那笔据说百万元的大生意。我弟弟接到钟千里第一个电话,就对墙上的阿福说这是天方夜谭。他是什么时候改变主意的，一直是一个谜。钟千里后来对别人说，他根本没有花力气去说服我弟弟。他本来只是想开个玩笑。当我弟弟出其不意地打开他旅馆的房门时，他的构想才清晰起来，为了他父母，为了他自己，无论如何要寻这个纨绔之弟的开心。

我弟弟在去找钟千里的那天早晨，坐立不安，情绪非常古怪，他为什么急匆匆地去给阿福上坟？为什么把阿福的照片护身符一样贴在内衣口袋里？我把他的行为解释为恐惧。他出现在钟千里面前时面色平静，举止稳妥。他把皮箱安置在角落，脱掉皮风衣，到盥洗室洗脸。然后他坐在钟千里的床上，脱掉皮鞋，穿上钟千里的拖鞋。这些动作他做得有条不紊，一气呵成。钟千里和衣躺在被窝里，有一刻钟他的脑袋被什么问题困扰而无法灵活转动，他显得有些呆傻，张着嘴，两只眼珠像塑料做的。他想这个老同学比预料的还要傻。

我弟弟点燃一支烟，看着钟千里说："我来了。"我弟弟的神情掺进了丝丝凄凉。钟千里心里想：虚弱无能的人都是这样的表情。他盛气凌人地评价我弟弟："你不像以前那么讨厌了。"

我弟弟说："好些事情我都想开了，再说我父亲年纪大了，我不能总叫他生气操心。"

钟千里哈哈大笑，熏黄的手指间夹着香烟。他为我弟弟认真的态度感到好笑，他笑完了从床底下摸出一瓶白酒："喏，喝完它。我看见你这样子感到由衷的高兴。你父亲没白养你这小赤佬。"钟千里喝了白酒，开始挑衅："说老实话，我真羡慕你，老实、天真、幼稚，而且有一个好爸爸。你那好爸爸干了那么多违法乱纪的事，积下一笔资产，为的什么？为的是给你铺平道路。我呢？我那好爸爸只会吃安眠药。"我弟弟说："你妈一个人了，你要多回去。"钟千里打断我弟弟的话:"不说这个。你跟千媚的事我都知道,你没有上她的当,很好。她在玩弄你。"钟千里狡黠地看着我弟弟,希望他脸上出现难过的神色。但我弟弟淡淡地动了动脑袋,不知道是点头还是摇头。钟千里站起身,煞有介事地伸个懒腰,说:"不能再喝了,我喝醉了,胡言乱语了。"钟千里不再理会我弟弟,一个接一个地朝外打电话,有半个多小时,他的手没有离开过话筒。他告诉我弟弟,刚才与他通话的人都是他的拜把子弟兄,明天他就带我弟弟去谈那笔生意,让我弟弟在春节前签下那笔生意的合同。他问我弟弟此行带了多少钱,我弟弟如实地告诉他带了三万元,钟千里面色冷淡,似嫌不足。但随即他又释然地说:"多是多用,少是少用。就看你这小子是不是有运气吃下那笔大生意。"睡觉时他问我弟弟:"要不要找个姑娘陪陪,旅馆里多的是。一百元一个。"我弟弟毫不气恼,说不需要。钟千里沉默了半天。

我弟弟接下来的日子是这样度过的:他像一只温顺的羊一样被钟千里牵着,到处请客送礼,拜见钟千里的结拜弟兄们。他的结拜弟兄们成分复杂:有市政府干部,有无业游民,有当兵的,有派出所的民警,有摆摊做买卖的,还有自称是黑社会的。他们在舞厅里搂着女人,在旋转的灯光里跳得影影绰绰时,我弟弟替他们怀里的女人付小费。钟千里今日要求他买手表,明日要求他买洋酒,我弟弟一一照办,很顺从地、很平静地、几乎有些麻木地,好像是个局外之人,我弟弟打着哈欠付出各种费用,还得听钟千里的高谈阔论,钟千里向人这么介绍我弟弟:一个好人,一个和我格格不入的人。他家里很有钱,所以他将来什么都不会缺。因为缺少生活磨炼,所以他至今是个好人,对生活抱有热情。我们欢迎他讲讲他父亲坐牢的事,很感动人。或者请他讲讲大柳庄的事,也很好听。

一个星期后,我弟弟告诉钟千里,他只剩下三千元了。钟千里两手一摊,无奈地说:"我为你尽心尽力了,求爷爷告奶奶,看上去签合同有些难度。但是我告诉你,只要肯花钱,没有做不成的事。你回去拿钱,我在这里等你。"我弟弟说签不成就算了,明天你和我一齐回去过年。钟千里说,我?回去过年?爹死娘嫁人,各人顾各人。我娘又在找人嫁,我看她有希望嫁个有钱的老头子。我弟弟说不要那么心狠。钟千里一把搂住弟弟的肩膀,感叹道,唉,你是越来越会说风凉话了,今天最后一晚,走,我们喝酒去,我请客。

钟千里把我弟弟领到一家陌生的酒吧,我弟弟在最后一晚上喝得酩酊大醉,他不知道钟千里是什么时候走的,也不知道什么时候腿上坐了一个女人。他心里很难受,他把女人推开,叫她坐在旁边的椅子上。这时从门外走进一个男人,径直走到我弟弟的面前,他说他是派出所的,请我弟弟跟他走一趟。我弟弟看看旁边的女人,说我没有⋯⋯那男人打断弟弟的话,几乎是笑着把我弟弟带走了。

经过审问,没有确定我弟弟的罪名。但因为要过年了,人人都显得心不在焉。派出所的人把弟弟暂时关在拘留所里,说要把问题搞清楚。这样,我弟弟就在拘留所里待了一个星期。他的裤带没有了,只好蹲着,两只手放在身后不许动,连睡觉都只好蹲着。吃的是难以下咽的粗米,每顿有一碗"白菜汤"。有人哭泣有人咒骂。只有我弟弟不发一言,他经常把阿福的照片从口袋里掏出来浏览一遍。他夜不能寐,通宵达旦地醒着。

他想起了父亲曾经也是这样在监狱里坐着,通宵达旦,没有尊严,没有一丝一毫多余的欲望,如初生婴儿一样无牵无挂。父亲在百无聊赖中定然把许多的人过滤了千遍万遍。当淡漠了仇恨、厌倦了思念后,最能支撑我父亲精神的,可能是他从未真实过的母亲。我弟弟经过数不清的失望和退让,阿福是他坚守的最后一个堡垒,他相信是阿福让他坦然地踏入钟千里设下的骗局,然后再原谅了他。

我弟弟彻底解脱了。他平静而豁达,过了一个星期,他从拘留所里出来,到钟千里住的旅馆去了一趟,如他所料,钟千里逃之夭夭。我弟弟替他付清旅馆费,剩下的钱够买一张火车票。

我弟弟回来了,我家和钟家的恩怨结束,落幕。我弟弟一踏进家门,父亲就指着他说:"你又吃亏了。"我弟弟说:"让我吃最后一次亏吧。"

我父亲于公元一九九六年的夏天中风病故。他总算死也瞑目,我弟弟已经能轻松地胜任工作,大到签订合同组织生产,小到扣掉一个工人的加班费。彻底解脱后的弟弟,做什么事都得心应手,像他六岁时交换于寡妇的耳环一样,弟弟还原了。这样一个把商界看作丑恶的人,与之美好概念相对立的人,最后在商界努力耕耘了。这就是我弟弟的耐人寻味之处。我弟弟的生活在后来是很圆满的,年轻有为,事业有成,他的身边,朋友和美女熙熙攘攘,真是要风得风要雨得雨。

是的,结局很圆满了。我弟弟在最后终于显示了他的聪明,选择了他如今的选择,他成长了,令人信服,你将看见资本在我弟弟的手中得到进一步的积累。我弟弟在艰难的成长过程中明白了什么是需要的,什么是不需要的。他知道人生是从山巅朝下滑落的过程，他没有粉身碎骨已是万幸，有阿福的照片为证，他的内心还是保持着对美好人性的追求，有些无奈，但绝不脆弱。他还知道，人生有些事是不得不做的，于不得不做中勉强去做，是毁灭；于不得不做中做得很好，是勇敢。

《钟山》1997年第4期

贫嘴张大民的幸福生活

刘 恒

一

他叫张大民。他老婆叫李云芳。他儿子叫张树，听着不对劲，像老同志，改叫张林，又俗了。儿子现在叫张小树。张大民39岁，比老婆大1岁半，比儿子大25岁半。他个子不高。老婆1米68。儿子1米74。他1米61。两口子上街走走，站远了看，高的是妈，矮的就是个独生子。去年他把烟戒了，屁股眨眼就肥了一倍。穿着鞋84公斤，比老婆沉50斤，比儿子沉40斤，等于多了半扇儿猪。再到街上走走，矮的在高的旁边慢慢往前滚，看不着腿，基本上就是一个球了。

张大民不是聪明人。李云芳了解他，他3岁才说话，只会说一个字，"吃"！6岁了数不清手指头，没长六指却回回数出11个来。小学晚上了一年，还蹲了一班，听不懂四则运算。中学又蹲了一班，不会解方程，经常求不出未知数。不聪明也没耽误高考，那是二十世纪七十年代的事了。语文47分。数学9分。历史44分。地理63分。政治78分。张大民感到骄傲。李云芳也考了，总分只比他多5分。政治不及格。人家问马克思主义的三个组成部分，她写的是《为人民服务》《纪念白求恩》《愚公移山》。这么胡说八道是很能说明问题的。李云芳也不是聪明人。张大民太了解她了。

他们是青梅竹马。张大民的父亲是保温瓶厂的锅炉工，李云芳的父亲是毛巾厂的大师傅，同属无产阶级，又是邻居兼酒友，没事儿就蹲在大树底下杀棋。文化不高，脾气也柴，杀着杀着能揪着脖领子打起来。

"老子拿笼屉蒸了你！"

"老子拿锅炉涮了你！"

孩子们就跟着吐唾沫。张大民很早就明白，李云芳的唾沫星子是酸的。蒸完了涮完了吐完了，两个老混蛋加臭棋篓子又和好了。孩子们蜂拥到沙土堆上继续玩耍。张大民垒碉堡，挖壕沟，李云芳嘻嘻一蹲，半泡尿就把炮楼给端了。后来的新婚之夜，李云芳就喷着酸酸的唾沫星子说话。

"大民，你爱我吗？"

张大民都快晕过去了。

张大民的父亲是让开水烫死的。他站在离锅炉房八丈远的地方跟人说话，轰隆一声，锅炉黑乎乎地蹿出了房顶，一边飞一边洒开水，像一架灭火的直升机。锅炉工哎哟妈哎，就给浇趴下了。

那时候张大民不爱说话，死淘死淘的。看着父亲像氽丸子一样的脑袋，灵魂突变，变成了黏黏糊糊的人。话也多了，而且越来越多，等到去保温瓶厂接班，已经是彻头彻尾的耍贫嘴的人了。不变的是身高。锅炉爆炸以前是1米61，一炸就愣住了，再也不长了。

李云芳晚一年接班，爱上了毛巾厂的技术员。张大民很难过，心想恋爱了也不跟哥们儿打声招呼，什么东西！假小子越长越苗条，越长越妩媚，不光唾沫星子是酸的，连套着高跟儿鞋一撇一撇的脚丫子都是酸的了。张大民找碴儿跟她说话，有话没话都想办法一句挨一句地跟她说话，不说憋得慌。他拎着塑料桶站在公共水龙头旁边，像看珠穆朗玛峰一样看着她，自己都听不清自己在说什么。

"你们厂夜班费6毛钱，我们厂夜班费8毛钱。我上一个夜班比你多挣2毛钱，我要上一个月夜班就比你多挣6块钱了。看起来是这样吧？其实不是这样。问题出在夜餐上面。你们厂一碗馄饨2毛钱，我们厂一碗馄饨3毛钱，我上一个夜班才比你多挣1毛钱。我要是一碗馄饨吃不饱，再加半碗，我上一个夜班就比你少挣5分钱了，不过你们厂一碗馄饨才给10个，我们厂一碗馄饨给12个，这样一算咱俩上一个夜班就挣得差不多了，就没有什么区别了。可是你们厂的馄饨馅儿肉搁得多，算来算去还是我们厂亏了。表面看起来你们厂的夜班费少几毛钱，实际上1分钱都不少！云芳，你觉得呢？"

"我觉得我都糊涂了。"

"哪儿糊涂了？我帮你算。"

"大民，你说点别的吧。"

"夏天到了，你爸爸都穿上大裤衩儿了，你妈也穿上大裤衩了，你……"

李云芳心想,他怎么这么啰唆呀!又想他爸爸烫死以后,他们家的生活确实困难多了,连一碗馄饨都要数着吃了,太惨了。她的目光一软,他的嘴皮子就受了刺激,硬邦邦的越说越来劲了。

"你爸爸的大裤衩用绿毛巾缝的,是吧?你妈的裤衩是粉毛巾缝的,对不对?你两个弟弟的裤衩是白毛巾,你姐姐和你的大裤衩子是花毛巾,我没说错吧?吃了晚饭,你们一家子去大马路上乘凉,花花绿绿是不是挺……"

李云芳红着脸笑了。"我们一家子穿开裆裤,你管得着吗!"

"你看你看,你根本没明白我的意思。我觉得花花绿绿挺……挺温馨的。我就是不认识你们家,一看这打扮也知道起码有三个人在毛巾厂上班。这能赖你们吗?不发奖金老发毛巾,你们家柳条包都撑得关不上了,这能赖你爸爸,能赖你吗?我要是毛巾厂的,就用花格子毛巾做套西装,整天穿着上班,看看厂领导高兴不高兴!"

"大民,你贫不贫呀!"

"其实我也没别的意思。你们一家子穿着毛巾在屋里待着,我就什么都不说了。上了街还是应该注意影响。缝裤衩的时候应该把字儿缝起来。每个屁股蛋儿都印着一行光华毛巾厂,好像你们全家走到哪儿都忘不了带着工作证一样。"

"快闭嘴吧,水都溢了。"

"我的话还没完呢!"

"你少说两句不行吗?"

"不行,不说够了我吃不下饭。"

"那你就饿着呗!"

李云芳不当回事,闪着细腰嘻嘻哈哈地走开了。他嘴唇发干,嗓子眼儿里塞满了自知之明,知道一堆废话她一句也没听进去。他自卑得睡不着觉,摸着两条短腿,想着两条长腿,发现自己跟她没什么好说的了。

天下的王八蛋都是一样的。聪明的技术员去了美国,走前说不吹,走后来了一封信,说还是吹了吧,李云芳得了忧郁症,开始几天不说话,随后就不吃东西了。她披着一块粉色的缎子被面,在自己的床上坐了三天,谁劝也不下来。她母亲的哭声在大杂院上空久久回荡。张大民很高兴,心说该,该!大半夜睁开眼,接着说该,活该!鼻子突然一紧,眼窝儿就湿了。

李云芳的姐姐找到张大民,流着泪嘟哝,好话有一万句了,死马当活马医,你也给几句试试?张大民矜持了一下,她姐姐忙说我们没别的意思,这么没出息谁还要她呢。张大民又矜持了一下,梳了梳头发,漱了漱口腔,换了一双厚底儿鞋就跟着去了。

他吓了一大跳。李云芳脸色苍白,两腮深陷,肿眼像两只烂桃子,目光凝视着桌子底下的一个地方,他坐在她对面,半天不知道说什么。她的小虎牙以前特别好看,现在凶狠地龇着,像野猪的牙一样。

"云芳,你知道你披着什么东西吗?"她一点反应都没有。"你披着一块杭州出的缎子被面,你知道吗?它是你妈给你缝结婚的被子用的,你把它披在后背上了,你还给披反了。你现在的样子就像个变魔术的,不是台上的,是天黑了马路边儿那种,你觉着自己挺高级是不是?"

还是一点反应都没有。

"你为什么不说话?江姐不说话是有原因的,你有什么革命秘密？你要是再不吃饭，再这么拖下去，你就是反革命了！你裹着被面咽下最后一口气，你以为他们会给你评个烈士当当吗？这是不可能的。顶多从美国给你发来一份唁电就完事了。你还不明白吗！"

李云芳眼珠儿一动，把脸转过来了。张大民擦擦脑门子上的汗粒子，扭头说有烟吗？李云芳的弟弟颠颠地跑进来，给他点了一支烟，悄声说你接着说我爸让你接着说，又颠颠地跑出去了。张大民暗叫说个屁！这是美丽活泼的假小子李云芳吗？他的心都碎了。

"云芳，我帮你算一笔账，你不吃饭，每天可以省3块钱，现在你已经省了9块钱了。你如果再省9块钱，就可以去火葬场了，你看出来没有？这件事对谁都没有好处，你饿到你姥姥家去，也只能给你妈省下18块钱。你知道一个骨灰盒多少钱吗？我爸爸的骨灰放在一个坛子里，还花了30块钱呢！你那么漂亮，不买一个80块钱的骨灰盒怎么好意思装你！这样差不多就一个月不能吃东西了。你根本坚持不了一个月，这件事就这么算了，你还没挣够盒儿钱呢！云芳，西院小山他奶奶都98岁了。你才23岁，再活75年才98岁，还有75年的大米饭等着你吃呢，现在就不吃了你不害臊吗！我都替你害臊！我要能替你吃饭我就吃了，可是我吃了有什么用？穿鞋下地，云芳，你吃饭吧。世界上最好的东西就是饭了，吃吧。"

李云芳嘴唇动着，外边传来叽叽喳喳的声音，似乎要急着喝彩了，张大民举着一只手，不知要干什么，大家静下来，静得能听见李云芳肠子的声音，咕儿咕咕儿咕咕儿咕咕咕儿。

"云芳，你有什么话就直说吧。别装模作样了，我早知道你为什么不吃不喝了。不就是怕上茅房吗？你嘴唇哆嗦什么？你是不是尿裤子了？没尿裤子你捂着被面干什么？你不说话也没用，你不说话说明你心虚，说明你的裤子早就湿了。别以为你捂着被面我们就什么也看不见了。快把被面扔了吧，充什么大花蛾子，你不烦我们早就烦了。你换一个花样儿行不行？你头上顶个脸盆行不行？不顶脸盆顶个酱油瓶子行不行？我们烦你这个破被面了。"

李云芳嘴唇都咬白了。张大民欠欠身子，从晾衣绳上揪了一条毛巾，又从床上揪了一条枕巾，他把枕巾蒙在脑袋上，把毛巾递给李云芳，用鬼鬼祟祟的目光看着她，口气有点伤感。

"我拿你一点办法都没有了，你把它蒙上，我领着你偷地雷去吧。你知道哪儿有地雷吗？"

李云芳张着大嘴，哇一声巨响就把一切悲愤和忧伤都哭出来了，她扑倒了张大民，喷了他一脸唾沫，一边号啕一边连咬带掐，把他做了爱和恨的朦胧替身。李云芳的家人冲进来，找不着那两位人物，只看见粉晃晃的缎子被面摊在床上，像飘来飘去的旗子。旗子底下漾着哭声和胡言乱语，是跑调跑得厉害却非常诱人的男女声二重唱了。

"大民，你怎么这么坏呀！"

"云芳，我不坏你就好不了啦！"……

"大民，你怎么……这么好哇！"

"云芳，恕我直言，你的腿你的腿你的腿腿腿……怎么这么这么这么长啊！"

听看听看，李云芳的母亲也号啕了。李云芳的姐姐也跟着号啕了。病人思路清晰，爱憎分明，不用担惊受怕了，李云芳的父亲跑到小厨房悄悄抹眼泪,一个人嘟嘟囔囔,多好的一对儿啊!贫了点,也矬了点,可是这俩小兔崽子一公一母是多么合适的一对儿啊!

李云芳不治而愈,嫁给了张大民。从此,两个人就过上幸福的生活了。

张大民家的房子结构啰唆,像一个掉在地上的汉堡包,捡起来还能吃,只是层次和内容有点乱了。第一层是院墙,院门和院子。院墙不高,爬满了牵牛花,有虚假的田园风光,可以骗骗花了眼的人,院门松松垮垮,是拼成一体的两扇旧窗户,钉着几块有弧度的五合板,号码都在,告诉来人它不是一般的木头,它是大礼堂的椅子背儿。推开院门,里面是半米深的大坑,足有4平方米。左边支着油毡棚,摆满了蜂窝煤,右边支着一辆自行车,墙上挂着两辆自行车,自行车旁边还挂着几辫儿紫皮蒜,蒜辫儿底下搁着一个装满垃圾的油漆桶。张大民家的人管这个填满了的大坑叫——院子。第二层便是厨房了,盖得不规矩,一头宽一头窄,像个酱肘子。这是汉堡包出油的地方。前后窗,左右墙,头顶上脚底下,全是黑的和黏的,怎么擦也没用。灯泡永远毛茸茸的,吊在电线上,像个长不大也烂不掉的瘪茄子。厨房的门槛不错,有膝盖那么高,水泥很厚,怪怪的像一道水坝。穿过厨房就进了第三层,客厅兼主卧室,10.5平方米,摆着一张双人床和一张单人床,一张三屉桌和一张折叠桌,一个脸盆架和几把折叠凳。后窗不大,朝北,光淡淡的,像照着一间菜窖。最后一层是里屋,6平方米,摆着一张单人床和一张双层床,猛一看像进了卧铺车厢一样。墙上没窗户,房顶上有个窗户,白光直着照下来,更像菜窖了。这个多层的汉堡包掉在地上,掉在城市的灰尘里，又难看又牙碜，让人怎么吃它呢！

张大民嚼了一百遍，还是咽不进去。婚前一个月，锅炉工的长子召集了家庭会。大家腿碰腿挤在客厅里，像一堆蒜瓣儿凑成了一颗大头蒜一样。李云芳坐在门口，孤零零的，像大蒜旁边的一粒葱花儿。张大民兄妹五个。弟弟是单数，三民五民。妹妹是双数，二民四民。几个民都不爱说话，话都让最大的民说了。做母亲的也不爱说话，她有病。锅炉工一死她就病了，不是脑子的病，是烧心。当胃病治了多年，还是烧心。她爱喝凉水，有了冰箱就改吃冰块儿了。相框里的锅炉工心情不好，愁眉苦脸地看着他的老婆和一窝孩子，嘴角撇着，像刚刚骂完了一句脏话似的。李云芳的心情也不好，未来的婆婆咔嚓咔嚓地嚼着冰块儿。让她后脊梁直冒冷气。幸好未来的丈夫令人愉快，耍贫嘴都耍到她的心坎儿和胳肢窝里去，多难的事听着也不难。

"再过一个月我就要结婚了。本来说好再过三个月结婚，可是我等不及了。水不是一下子烧开的，不小心一下子烧开了，也只好灌暖壶了。把开水灌到暖壶里，盖上盖儿就踏实了，沏茶还是洗脚，就随你的便了。明白吗？这是我第一次结婚。我整夜整夜睡不着，老想我还缺哪几样东西，越想越睡不着，人我是不缺了，在门口坐着呢。我就缺个结婚的地方。结婚跟睡觉根本不是一码事。睡觉哪儿不行？钻到箱子里都能睡。躺在马路边也能睡。结婚试试？不行。妈，弟弟们，妹妹们，我和云芳要在咱们家里屋结婚，只好委屈你们在外屋挤一挤了。我整夜整夜睡不着觉，就是说不出这句话。现在我把它说出来了。听懂了没有？我们两个人睡里屋，你们五个人睡外屋。这么干你们同意吗？我和云芳没意见，你们要是没意见就这么定了。下午我就可以收拾屋子了。四民你想说什么!你是不是反对我结婚?"

四民嘴唇动了动,不说了。她是护校的走读生,一说话就脸红,在家里也改不了,张大民笑着,东看看西看看,脸皮有城墙那么厚,骨子里却惭愧得不得了,汗都贴着耳朵一股一股地流下来了。

"结婚就结婚呗。这院儿里结婚的多了!说那么多废话干吗?"

二民冷冷地说着,顿了顿,站起来出去了。她在肉联厂下水车间大肠组做清洗工,身上老带着说不清楚的味道,脾气也差些,她一出去,空气立刻不一样了。三民做了个深呼吸,咳嗽了几声,朝左右笑了笑,挪挪屁股,又没有动静了,母亲咽了一口冰,对三民说老三,你放屁了吗?你哥等你话呢。三民是邮差,在平安里一带给人送信送报纸,在家里烦了也常常冒出一句报——哩,嗓门儿蛮大的。

"三民,你也反对我结婚吗?"

"我不反对。我凭什么反对?"

"你心里有话,我看出来了。"

"不说了。都是自己的事。"

"说吧。你不说我结婚都不踏实。"

"我第一个女朋友要是不吹,我就在你前边。第二个女朋友要是不吹,还能赶你前边。现在……我什么都不说了。"

"你要有现成的,我先紧着你。"

"哥,你不用客气了。"

"谈几个了?"

"六个。"

"慢慢挑,别着急。"

"哥,我先挑着,您结婚吧。"

母亲说老三,是挑萝卜呢还是挑冬瓜呢?又说老三,给我拿块冰,挑瓷实的,不瓷实不凉。老三给母亲取了一块冰,似笑非笑地钻到里屋去了。李云芳闷头坐着,心想一个个看着挺老实,都不是省油的灯啊。

"五民,我结婚你反对吗?"

五民不吭声,读着破旧的数学课本。五民是家里的知识分子,戴眼镜,穿运动鞋,擦正规的护肤霜,是兄妹中的异类。去年高中毕业没考上大学,人深沉了不少,今年摩拳擦掌准备再来一次。看他不屑的眼光,结婚似乎是件昆虫界的事情。

"问你呢,你反对我结婚吗?"

"真没意思。我本来不想说话,你逼着我说话。其实你的本意是想堵别人的嘴,不让别人说话。谁有资格反对你结婚?我觉得除了你的情敌,没人反对你结婚。你问我根本就是问错了对象。哥,你别不高兴。你应该占一间房子。我们知道此地有银三百两,你就别啰唆了。我只想知道你让我睡哪儿?"

"是呀,睡哪儿?洗洗都不方便。"

四民跟着嘟囔,脸红得像西红柿,张大民叹了口气,觉得小弟的说法实在有理,废话太多了,应当说点实质性的问题了。

"早替你们想好了。我能白白睡不着觉吗?总的原则是少花钱多办事,做到增加一个李云芳,不增加一件新家具。除了东西要摆得合适,我们还得给人留出下脚的地方,屁股撞脑袋是免不了的,都是一家人也就无所谓了。我争取一碗水端平,除了云芳,咱都是一个妈生的,我……"

母亲说你快说，说完完了，我烧心！

"里屋的单门衣柜不动，外屋的双人床和三屉桌搬到里屋。镜子搁在三屉桌上，代替梳妆台用，李云芳对此没有意见。里屋的双层床搬到外屋东北角，三民睡下铺，五民睡上铺。上铺离窗户近离灯也近，读书方便。五民哪，哥是真心为你好，你要明白。里屋的单人床架在外屋的单人床上，变成一个新的双层床，摆在靠门口的西南角，进出方便，在屋里洗不成的可以到小厨房洗。四民，你要心疼姐姐你就睡上铺。二民胖，还要赶肉联厂的早班……"

"我愿意睡上铺，可是，哥，我觉着床都睡满了。你让咱妈睡哪儿呢？"

"箱子！双人床底下有两个箱子，单人床底下有一个箱子，里屋单人床底下还塞着一个箱子，加起来是四个木头箱子。拼起来刚好是一张床，宽90厘米，长200厘米，高50厘米，放在外屋西北角分毫不差。我早就量好了。我真想睡这几个箱子。要不是结婚，要不是非得跟云芳睡一块儿，我真想睡箱……二民，别在厨房嘟囔，进来说。"

"箱子不平，你想硌死妈！"

"用砖头和木头找平。"

"砖都上来了，你就是想硌死妈！"

"嚷嚷什么？我还没往箱子上放东西呢！瞎嚷嚷什么？你以为我心里好受吗？妈，您少吃点冰，听我说。我不让您睡箱子，我让您睡席梦思。我买一张弹簧垫子搁在箱子上，这能叫睡箱子吗？二民，你说说看，我让咱妈睡席梦思，你心里是不是还硌得慌？你要还硌得慌就是你自己的事了，跟箱子就没关系了。"

二民不响了。

五民撩开床单，看看床下的箱子，直起腰来，什么也没说。四民也跟着看了看，把手搁在母亲腿上，似乎表示着没法子了，只能这样了。

母亲说瞎花钱，给弄个草垫子吧。

张大民笑着，羞愧地搓了半天手，好像上面打满了肥皂一样。

"妈，咱就席梦思了……咱该摆桌子了。折叠桌直径90厘米，三民的床和妈的床隔着60厘米，二民的床离门口只有30厘米，摆在哪儿呢？告诉你们吧，我把它摆在三张床的结合部，离二民的床更近一些。你们不用看，我早就摆过108遍了。晚上，中间是一块布帘，外边男里边女。白天，把布帘拉开，支上折叠桌，吃饭的吃饭，做功课的做功课，高兴了还可以打打牌。又到了晚上，把折叠桌折起来，把折叠凳也折起来，统统放在门后头去。这样，夜里起来就不会绊倒了，也不会因为绕来绕去踩到尿盆上面了。"

"折叠桌放在门后头……门后头的冰箱放哪儿呢？"

五民目光真诚，充满信服与困惑。

"五民，这就牵扯到敏感的问题了。你往这里看。你和三民的双层床摆好以后，到这个地方。那边是里屋的门框。中间的距离是55厘米。你知道冰箱的宽度吗？55厘米！什么叫活见鬼？这就是活见鬼了！我不把它摆在这个地方都对不起它。可是冰箱不是五斗柜，它是要出声儿的。过一会儿嗡一下，嗡得越来越勤了。听，又嗡了，还哆嗦！太敏感。你和三民只好委屈一下了。尤其是三民，喜欢头朝外睡，以后不得不脚朝外了。"

里屋没有动静。大家的注意力刚放松,咚一声,三民的脑袋从里屋伸到外屋,脸有点白,气有点粗,受了辱的样子。他嗓门儿很高,不过没提冰箱,提的是另一件家用电器。

"电视放哪儿?"

张大民愣住了。

"你把三屉桌搬到里屋当梳妆台,我没意见。你把电冰箱搁我脑门子上,我也没意见!可是,三屉桌上的电视放哪儿?放哪儿!"

张大民真的愣住了。他把18英寸的昆仑牌彩色电视机干干净净地忽略掉了。他在心里朝自己怒喝,比三民的声音还大,放哪儿放哪儿放哪儿哪儿哪儿,满腹回声不绝。

"三民,急什么?不就是嗡一下吗。"

"……电视放哪儿?"

"我天天拿手抱着它,都解气了吧?"

张大民在切菜板的四个角上紧了四条螺栓,在四条螺栓上拧了四根铁丝,然后在切菜板的四条螺栓和四根铁丝之间摆上了电视机。然后……然后,张大民就把这个黑乎乎的呆头呆脑的东西挂在外屋的房梁上了。

婚礼比较寒酸,但是这台空中电视机成了众人惊喜和赞美的中心。张大民撇开新娘子,站在切菜板底下讲解了半个小时。他一会儿拔掉天线,一会儿拔掉电源线,就像忙着给自己挑选合适的上吊绳似的。

曲终人散,新人入了洞房。终于结婚了。终于把所有人挡在门外,赤条条地爬上只属于两个人的双人床了。张大民跪在床脚,像急等着跑百米,又像刚刚跑完了马拉松,百感交集,眼神儿像做梦一样。李云芳靠在床头问：

"大民，你爱我吗？"

"我不爱你，我费这么大劲干吗？"

两个人扎扎实实地过上幸福的生活了。

第二年七月，下了三场大雨。下第二场大雨的时候，大杂院的下水道让一只死猫堵住了。三民用雨衣罩着第十一位女朋友，情意绵绵地湿乎乎地来到家门口。哇！女的尖叫了一声，跳起来足有半尺。张大民正在舀水，屁股上坠着三角裤衩，像一块破抹布，听到声音连忙蹲下了。小院儿变成了游泳池，中间横着一块跳板，跳板旁边的水面上浮着一个洗脸盆和一颗脑袋。脑袋水淋淋的，没有表情，仿佛脱离了身体而单独漂在那个地方。只凭一声叫唤，三民的第十一位女朋友就给张大民留下了十二分恶劣的印象。挑来挑去，八亩地的萝卜都挑遍了，就挑了个这！哇，不是味儿。

三民牵着女友踏上跳板，像离船走向码头，更像离开码头登船。屋里黑洞洞的。雨声轰鸣，水势悄悄上涨，小船就要在风雨飘摇中沉没了。哇！张大民又听到一声尖叫。小姐刚上船就把接雨漏儿的尿盆踩翻了。

三民来到雨中，一边帮着舀水，一边报告了一个沉重的消息。他说哥，我在家具店订了一张双人床，钱已经交了。空中一串儿炸雷滚过，张大民缩着脖子哆嗦了好几下，就像双人床正从天上轰轰隆隆地砸下来一样。

"哥，帮我想想办法，摆哪儿啊？"

"不接着挑了？累了？"

"怎么挑也是剩下的，好赖就是她了。"

"一惊一乍的,行吗?"

"习惯了,还行。"

"看着挺妖的。"

"长得就那德行,其实不妖,挺懂事的。看电影老掉眼泪。我不跟她好,她就钻汽车轱辘,挺懂感情的。这是缘分。反正双人床已经买了。她是巫婆是蛤蟆,我也不换人了。"

"买床急什么,家具店又塌不了?"

"我的水也开了,我也要灌暖壶。哥,你选好了地方,明天我雇辆三轮儿把它拉回来,后面的事就不用你操心了。"

"别雇三轮儿,贵着呢。我替你把床背回来,你自己找地方得了,行不行?"

"不行。运的事你别管。你就管摆,一家子数你会摆。你让我摆哪儿我就摆哪儿。你不给我摆,你不管我,我就不结婚。"

"废话,摆茅房去,你去吗?"

"不去。"

"你不去我去。明儿我上茅房住去。茅房不让住我住耗子洞,耗子洞不让住我住喜鹊窝,鸟窝不让住我住下水道!我他妈钻下水道找死猫就伴儿去!我……"

"哥你冲我发火,你冲着大街嚷嚷什么!"

"我乐意!"

张大民跳到门口,在风雨中大喊大叫。他的无名火来势汹汹,满口胡说八道,三角裤衩朝膝盖方向慢慢滑去,半个黑不溜秋的屁股都露在外边了。

"明儿我睡茅房睡警察楼子,我乐意!"

屋里咣当一声,然后是——哇!小姐不长眼,也不长记性,又在相同的地方把那个接雨漏儿的倒霉的尿盆踢翻了。

哇!

让暴风雨来得更猛烈一些吧!

有人要住茅房啦!

事后,张大民向邻居解释,他说的是气话。他明白茅房是干什么用的,总而言之不是睡觉用的。如果是自己家的茅房,住一住倒也罢了,用双人床堵塞公众的出口,不合适,也不道德。他怎么可能住在那儿呢?

母亲搭腔说这是实话,他怕蛆。

茅房问题解决了。双人床问题搁在老地方,谁也没有办法。第三场大雨倾盆而下的时候,张大民半夜醒来,眼珠儿一转,想出了一个办法,打了个哈欠,又想出了一个办法。他睡不着觉了。他摸到厨房喝水,没摸到暖瓶,摸到了一把头发。闪电在雨夜中划过,头发下面是三民的脸,发呆,发绿,还有点发蓝,像一颗刚刚摘下来的挂着绒儿的大冬瓜。张大民刚要发作,嗓子突然一堵,觉得再这样愁下去,三民就要出人命了,双人床就要杀死他可怜的弟弟了。

"干什么呢你,不睡觉?"

"不敢睡,一闭眼全是腿儿。"

"什么腿儿?女的?"

"不是……是马。一大群马跑过来,扑棱扑棱的,全是马腿儿。一闭眼没别的,全是咖啡色的马腿儿!"

"三民,你有病了。"

"跑近了一看,不是马腿儿。"

"什么腿儿?"

"床腿儿，数都数不清。"

"三民，你真的有病了。"

"哥，我没病。"

张大民给三民点了一支烟，自己也点了一支烟，一边抽一边叹气，听着风声和雨声，觉得生活——幸福的生活——让一群长了蹄子的奔腾的双人床给破坏了。

"我没病，可是我很难受。"

"你哪儿难受？"

"我说不出来。"

"得说出来，憋着不说就长瘤子了。"

"就这儿……两根眉毛中间，偏上一点，裂了一条缝儿，很难受。昨天下午，我找我们领导谈话，我找我们领导借房子，我……我找我们领导谈借房子的事，我找我们领导……找我们领导……"

三民掉泪了，抽搭了几下。

"快说，别憋着！……"

"领导对我很好，问我你排队了吗？我说我排队了。他说好同志，好青年，你慢慢排着吧，如果中间没有人加塞儿，到21世纪上半年你一定可以分到自己的房子了。"

"张着嘴请人往里塞大粪，你自找的！"

"……我说我可以加个塞儿吗？领导说你是好同志，好青年，你不能加塞儿。我说小王怎么就加塞儿了，来得比我晚，干得没我好？领导说……领导说你知道小王的爸爸是谁吗？哥，我难受极了。"

三民又落泪了。

"我也难受。可是,让咱妈现给你找一个长翅膀的爸爸,好像是来不及了。你当时就跪下来,认你们领导当干爸爸,人家未必就缺儿子,好像也来不及了。"

三民不吱声了,狠狠地撸了一把鼻涕。张大民挪到厨房门口,隔着水坝似的门槛朝外看了看,积水不多,离警戒线还早着呢。他把烟屁股丢在雨里,小火头儿哧一下就不见了。

"三民,我有办法了。"

"你有什么办法。"

"我想得不成熟。我一直在琢磨要不要告诉你。想来想去,我决定还是告诉你。这样对你的心情有好处。你老想床腿儿凳子腿儿,钻进牛角尖儿就出不来了。你应当钻到别的地方试一试。下水道堵了一只死猫,那是死猫,你一钻说不定就钻过去了。不是真钻,是打个比方,说明一种态度。咱们这种人不能靠别的,靠别的也靠不上。只能靠东钻钻西钻钻,上钻钻下钻钻。本来没有路也让咱们钻出一条路来了,本来没有地方搁双人床,使劲儿一钻,搁双人床的地方就钻到了,三民,我的办法其实很简单,我都不好意思说出口。咱们家不是有双层的单人床吗?"

"你的意思是……"

"把两张双人床摞起来。"

"……摞起来?"

三民小声笑着,自己问着自己,很兴奋,搓了半天手。不过,他很快就沉默了,大概看清了摞起来是件很严峻的事,一点也不值得高兴。他摇头,叹气,抱紧两条胳膊,好像刚刚被奔驰而来的床腿儿踩了肚子一样。张大民也沉默了。他闻到了一股馊味儿。摞起来确实不是一个好主意。初想也还不错,深入地想一想就不行了。摆起来的双人床不光摇摇欲坠，一关电灯它还没完没了地叫唤，咯吱咯吱咯吱的，粗俗，没有教养，还下流！张大民直纳闷，这么不要脸的办法是怎么想出来的？他真想铆足了劲给自己一个大嘴巴了。

"三民，我这儿还有一个办法。"

三民捂紧脑门儿，好像有点害怕。张大民给三民续了一支烟，自己也续了一支烟，一边抽一边问自己，说好呢还是不说好呢？不说吧，好歹也算一个办法，说了吧，还是一个不要脸的办法！床没地儿摆，身子没地儿放，单单要张脸搁哪儿呢！豁出去了。

"摞着摆不合适，咱挨着摆！"

"挨着摆？"

"我们的床挨着你们的床。咱不摞着了，不分上下了。咱分里外。你们是新婚，你们在里边。我们在外边。我们是老夫老妻了，脸皮有冰箱那么厚了。我们把双人床摆在你们的双人床旁边，不知你们的心里怎么想，反正我们是不在乎了。"

"挨着摆不就成大通铺了吗？"

"你这么理解也不算错。"

"……不挨着不行吗？"

"行不行，你听我给你分析。我的左手是我们的床，我的右手是你们的床，你看明白喽。里屋只有这么大，摞着摆可以，挨着摆塞不进去，只能摆在外屋。外屋也只有这么大，右手摆在里边，左手摆在外边，中间不挨着，你看怎么样，左手这里出了什么事？"

"出了什么事？"

"我们的床把门口堵住了!"

"……我懂了。"

"你真懂了吗?"

夜雨茫茫,张大民的手在三民眼前上下翻飞,代表着两张不幸的双人床,像两只饥饿的野兽的爪子。又一道闪电划过去,照亮了张大民的脸,是淡紫色的,也照亮了三民的脸,是深绿色的。彼此恐惧地望着,至少在一瞬之间生了怀疑,怀疑对方也怀疑自己到底还是不是人。不是人,是什么东西呢?是人,又算哪路人呢?

三民的婚礼很热闹。出了风头儿的不是新郎,不是新娘,是五民。五民苦读三载,考中了西北农大,喝完喜酒便要远走高飞了,众人给新人敬酒,也给五民敬酒,都捎带着问一句,为什么考农大呢?考农大也要考北京的农大,为什么考西北的农大呢?五民含笑不语,咕咚咕咚地往嗓子里灌酒,灌着灌着就出语惊人了。

"我受够了!我再也不回来了。毕了业我上内蒙古,上新疆,我种苜蓿种向日葵去!我上西藏种青稞去!我找个宽敞地方住一辈子!我受够了!蚂蚁窝憋死我了。我爬出来了。我再也不回去了。哥,我有奖学金,你们别给我寄钱!我不要你们的钱!你们杀了我我也不回去了。我自由了!我……"

五民起初傻乎乎地笑着。众人也跟着笑,后来就不笑了。五民泪流满面,舌头发硬,眼神儿完全不对了。众人连忙打圆场,别喝啦别喝啦,再喝就该想媳妇啦!张大民把五民揉到没人的地方,想给他几下。五民脑袋一低,扎在张大民肚子上就失声了。

"家里缺钱花。你们别给我寄钱!"

"你是亲生的,不是妈在大街上捡的!"

"把我的床拆下来。别让妈睡箱子了,让妈睡我的单人床吧!"

"妈睡箱子睡舒服了,睡别的睡不惯了。"

"咱们家太憋了,喘不过气来。"

"吃两勺胡椒面儿就不憋了。"

"哥,我都快憋死了!"

"你自己不找死,谁也憋不死你。"

婚礼圆满结束了。太阳落山了。新郎张三民搀着新娘毛小莎姗姗而来,翩然如在梦中。他们推开了钉着椅子背儿的院门。走过大坑似的院子,跨过高高的门槛兼挡水坝,穿过厨房的菜味儿和油烟味儿,蹭过大哥和大嫂的床头,绕过用三合板钉的像厕所挡板似的隔断,眼前豁然一亮,不由长长地长长地长长地出了一口气。他们终于看见自己的双人床了。它在新郎的心里奔腾过。它在新郎的眼睛里奔腾过。现在,它安静了。

在三合板隔断的南边,张大民仰面躺着,比床还安静。他一只手搂着李云芳的脖子,另一只手摸着李云芳的肚子。肚子很饱满。一分钟比一分钟饱满。他们的孩子已经四个多月了。在三合板隔断的北边,贴着的都贴着,绕着的都绕着,含着的也含上了。起初是多么安静。月亮正悄悄地升上来,可是,且慢!这片黑洞洞的诗意顷刻之间就出了问题。

哇!

接下来就一发而不可收了。

张大民暗自呻吟,再一次深深地感到生活——幸福生活——让弟媳妇一连串莫名其妙的声音破坏了。他想起了五民的抱怨。

憋得慌？喘不过气来？他觉得自己也快憋死了。

哇！

天哪。又他妈来了。

张大民在小饭铺请三民吃饭。他点了炒腰花儿、熘肥肠儿、拍黄瓜、煮花生，又要了四两白酒。他有点心疼。他挣钱不多，所以很爱钱，花钱的时候特别难受。他从来不请别人吃饭，也不请自己吃饭。只有别人请他吃饭的时候他才去。吃别人请的饭，他不难受，也不心疼，胃口特别好。现在，他一点胃口都没有了。看着三民有滋有味细嚼慢咽的样子，自愧弗如的感觉又一次撞疼了他的心头。本想等三民度完了蜜月再请这顿饭，可是情况愈演愈烈，不得不提前破费了。

"三民，婚后感觉如何？"

"还行。哥，怎么臊乎乎的？"

"腰花儿洗得不干净。"

"我感觉还行，就是挺累的。"

"是累。日子还长着呢，悠着点。"

三民红着脸得意地笑了。

"我是心累。哥，怎么臭烘烘的？"

"肥肠儿就是这味儿。"

"哥，真的，我就是心累。"

"别的地方不累？"

"不累。"

"你不是心累。三民，我了解你。你小时候的脸色就跟别人不一样。我一直在观察你，一直观察到现在。你瞒不了我。心累，你脸是绿的。干活儿累了你脸白。你脸要黑了就是吃多了，撑着了。你能瞒我吗?快撒泡尿照照你的脸,看看它现在什么色儿?"

"什么色儿?"

"跟你的床一个色儿,咖啡色的!床是咖啡色很正常,人没晒着没烫着的,凭什么跟咖啡一个色儿?你看看你的下眼皮,是发了霉的咖啡,都长蓝毛儿了。三民,我再给你点一个炒腰花儿,臊乎乎的你也得吃,多吃。你得好好补补你的肾。我认为你的心不累,你的肾太累了,搞不好已经累坏了。小姐,再来一个腰花儿,炒嫩点,夹点生最好,快啊。三民,我对你说,我是过来人,我的话你要听进去,人,不能为了一时痛快,连自己的腰子都不顾了!不顾腰子,到时候你后悔可来不及了。吃吧,多吃。"

三民依旧吃着笑着,却不敢得意了。

张大民咂了一口白酒,很苦,没有他的心情苦。他应当怎样表达自己的不满呢?他还是拿不定主意。他是长子,管弟弟可以,管弟弟的媳妇可以不可以?管弟弟的媳妇的……声带可以不可以?好像不可以。但是,不管行吗?这算不算干涉别人的私生活?可是,不干涉,别人还生活不生活!

张大民含着酒,像含了一口别人的尿。三民吃得很香,满面春风,根本不考虑请他吃饭的人的心情。

"哥,再给我来一个腰花儿。"

"我带的钱……算了!来一个就来一个。"

"刚开始臊,吃着吃着就不臊了。"

"这就叫身在臊中不知臊哇!"

"哥,你什么意思?"

081

"三民,你见过公鸡踩蛋儿吗?"

"听说过,没见过。"

"公鸡往母鸡背上一踩,母鸡吱吱嘎嘎胡叫唤,就跟有谁要宰它似的,德行大了。"

"哥,你到底想说什么?"

三民慢慢放下筷子,笑得很难看,从耳朵到胳膊全红了。张大民不动声色,目光坦然,心里很紧张,手心儿和脚心儿都在冒汗,尾巴骨也隐隐作痛,有点坐不住椅子了。本想说三合板隔断北边的事,怎么说到公鸡踩蛋儿上去了?张大民语重心长地看着三民,给三民夹了一片半生不熟的腰花儿,觉得自己顾不了那般许多了。

"三民,你觉得幸福不幸福?"

"挺幸福的。怎么了?"

"不管多幸福,眼里也不能没别人。"

"我们怎么了?"

"大家都是过来人。吃过猪肉,见过猪跑,也跟着一块儿跑过,谁瞒谁呀!可是,为什么我们能做到的,你们就做不到呢?"

"你们做到什么了?"

"我们从来不叫唤!"

张大民很压抑,嗓音猛了些。三民木呆呆的,似乎没听懂,嘴唇上挂着一片腰花儿,就像刚刚咬掉了一块舌头。小饭铺静了片刻,不多几个人都朝这边看着。张大民有点不自在,压低了嗓音,眼睛却盯着别处。

"三民,我得正正经经告诉你,这么叫唤,不符合国情,也不符合咱的身份。您要在外国有一大别墅,别外国了,您就是在郊区弄一小别墅,您和您媳妇都可以随便叫唤,你们把手拢在嘴上大声嚷嚷也不碍事,高兴嘛,舒服嘛,嗓子眼儿痒痒嘛!可是,如果七八口子挤在一间半破屋子里,我看咱们还是得慎重。我和你嫂子已经挺过来了。你们打算怎么办?"

张大民的目光追着一只苍蝇,飞飞停停,最后很不情愿地落在三民的脸上。三民的脸发紫,嘴唇更紫,有点缺氧。他闭着嘴,牙疼似的皱紧眉毛,夹起一片炒腰花儿看了看,又放下了。

"哥,你别激动。我还没激动呢。我们的情况你了解吗?每天上床我们都互相叮嘱,小声点小声点千万小声点,你知道吗?我趴在那儿像趴在一块豆腐上面,脑袋上顶着一碗水,屁股上也顶着一碗,好像一动弹水就洒出来了。我们容易吗!我们小心得不能再小心了,我们又不是木头,控制不住了哼哼几声都不许吗?"

"那也叫哼哼?真会哼哼!"

"哥,你别激动。"

"只许你们哼哼,不许我激动?你们把自己的幸福建立在别人的痛苦之上,还不许我激动?我们也是人,我们不是木头,我们都有耳朵,我们倒想不激动,行吗?人家让吗!小姐,再来一盘炒腰花儿,别洗,越臊越好。"

"哥,我不吃了,我够了。"

"我吃!我的肾还没补呢!"

三民不说话了,捂着脑门儿叹气。张大民一边吃一边激动,一边激动一边算着花了几个钱,越算越心疼,越心疼越激动得受不了,胳膊和手抖得厉害,下巴也跟着抖,筷子说什么也夹不住东西了。

回家的路上，张大民几次想吐没吐出来。

回家就上床了，翻来覆去的，怎么也睡不着。他口中念念有词，听不清说什么。李云芳推他问他，他一概不理，继续嘟囔。月到中天的时候，他推醒了李云芳，想说什么半天没说出来。月光映着他的额头，表情非常痛苦，好像他整个肚子里的东西都被人挖走了。

"你怎么了？"

"云芳，亏了。"

"亏什么了？"

"他们多收了一盘腰花儿钱！"

"闹了半天你算账呢！"

"怎么算怎么不对，多收了我7块钱！"

"我给你7块钱。睡吧。"

张大民还是睡不着。三合板隔断的北边静悄悄的，静得让人不放心，好像有人故意跟他捣鬼似的。他又一次推醒了李云芳，小声说你听你听，神秘兮兮的样子令人恼火。

"听什么？什么也听不见。"

"这就对了。云芳，这说明花钱花得值，我们一点也不亏。我不心疼。他们多收两盘炒腰花儿的钱，我也不心疼。我们花钱买的是什么东西，他们谁也不知道，只有我们自己心里明白。多花7块钱又算得了什么呢？云芳，我真的不心疼。我就是有点堵得慌，这儿，就是这儿……堵得慌。不是腰花儿，好像是一个特别大的猪腰子，整个堵这儿了。"

张大民指了指脖子下边的某个地方。李云芳敷衍了事地给他揉了揉，知道他醉着，也知道他是心疼钱，又好气又好笑，真想把他从床上掀下去。

"你别嘟囔起来没完没了，快睡！"

"我睡我睡，值了太值了……这就睡。"

可惜，他想睡也睡不成了。

哇！

张大民一骨碌爬起来，三步两步跑到院子里，一摸便摸到了垃圾桶，埋头就吐。钱白花了。他吐得很仔细，把一肚子腰花儿和一腔悲愤全都吐出来了。李云芳跟到院子里给他捶背，听见他满嘴臊烘烘的却还在不停地嘟囔，好像跟那个垃圾桶有说不完的悄悄话似的。

二

第二天早晨，张大民爬上了墙头，在上边呆立了半个小时。墙外是一棵石榴树，没有石榴，长着密密麻麻的树叶。墙皮上爬满了牵牛花，开着俗气的粉色的花朵，一些花朵开到树上去了。石榴树外面是过道，邻居们走进走出，纷纷昂起下巴，看着墙头上的人，猜不透他要干什么。张大民抱着胳膊，眯缝着睡眼，不屈不挠地盯着前方偏下的某个地方，一副做梦做不醒要永远做下去的样子。往他胳膊上缝两个翅膀，这小子呼扇几下，说不定就迷迷瞪瞪飞起来了，说不定就像大蚂蚱一样飞到无边的美丽的原野里去了！总之，他要不想往外飞，戳在墙头上摆那个臭架势干什么用呢？

半个钟头之后，张大民爬下了墙头，找了一把铁锹，开始拆他们家的院墙。他把院门整着卸下来，发现墙体很松，拿肩膀头一顶，半堵墙轰隆一声就塌到外面了。一股烟尘笼罩了石榴树，就像有人在天上瞄准儿，很凑巧地往那儿丢了一颗大炸弹。张大民真的飞起来了。他不是蚂蚱。他是一架轰炸机。不知道从哪儿载了那么多仇恨，轰轰隆隆，咚咚锵锵，只几下就把他们家的院墙炸平了。家里人很默契。没有谁阻拦他，也没有谁帮助他，似乎在遵循某种秘密的部署。果然不出所料，对门儿邻居家的大儿子跳出来了。

"你丫干吗呢你？"

"我拆墙呢。亮子，你有事儿吗？"

"你丫拆墙干吗？"

"憋得慌，透透气。"

"有你丫这么拆的吗？"

"拆慢了，怕你跑出来帮忙。快点拆，等你跑出来帮忙，已经拆完了，想帮忙也帮不上了。没别的意思。亮子，我是不想麻烦你。屁大的事儿，我自己撅撅屁股就干了，不麻烦你了，你快点回家歇着去吧。"

"谁跟你丫贫呢？"

"你不歇着，帮我捡砖头得了。"

"你丫到底想干吗？"

"不好意思，想盖间小房儿。"

"想砍树是不是？你前脚砍我后脚就告办事处去，罚个千八百的，罚死你丫的！大民，我说话算话，你丫信不信？"

"我信，我怕你。"

"怕我就别砍树。"

"我不砍树。"

"怕我就别往我们家这边盖！"

"怕你我也得盖。离你们家还远着呢。我不砍树。我真的不砍树。我把石榴树盖在房子里,让它从房顶中间穿过去。我整个早晨都在想这件事。这件事对谁都没有坏处,对你也没有坏处。你快点告到办事处去,就说这个爱树的绝招儿是你琢磨的,他们一感动说不定能奖你个千八百的。我一分都不要。我觉得咱们俩完全想到一块儿去了。我要替这棵石榴树请你喝啤酒,我……"

"傻×!我抽你丫的你信不信?"

"你抽我干吗?"

"我这就抽你丫的你丫信不信?"

"咱别急,咱先抽支烟吧。"

张大民递出一支烟,被打飞了。他追过去弯腰拾起来,吹了吹土,自己点上,愉快地吸了一口,又愉快地吸了一口。他笑得很友好,心说你才傻×呢,你不抽我事情还麻烦了呢。亮子高高大大,在轧钢厂做翻砂工,是个塔一样的人。两个人站在一起,就像一头驴和一头象站在一起,前景很不美妙。张大民略微有些担心,你要真抽我,我受得了吗?把我牙打掉了怎么办?把我鼻子打歪了怎么办?他一边抽烟一边得出了结论,受不了也得受着,打成什么样儿是什么样儿,为了双人床为了安宁为了受罪的耳朵根子,豁出去了。他故意把烟屁股扔在对方脚边,抬眼看了看蔚蓝色的天空,就像抓紧时间抒发最后一下的烈士一样。

我……我我我要豁出去了!

"你不是想抽我吗?我站在这儿,我让你抽,你随便抽,我要哼哼一声儿我都不是人!可有一样儿,咱俩现在就说清楚,你抽完就完了,我转过身儿去盖房,你可别吱声儿。你要吱一声儿你都不是人养的,你就是王八蛋!"

087

"我拿砖头花了你丫的!"

翻砂工终于暴跳起来了,真的捡了半块砖头。张大民心头一惊。他用砖头拍我脑袋怎么办?他把我拍成了大傻子怎么办?翻砂工的眼神儿稍稍往旁边躲了一下。张大民备受鼓舞,脑袋又烈士一样昂起来了。

"你花!我把脑袋搁这儿,你快花!"

"……我拍死你丫的!"

"拍扁了我我也得盖房。树南边2米多,我占1米,还剩1米多,长两条腿儿的长俩轱辘的都能过去,你有什么不乐意的?这棵石榴树是我爸种的,我把它盖在屋里,是对我爸的纪念,你凭什么说三道四?"

"废话!我妈胖,你丫装不知道!"

"你妈胖跟我有什么关系?"

"废话!我妈胖,我妈过不去!"

"1米多,你妈过不去?汽油桶都能过去,你妈过不去?你妈腰围4尺4,是腰围!展开了量摊平了量,4尺4当然过不去,一围不就过去了吗?4尺4也甭除4,也甭除了,你就除以2,能过不去?两个你妈都过去了!当然,其中一个得侧着身子……亮子,你认为我分析得有道理吗?"

翻砂工站在废墟上浑身哆嗦。

"我妈腰围多少?"

"4尺4,胡同口儿裁缝说的。"

"你丫再说一遍!"

"不是4尺4?4尺6?"

"你丫敢再说一遍?"

"4尺8？"

"我他妈……"

啪！

不轻不重，犹犹豫豫，却发出了很乖巧的一声——啪！张大民脑袋嗡，跟有回声一样。他记得躲了一下，可能没躲好，躲到砖头上去了。黏糊糊的东西淹住了一只眼，他用另一只眼哀怨地看来看去，看见了许多胳膊和许多腿，发现自己不知何时已经躺平了。他真的把我给拍了。他怎么真的把我给拍了，像拍一个生西瓜一样？张大民听见了亮子的胖母亲在骂人，没骂别人，是骂自己的儿子不是东西不是人揍的，骂得很纯朴，听不出有指桑骂槐的味道。血还在流。完了，他把我的主要血管给拍破了，我要死了！听见有人想去派出所，张大民拼命挣扎，睁大了那只独眼，像扭亮了一个电灯泡，照照这边，照照那边。

"谁想去派出所？去派出所干吗？谁去派出所我跟谁急！谁报案我跟谁玩儿命……"

许多只手把他抬起来了。这些手要把这个英雄人物抬到医院的急诊科里面去了。张大民听见了母亲的哭声和李云芳的几声抽泣。他从那些手上抬起头来，把那只血淋淋的眼睛和那只干净的眼睛一块儿转过去，鬼使神差地摇着一条胳膊，就像革命者要远走他乡了。

"没关系！妈，你把砖头挑出来，摞在树旁边儿。云芳，把你们家那袋水泥也搬过来，上小山子他家借两个瓦刀……等我回来！我没事。你们抓紧时间准备吧。"

不到两个小时他就自己走回来了。他脑袋特别大，有篮球那么大，缠满了纱布，只露着前面一些有眼儿的地方，别的地方都包着，连脖子都包着了。其实只破了一个小口子。医生不给缝，他偏要缝，医生就不缝。不光不给缝，还不给包，打算用纱布和橡皮膏糊弄他。他偏要包，医生就不包，他死活也要包，不包不走，医生一着急，就把他的脑袋恶狠狠地彻底地包起来了。他要再不走，医生就把他的屁股也一块儿包上了。张大民很高兴，进了大杂院就跟人寒暄，做出随时都准备晕倒的样子。

"没事！就缝了18针，小意思。别扶我！摔了没事，摔破了再缝18针，过瘾！我再借他俩胆儿，拿大油锤夯我，缝上108针，那才真叫过瘾呢！你问他敢吗？我是谁呀！我姓张，我叫张大民，姥姥！"

他一头撞进亮子家的屋门，示威似的举着大白脑袋，把亮子肥硕无比的母亲吓得倒吸了一口凉气。

"大妈，亮子呢？"

"上夜班了。"

"回来吗？"

"不回来了，住集体宿舍了。"

"哟，我这儿还缺个和泥的呢。"

"把他叫回来？"

"算了，别吓着他。"

"今儿这事儿……"

"大妈，我们闹着玩儿呢您看不出来？"

"大民子，你说我裤腰4尺8，不是寒碜我吗！记住喽，我的裤腰不是4尺8。是3尺6！往后别胡咧咧。"

"太好了，来三个您也过去了！"

张大民的宫殿就这样落成了。床架子勉勉强强塞进去，放不下床屉，让石榴树挡住了。张大民抽了半盒烟，想出了个好办法。他把床屉竖着锯开，在两边各挖了一个半圆，像古代用刑的木枷，往床架子上咔嚓一合，犯人的脖子——那石榴树就从双人床中间长长地伸出来了。为了适应这种独特性，李云芳对褥子、床单等床上用品进行了适度的改造。她还往石榴树上糊了一层白纸，让树干与墙皮保持近似的颜色。屋里剩了窄窄的一条儿，什么也放不下，就搁了一盆绿萝，顿时春意盎然。邻居们过来参观的时候，张大民正趴在床底下，两条腿伸到门外边。大家问你干什么呢，他不说话。又问你趴在那儿干什么呢，他才轻轻地叹了一口气。

"我给石榴树浇水呢。"

两口子躺在这张床上怎么也睡不着觉。第一个晚上成了节日。张大民躺在外边，李云芳躺在里边，中间是那棵石榴树。他们说呀，笑呀，说到要紧处，李云芳还掉了几滴眼泪。他们坐起来，躺下，又坐起来，再躺下，还是丢不开这棵石榴树。它愣呵呵地竖在两个腰之间，真是太奇怪了，也太有趣了。李云芳把一条长腿搭在树上，用手指头寻找张大民的伤疤，在头发里摸了半天也没摸着。

"你那18针呢？"

"我也找呢，我的18针哪儿去了？"

"坏！半夜，这棵树可别吓死我。"

"一睁眼，嘿，插了个第三者！它要是男的，我哪儿打得过它呀！"

两个人叽叽咕咕笑到小半夜。张大民把手放在李云芳肚皮上，发现又鼓了不少，儿子正茁壮成长呢。他的手像一只挂了帆的小船,向美丽的湍急的下游驶去,驶去,驶去了。

哇!

怎么回事?张大民问李云芳你跟谁学的,你也有毛病了吗?两个人抱着脑袋,无声地笑成了一团。张大民甜蜜地叹息着,把李云芳的耳垂儿叼住了。

"云芳,学坏可太容易啦!"

两个人又过上幸福的生活了。

有了自己的房子,房子里还有一棵树,张大民和李云芳就觉得万事俱备只欠东风了。他们为肚子里的孩子取名——张树,然后踏踏实实地等着张树准点儿爬出来,与肚子外面的这棵树会会。等得无聊的时候,张大民又有了新的牵挂,发现两个人挣钱两个人花和两个人挣钱三个人花不是一回事,是完全不同的两回事了。他把死期存单摆在床单上,把活期存折放在枕头上,左手拿着现金,右手接着国库券,依照不同的顺序一遍一遍往上加,越加越无法控制情感,对钱的热爱像潮水一样涌进胸膛,一直涌到了嗓子眼儿,让他数着数着就数不出声音来了。钱真好,真是好,就是好,只是太少了,再多一点点就好了,不过多那么一点点一点点也还是太少了。

他们的积蓄很分散,加起来只有980元,颠三倒四加了无数遍还是980元,世上有那么多公母,钱却没有公母,否则处境就会大不一样了。张大民盯着李云芳奇妙的大肚子,承认了自己的限度,知道自己没有别的本事了。不过他又立刻安慰自己,钱是有公母的,钱要没有公母,利息从哪儿来呢?他想算算980元的利息,算不出来,小家伙难产了。

钱好是好,少了就不好了。

他们婚前没有积蓄。他们跟多数穷孩子差不多，挣了薪水交给父母，自己不留钱，花多少要多少。张大民和李云芳稍有不同，是两种风格。李云芳娇气，想花就要，随花随要。张大民不是这样。张大民是这样——他根本就不花钱！除了买饭票，他连根冰棍儿都不买。不想花当然不想要，不想要想花也不要。他对钱的珍惜是从骨子里来的，又渗到血管里去了。后来上夜班熬不住，染了烟瘾。烟德却不好，从来不敬烟，又染了蹭烟的瘾，比烟瘾还大。他只抽四毛钱以下的烟，通货膨胀以后他自己也没有膨胀，长时间在一块钱以内一盒的水平伤感地徘徊。他为花钱抽烟难受，在别的方面就更不肯花钱了。

婚后他们建立了自己的财政系统。先由李云芳负责，她也爱钱，可是爱得不深，钱也不知都逃到哪儿去了。后来张大民篡权，把爱洒向每一个角落，像磁铁一样，一分钱一分钱又一分钱，纷纷被他吸过去嘬过去，情况就大为改观了。只攒了980元，不是不狠心，是挣得不多的缘故。一个月不到100块，拿了多少年？每月每人交伙食费30元；孝敬双方老人各20元；支援五民读书15元；他抽烟不到15元；她怀了孩子每个礼拜吃一只鸡腿儿加起来绝对不止15元；洗个澡1元；剃个头又1元；她的头不止1元；她去医院让大夫摸肚子，骑不了车，坐公共汽车公共电车再换地铁，来回多少元？他不能不陪她公医院让大夫摸肚子，也骑不了车，来回又是多少元？如果挤不上车打出租车，再碰上个比你还爱钱的司机拉着你兜圈子，那可真要了人的命了，那就是血流不止了，什么也剩下了。

980元，是一堆金子。

第二年春天，天气还有点凉，张树先来到医院，然后就回到那棵石榴树身边去了。他大声哭着,特别不高兴,对生活特别有意见,闭着眼就是不睁开。张大民扒张树的眼皮,先扒开一只,扒了扒,又扒开一只,把他乐得嘴都合不上了。

"我儿子是个天才,他拿眼斜我呢!"

天才更愤怒了。大杂院的猫循声凑过来,五六只,七八只,高高低低挤了一窗台儿,都歪着脑袋往里看,想研究研究这只猫凭什么跟自己不一样,凭什么叫得这么傻,想吃老鼠了吗?

"真是个天才,眼珠儿还动呢!"

眼珠儿要不动这位就是棵死树了。

李云芳不下奶。那么好的身材,该凹的凹,该凸的凸,就是不下奶。张大民心里直哆嗦,花钱如流水的岁月终于来到啦!他买了五条鲫鱼,五个猪蹄儿,熬呀熬呀,把李云芳的脖子都给灌长了,还是不下奶,母牛不下奶,能叫母牛吗?张大民很纳闷,只好向真牛求救,给儿子订了几袋儿鲜奶。不行,张树拉稀,拉一种像芥末油一样的稀。马上换奶粉,还不行,改拉一种白色儿的像色拉油一样的稀了。张大民在商店里痛苦地转来转去,把钱包都攥出汗来了。这不是欺负我吗?这不是欺负我出不起钱吗?他一咬牙一闭眼,买了一桶很贵很贵的美国奶粉,捧回家刚刚迈进家门的时候,整个人看上去都快不行了。

"我让你拉!我让你拉!"

他如丧考妣,像捧着一个骨灰盒,张树还算争气,也有良心,没往死里逼他爸爸,他吃了这种奶粉就踏实了。他停止拉稀,开始拉黄酱,灿灿的,软软的,黏黏的,懂行的都说,这是好屎,是屎中最正常的一种屎,谨向你们表示最衷心的祝贺了。

"我儿子是个天才,都会拉人屎了!"

张大民想笑，一捏钱包，发现还没到笑的时候，且得哭一阵儿呢。吃中国奶粉拉稀，吃美国奶粉不拉稀，什么肠子！两天吃半桶，五天吃一桶，九天吃两桶，什么肚子！崇洋媚外不说，一桶桶吃下去，哪天断了顿儿，就该吃他的中国爸爸了。

张大民蹲在地上算账，把钱没完没了地扔给美国的牛奶公司，不如把钱一次性地扔给自己家的奶牛。奶牛绝对是好奶牛，只不过哪个零件出了问题，有根筋没有转过来。他又买了五条鲫鱼，五个猪蹄儿，炖哪炖哪，灌哟灌哟，李云芳的两个乳房像两个乳白色的气球一样胀起来，还是不下奶。他气势汹汹地拎回来一个王八，摔在菜墩子上，举刀就剁，大卸八块了也不住手，接着剁，咚咚咚咚，就像什么也没剁，只是砍菜墩子，砍一个怎么砍也砍不动的菜墩子。李云芳一听就明白了，王八便宜不了。

母亲说我菜墩子还要呢。

二民也给震得不高兴了。

"你媳妇不下奶，你拿王八撒什么气呀！王八招你惹你了，剁那么碎干吗？"

"知道多少钱一斤吗？"

"多少钱一斤也没听说拿王八吃馅儿的。"

"我还吃它骨头呢！"

"有这么节约的吗？"

"它没长毛，它长毛我连毛一块儿吃！"

"知道的是剁王八，不知道的还以为你剁媳妇呢。不就是不下奶吗。你剁王八王八也不下奶，王八就是王八。明儿我给我外甥儿买几桶美国奶粉，贵就贵，谁让他倒霉呢，摊上个没奶的。"

"二民，你别来劲！"

李云芳在床上想，不是省油的灯啊。

张大民不剁了，端着刀运气。母亲说剁差不多行了，得有二两木头沫子了。二民躲进屋里，还嘴硬，嘟嘟囔囔不肯罢休。

"本来就是！整天鱼呀鱼呀，吃了多少鲫瓜子了？你给咱妈买过吗？咱妈半年都吃不上一回鱼！又来王八了，成皇后了！你心那么细，买好的吃也想着妈点儿，比什么不强！我来什么劲了？我就是看不惯！"

张大民哑口无言。他看着菜刀，想把它举起来，在自己后脖颈上狠狠地来一下。脑袋一昏，就说起胡话来了。

"妈又不下奶！"

"可妈是妈。"

"我上个月刚买过一回鱼。"

"那不叫鱼！"

"就是鱼，是带鱼！"

"比表带儿宽点有限！"

"那也是带鱼！"

"还是臭的！"

"不赖我，我钱不够！"

"买王八够！"

"二民，你跟我来劲！"

"你媳妇才来劲呢！"

母亲说小兔崽子你们都给我闭嘴！

张大民和他的妹妹张二民都不想闭嘴。张大民发现张二民越来越古怪了。张大民急了。张大民知道应该说什么了。

"二民，你不就是嫉妒云芳吗？你从小儿就恨她，闹了半天现在还恨她，恨得连虎牙都快长到门牙这边儿来了。小时候，别人叫她大美妞儿，叫你丑八怪，你就哭。哭有什么用？哭得眼泡儿都大了，到现在也没消肿。她腿长点儿，你腿短，有什么关系？长的短的不都得骑着自行车上班吗，她骑28，你骑不了26骑24，腿再短点儿有22，你怕什么？你嘴大点儿，她嘴小点儿，这有什么要紧？她嘴小吃东西都困难，恨我了想咬我都张不开牙，哪儿像你呀，一嘴能把我脑门儿给咬没喽，她应该嫉妒你，你说是不是？你头发比她黄，比她少，再黄再少也是头发，也没人拿它当使了八年的笤帚疙瘩………

母亲说给我闭上臭嘴！

二民趴在床上哇呀一声就哭起来了。

张大民听着，又回到了童年，回到早已消逝的无忧无虑的甜蜜岁月中去了。

"二民，你还跟我来劲吗？"

"活该活该！没奶活该！"

"二民，你还买美国奶粉吗？"

"没钱活该！报应报应！"

"二民，你别买。你敢买我们也不敢吃。我还怕你往里边儿掺耗子药呢！"

二民哇呀呀呀哭得更加惨痛。母亲说老大，你个混账东西，越说越没谱儿了！张大民耷拉着脑袋，拎着菜刀，盯着被剁成肉酱的王八，喘气越来越粗，越来越急，似乎要当着母亲的面抹脖子剖肚子以表明心迹，让母亲亲眼看看他的赤胆忠心和满腹柔肠了。

"妈，冰箱里还剩一条鲫瓜子。你想红烧还是清蒸还是糖醋？我这就给您做。"

母亲说把我奶打下来你喝吗？

张大民热泪盈眶，什么也不想说了。他把煮好的王八端给李云芳，她老半天不敢张嘴。它颜色发红，稠乎乎的，像山楂酱或草莓酱一样，散发着生猛的腥味儿，里面还掺杂了一小股清新的甜丝丝的菜墩子的味道。

"吃吧，这就是偏方上说的王八羔子了。"

"对不起。大民，真对不起。"

"对不起我没事，你得对得起这个王八。"

"要是还不下奶怎么办？"

"你说呢？让张树嘬嘬我的乳头儿试试？"

"真对不起了！"

一夜无话。天快亮的时候，张大民被哭声惊醒。他翻身爬起来，发现不光孩子在哭，孩子的妈也在哭。李云芳楚楚动人地看着他，表演似的把手往乳房上一搭，嗖，一股奶射到石榴树上，再一搭，嗖嗖，两股奶白花花的一块儿射到石榴树上，整个屋子都让浓烈的奶香塞满了。张大民抱紧李云芳，觉得不妥，分开又舍不得，就用自己的手换掉她的手，嗖嗖嗖，把奶水喷了一脸。本来有跟着哭一鼻子的念头，这么一闹分散了注意力，也弄不清湿乎乎的鼻梁上有没有自己的泪珠儿了。

"您的下水道堵的时间也太长啦！"

"大民，真对不起你。"

"别往树上滋了，快换一棵树吧。"

张树叼住乳头就不撒嘴了。

"真是天才！我还没教他他自己就会了。"

"大民,我想吃鸡腿儿。"

"知道我兜里还剩多少钱吗?"

"多少钱?"

"4块钱。买鸡爪子可能还够。"

"那就给找买两个凤爪吧!"

"凤爪也贵。云芳,你吃鸡脑袋吗?"

"鸡脑袋有毛。"

"我给你买两根鸡脖子吧?"

"不用了,我一想就没有食欲了。"

"我也是。我都起鸡皮疙瘩了。"

"我现在不想吃鸡腿儿了。"

"我赞成,想吃以后再吃。"

两个人头挨着头,亲嘴儿。叹气,接着亲嘴儿,继续叹气,显露了幸福过后的疲乏。张大民仍然平静不下来,为李云芳湿润的乳头激动,也为李云芳想吃鸡腿儿的念头而困惑。他自己什么都不想吃。现在,有张树一个人吃就够了。亲娘的奶水终于把美国奶粉打败了。不对!是一只中国的王八,一只变成了糨糊的大王八,把美国的牛奶拖拉斯给彻底击溃了。它们再也别指望从张大民的裤兜里往外掏钱了。谢天谢地,孩子的妈通啦!

我们自己有奶了!

两个人亲嘴儿亲得牙床子都疼了。

"我不想吃鸡腿儿了。"

"鸡皮疙瘩刚下去。"

"大民,我想……"

"你想喝白开水吗?"

"我……"

"我早就给你凉好了。"

"好吧。那就来一杯白开水吧。"

"……味道好极了。"

张大民自己先喝了两口,然后把杯子递给李云芳,相信她必有同感。张大民很舒服地闭上眼睛,听见白开水在李云芳喉咙里发出咕咕的声音,暗自想道,除了不花钱的白开水,她还需要点儿什么呢?这个儿子要吃奶母亲想吃鸡腿儿父亲打算舔掉碗底儿的王八渣子的家庭,到底还需要点儿什么呢?

张树过满月那天,张大民做了一锅卤,请全家吃了一顿捞面条。吃到半截儿。张大民用筷子捅了捅张三民,我跟你说件事。张三民笑着说,怎么这么寸呢,我也想跟你说件事。两个人躲在小厨房谦让起来,你先说,你先说,还是你先说,我先说就我先说。张大民凑近张三民的脑袋,压低了声音,像一只哼哼着的大蚊子,要在三民的耳朵上叮一下。他说你能借我200块钱吗?张三民僵住了,含着一嘴面条,就像十几条蛔虫正从牙缝里爬出来。张大民连忙解嘲,算了,算了,就算我什么都没说,该你说了。张三民把蛔虫咽回去,很困难地闭着嘴,似乎生怕它们再钻出来,过了半天才从牙缝儿里挤出几个字。我们看中了一台音响,钱不够,想跟你借300块钱。张大民挥挥手,算了,算了,就算咱们俩什么都没说,就算你放了一个屁,我也放了一个屁,一风吹了,行了,没有味儿了。

回到屋子里继续吃面条。张大民看见张二民去厨房加卤,也装着要加卤,蹑手蹑脚地跟到灶台旁,脸上洋溢着谄媚的笑容。张二民越来越古怪了,大脸浓妆艳抹,像扑了三层没加水的淀粉，眉毛又粗又黑，像两条毛毛虫，一犯犟毛毛虫就一耸一耸地动起来了。张大民轻轻地笑着，二民，我想跟你说个事。话一出口便有些后悔，不行啊，太直露啦，赶快绕个弯子补救一下吧！

"二民，你的妆化得越来越地道了。"

"我没钱！有钱也不借给你！"

张二民突然张开大嘴，要吃了他，至少是要把他的脑门子咬下来。张大民被彻底噎住，明白自己被人民币遮住了双眼，又一次错误地估计了形势了。不错，血浓于水，可卤还浓于血呢，只要自己吃着合适，还把血做成血豆腐拌在卤里呢！不错，人嘴能说人话，可说着说着高兴了或不高兴了，这张嘴还会放屁呢，比真屁都劲大，还能砸人一溜儿跟头呢，能砸得你半天爬不起来哭不出来明白不过来呢！张大民真的蒙了，不过，他迅速地爬起来，掸掸身上的土，擦擦脸上的唾沫星子，沿着自己的思路继续摸索着前进了。

"二民，不是钱的事儿，是你搞对象的事。听说你在肉联厂搞了个临时工，大家很关心你。听说临时工是个农村户口，还是山西的农村户口，大家更关心你了。我们知道你在恋爱上遇到很多挫折，不是一般的多，还净碰上有眼无珠的人，里边儿还有几个狼心狗肺的人，这都不是你的责任哪！而且也无损于你的形象啊！你还是你。你还叫张二民。你还像从前一样，朴素、善良、丰满、坚强……话不多，句句都能说到点儿上；不爱笑，在心里笑也有办法让人看出来；爱哭，哭一会儿就不哭了，哭完了比哭以前更懂事儿了。你有这么多优点，凭什么不自信呢？你应该好好想想，是把这么多优点交给一个有户口的人呢，还是交给一个从山西冒出来的爱吃醋的人呢？我要是你，我就张开大嘴告诉他，别往前凑，离老娘远点儿！二民，你可千万别糊涂。早市上萝卜3毛一斤，到中午2毛一斤，天一黑就1毛一斤了。这时候过来个家伙，问你5分卖吗，你一不耐烦心一软，说不定就卖了。太贱了！二民，我们都很难过。我们不是为自己难过。5分钱里没有1分钱是我们的。你白给人家我们也没有办法。我们就是觉得不能这么早就泄气，价儿高一点儿不碍事，从早上就都到晚上了，再蹲两个小时怕什么？你蹲不了我们替你蹲。怎么拍拍屁股就跟人走了呢？你也太不自信了。你看我，我都蹲到后半夜了，我就不走、怎么样，李云芳还不是自己爬到我秤盘子里来了。你好好等等，说不定能等个什么东西呢。二民，我就说这个事，我不说钱的事。你还有一个优点，刚才忘说了。你喜欢攒钱，谁也不知道你攒了多少钱。慢慢攒吧，我们根本不想知道，又不是我们的钱。不过我还是要提醒你，千万别告诉山西人你的存折放在什么地方！也别带在身上，他摸你的时候顺手给摸走了就惨了。让他给摸走了，还不如自己花呢，还不如借给别人花呢，还不如借给……"

张二民眼含泪花，把面条全戳烂了。

"张大民，我谢谢你。"

声音很低，然后突然抬高了八度。

"张大民，我有钱也不借给你！"

停顿了片刻，轰隆，又抬高一个八度。

"张大民，我嫁给一只山西猴儿，你管得着吗？我乐意！我拿存折喂一头山西的大叫驴，我气死你，张大民！"

母亲说怎么了，怎么又掐上了！

张大民说没事没事醋瓶子掉卤里了。

张树一辈子只有一个满月。本想吃一次胜利的面条，团结的面条，朝气蓬勃的面条，结果吃成了一次失败的面条，分裂的面条，垂头丧气的面条。面条堵在张大民的心口上，像铁丝一样支棱着，半个月都没有消化。他在保温瓶厂申请了困难补助。补助有三档，50元，40元，30元。申请很踊跃，比申请入党还踊跃。他怕打破脑袋，没申请50元，申请了40元。班组筛了一道，工段筛了一道，筛到车间这一道40元一档的只剩下两个人。张大民和那个人去工会介绍情况，一边走一边生了幻觉，看见自己捡了个钱包。钱包瘪瘪的，以为什么也没有，打开一看，是40块钱，10块钱一张，一共四张。他看四下无人，就把钱包偷偷揣起来，心里很高兴。他在工会的椅子上坐下来的时候，脸都红了。那个人开始介绍情况，父亲偏瘫，母亲白内障，岳父糖尿病，岳母让车撞了，老婆心动过速，大儿子多动症，二儿子血色素偏低，还缺钙，半夜老抽筋儿……张大民站起来，扭头儿向外走。工会干事叫他，该你了，你干吗去？他说你们爱给谁给谁吧，我钱包丢路上了，我得捡钱包去了！

三

过了一些日子，李云芳老在家里闻到油漆味儿。起初不在意，不料油漆味儿越来越浓，半夜醒过来闻闻，呛眼睛，还呛鼻子。她把脸贴在墙上，贴在床单上，闻着闻着就闻到张大民的头发里去了。她推醒他，让他坦白，他不坦白。她使劲儿拧他，让他说，他就不说。她就用两个指甲片掐住他米粒儿大的一块肉，慢慢往起提溜。他说哎哟，饶命啊，我说我说，油漆商店一个站柜台的大美妞儿看上我了，她老拿手摸我头发，还摸我别的地

103

方，不信你闻，味儿都串到后臀尖上去了。哎哟！李云芳，把我掐死了有你什么好儿啊！有本事掐我一嘟噜，掐我的汗毛眼儿算干吗呀！张树，张树，醒醒，快咬你妈乳头！快点儿，咬一个抓一个，别撒嘴，儿子！咱俩一人咬一个，别跟我抢！哎哟，给我报仇哇，你妈把你爸掐死了，你妈把你爸的麻筋儿都给掐出来了，你妈把你爸的水儿都给挤出来了……"

闹累了，夫妇俩静静地躺着，谁也不说话。李云芳给张大民揉着刚刚掐过的地方，张大民咝咝地往嘴里吸气，像吃多了辣椒一样。

"云芳，我调到喷漆车间去了。"

那边不言语。

"有岗位补贴，每个月多挣34块。"

还是不言语。

"都说有毒。我看没毒。喷漆车间都是农民工，一个个壮得驴似的，有什么毒？我才不怕呢！人家都没事，我能有什么事？有人说我有病，他才有病呢！我没病。我就是想多挣钱。多挣钱也算病，我愿意天天得病，只要别病死，一辈子有病才好呢！云芳，34块！一个人生活费有了，鸡腿儿也有了，不是挺合适嘛！漆味儿怕什么？闻几天就闻惯了。我刚进喷漆车间老头晕，一个礼拜就不晕了。油漆有股苹果味儿，有的有股栗子味儿，闻惯了不闻都不行，不闻头晕。云芳，你别拦着我。我要想挣钱，老虎都拦不住我。我就是老虎，我是玩儿命挣钱的老虎，谁拦着我，我吃谁！你要拦着我，我天天晕俩大马趴给你看，我晕在大街上不起来，你得乖乖地把我抬到喷漆车间去。云芳，我说话算话，你信不信？"

"我把你抬到火葬场去！！"

李云芳笑着，扑噜一声，终于哭了。

"明天拿洗衣粉洗头试试，再有味儿就没办法了。他们说用碱也可以。你说行吗？我记得蒸窝头才用碱呢。云芳，我是不是记错了？我记得碱是发面用的，不是洗头用的。倒不妨试一试。往头发上撒点儿碱面儿再上班，下了班拿水一冲，没味儿了更好，有味儿肯定也不是过去的味儿，说不定满脑袋都是窝头味儿了。云芳，你爱吃棒子面儿吗？我……"

李云芳睡着了。张大民一手搂着李云芳，一手搂着张树，陷入了一股绵绵不绝的油漆的清香之中。他沉醉地闭上眼睛，幻想着一个满身碱味儿的张大民昂首阔步地走在挣钱的路上，突然捡到了一个钱包，数了数有34块钱。他把钱包据为己有，一点儿也没脸红，继续昂首阔步地向前迈进了。从此以后，他们又过上幸福的生活了。用了很多肥皂，用了很多洗衣粉，还用了不少碱面。可是有什么用呢？什么东西能阻挡幸福的脚步呢？谁也无法阻止张大民用五彩油漆来粉刷他们的幸福生活了。

他们的幸福生活是油漆味儿的了。

张树周岁那年，张二民结婚了。全家人都不赞成她的婚事，她收拾了自己的东西，冷冰冰地扫了全家人每人一眼，扬长而去，去了便很少回来了。她先跟着山西人去了山西，在一个叫霍县的地方完了婚事。霍县是什么地方，全家人谁也没听说过，是个每人每顿儿都得来一碗醋的好地方吧？后来山西人在顺义包了个猪场，她就辞了工作，跟着喂猪去了。据说发了，发了跟全家人也没有什么关系了。张大民老想，哪天她赶着一头大肥猪回娘家，我就把她连人带猪一块儿轰出去！可是她始终不露面，说明发了——所谓发了，不过是没安好心的谣言罢了。我们还没发呢，她凭什么就发了！没错，谣言罢了。

张树两岁那年，张四民从护校毕业，实习也结束了，分到九院的妇产科做助产士。她还在家里住，在家里吃早饭和晚饭，中午带饭盒。饭盒上老有一种淡淡的来苏水味儿，身上和床铺上也有这种味儿。张四民也越来越古怪了。她和张二民不一样，不往脸上扑粉儿，不画眉毛，也不涂嘴。她不让别人坐她的床，也不让别人碰她的被子，坐了碰了她就不高兴。她不高兴别人看不出来，脸上平平静静的，只是不说话。也不是完全不说话，只是不主动说话，别人跟她说话她还是很有礼貌的，她的不高兴便十分隐蔽。那天张大民堵在大门口想心事，忘了给张四民让路，她就那么悄悄地站着，不说话，等了有一分钟。张大民醒悟之后连忙闪开，她笑了笑，侧着身子过去了，还是不言语。张大民奇怪，哪儿得罪她了？事后才知道，他用了她的擦脸毛巾。张大民向李云芳哀叹，她跟你属于同一个品种，比你还瘆人！李云芳指点他，这叫洁癖。张大民由哀叹转向哀鸣，咱们这种破家也出这号儿人？洁……洁癖？这不等于从下水道里蹦出个卫生球儿吗！张大民由此卫生了不少，变得格外小心了，除了洁癖，张四民还有工作癖，业务上很钻研。她交际少，不贪玩儿，老看产科方面的书……那一年，张四民做了先进工作者，以后她便年年都是先进工作者了。

张树三岁那年，张五民从西北农大来了一封信，信不长，每个字有枣儿那么大。信的开头说，他仍旧不回来过暑假，他要去体验民情。母亲说什么叫体验民情，张大民说我也不知道，是到村儿里看看热闹吧。母亲叹息一声，他就不想看看我？信的中间说，他当选了学生会副主席，半年以后，争取竞选正主席。母亲乐了，主席的官儿有多大？张大民说没多大，跟居委会主任差不多吧。母亲撇撇嘴，不乐了。信的结尾说，我要考研究生，我需要很多书，书是知识的海洋，我迫切需要在里面自由地游泳。然后笔锋一转，信的最后一句话黯然写道——听说你们都涨了两级工资，请每个月多给我寄30块钱，切切！母亲停了一会儿才说，我管10块钱，剩下的你们管。张大民说我也管10块钱，剩下的三民管。张三民说我不管，我正攒钱买摩托车呢，在食堂吃咸菜都吃了一年了。张四民说我管吧。母亲叹息一声，你才挣几个钱？先进工作者微微一笑，我一个人花不了多少钱，又微微一笑，30块钱都让我管吧，就算五民替我读研究生了。张大民很难过，他从小就喜欢这个妹妹，现在更喜欢这个妹妹了。母亲问自由地游泳是什么意思，看样子对五民很不放心。张大民说自由地游泳就是游自由泳，就是狗刨儿，当主席了，大风大浪了，学会狗刨儿了！年底，主席来信报捷，竞选已经成功，开始全面地负责学生会的具体工作了。这一次没提钱。张大民松了口气，只要别加钱，您开始负责全国全党全军全国人民的工作我们也管不着您哪！母亲还老跟邻居显摆，我儿子当主席了，好像家里出了个居委会头儿多光荣似的，多不容易似的，多给祖宗脸上贴金似的！太愚昧了。

张树四岁那年，张三民的媳妇毛小莎不知动了哪根儿筋，开始频频地调工作。先从百货商店调到轻工局，又从轻工局跳到文化馆，最后在文化馆一拧屁股，又蹑到哪个旅游公司里去了。张三民对着家人疑惑的目光，乱挑大拇哥，我媳妇有路子！不久借到一套楼房，一室一厅，搬家的时候，张三民牛气得不行，连大拇脚指头都挑起来了,我媳妇有路子!张大民心说,整天跳槽,不老老实实在一个地方撒尿,有路子也是鸟路子。

一天下午,张大民正在喷漆车间喷漆,传话说外边有人找,连忙跑出去,一看是张三民。喝了不少酒,舌头转动,眼珠儿转不动,傻子一样转着一只大拇哥,眼泪唰一下子就下来了。他说哥,就说不下去了。他说哥,又说不下去了。张大民心里一紧,谁死了?他摇晃三民的肩膀,拧三民的左耳朵,最后给了三民一个大嘴巴,啪嚓!三民的喉头跳了一下,就哭出声音来了。

"我媳妇……"

"你媳妇怎么了?"

三民继续晃着那只大拇哥。

"我媳妇……"

"你媳妇有路子,我知道……"

"我媳妇……"

"我明白,她有路子。"

"路子……婊子!"

"你媳妇……"

"我媳妇是个婊子!"

张三民哭倒在大哥的肩膀上,张大民不知为什么,有点儿欣慰。早就听出来了,不是一只好鸟,是一只浪鸟!张大民在张三民的后腰上拍了拍,想起了儿时的情景,三民脖子里让人灌了沙土,跑回家也是这样哭的。现在,他无法领着三民追出去,灌对方一脖子沙土了。鸟固然不是好鸟,可毕竟是一只鸟哇!歌喉婉转,羽毛美丽,是做小婊子,还是竖大牌坊,人家有人家的自由啊!张大民说别哭了,挺起来,擤擤鼻涕,说说,怎么好好的就成了婊子了？张三民说了两个小时也没说清楚。大意是肚子疼，请了半天假，打开单元门一看，媳妇正领着一个男的穿裤子呢，跟军训时候的紧急集合一样。张大民劝他想开点儿，别以为就自己倒霉。这种鸟很多，有越来越多的趋势，随便挑一座居民楼看看，隔一个笼子一只，可能邪乎点儿，隔两个笼子一只，那是一定不会错的，不信就拉出来遛遛。张三民没想到有这么多战友，听大哥一说，觉得有道理，慢慢就平静了。他底气不足地嘟囔，真恨不得杀了她。张大民说千万别杀她，你要么放了她，爱飞哪儿飞哪儿，要么就给她拔拔毛，告诉她不老实，拔光了算，别让她不知道你是谁！我建议你重找一只。不会叫唤都没关系，关键是要品德优良，死蹲一个茅坑儿不起来，得是真正的好品种，就像我媳妇那样。张三民没有正面回答他，走的时候只是连连叹息，早一点儿给她拔毛就好了，早一点儿拔就好了。晚上刚回家，张三民就来了传呼电话。张大民没有醒过味儿来，兴冲冲地说怎么着，你给她拔毛了吗？

"哥，我们和解了。"

张大民差点儿没背过气去……

"哥，别告诉咱妈。"

手能从电话线伸过去，就抽他了！

"哥，我原谅小莎了。"

"什么鸟儿东西！"

张大民摔了电话，气得眼冒金星。那只鸟往三民嘴里拉了一摊屎，吧嗒儿一下，丫没给吐出来，丫给吃进去了！

秋天，张五民回来了。完全变了一个人。个子高大，肩膀结实，眉清目朗，谈笑自如，嗓音嗡嗡的，听着特别厚实，特别舒服。母亲一见他就哭了，抱着不撒手。他很得体，显然见了不少大世面，不怕别人哭，用低沉的喉音自顾自说道，老人家，身体怎么样，这几年您受苦啦！张大民站在旁边纳闷，又钻出一只，是哪儿飞来的呆鸟呢？不论从内容到形式，这一位怎看怎么不一般，颠过来倒过去，揉开了掰碎喽，怎么看怎么不是凡人，也不是张大民他们家的人。他没有考研究生，直接参加分配，准备到农业部下边的一个公司下边的一个处里去做事。他很快就去报到，并很快住进部里的单身宿舍了。他用浑厚的嗓音提出建议，家里要尽快装个电话，否则多不方便，有事都没法儿通知你们。张大民的脑袋嗡一声就大了。

"不是正等着您挣钱交初装费呢嘛。"

张五民一愣，很有风度地笑了笑，没有接话。主席不白当，会察言观色了。

"你不用通知我们，部长想接见了，你直接把他拉咱家来不就完了嘛。"

"大哥，你越来越风趣了。"

"你不是想去新疆种苜蓿种向日葵吗？怎么不去了？人家给种满了，新疆没你地儿了吧？新疆没地儿了，扭头儿奔内蒙古呀，怎么一脑袋扎到水泥大楼里去了，不嫌憋得慌了？"

"那时候我的想法很幼稚，很可笑。"

"怎么也没考研究生啊？"

"大家都认为我适合走仕途。"

"身上多带俩保险钩儿。"

"怎么呢？"

"爬两步就挂一个，小心别掉下来！"

"我借大哥的吉言了。"

小子向外走的时候,脚步咚咚直颤,好像是一辆坦克开到社会上去了。母亲说我们老五最有出息了,又问仕途是什么意思,什么叫仕途,是泥道儿吗?张大民说您甭问我们,您肯定看见过。场子中间戳一根杆儿,一敲锣,一群猴儿抢着往上爬,中间那根杆儿就叫仕途。咱家老五的出息大了去了。

母亲说比喷漆的活儿强点儿不?

"您寒碜我干吗?"

张大民灰溜溜地找石榴树就伴儿去了。石榴树样子没变,粗了不少,撑裂了屋顶的油毡。外面一落雨,树皮就跟着流水,缠上毛巾不管用,把儿子的毛巾被裹上,居然管用了。张大民看着水淋淋的石榴树,觉着一个人的眼泪在流,永远也流不完了。

张树五岁那年,家里出了一件大事。除夕下午,全家人包饺子。母亲拿了10块钱,上街买醋,买蒜。张树像小尾巴儿一样跟着她。先到副食店买醋,然后拎着醋瓶子去菜市买蒜。蒜挑好了,搁在秤盘里也约好了,一摸没钱。赶紧回副食店,说我买了一瓶醋,你们没找钱。那边说不可能,您的醋呢?赶紧回蒜摊儿,我的醋呢?那边说啥醋,俺们就卖蒜,俺们不卖醋。母亲回到家里,失魂落魄,喃喃自语,老糊涂了把钱给丢了把醋也给丢了。张大民说没事没事,丢了就丢了,张树呢?母亲哼哼了一声,就坐在地上了。

张树没有走远。李云芳哭天抹泪地来到街上,发现儿子正在菜市溜达,背着小手儿,看看茄子看看扁豆,视察得正来劲呢!他不慌不忙地向众人汇报,奶奶跑了,奶奶没影儿了。后来奶奶回来了,奶奶又往那边跑了,奶奶又没影儿了。奶奶上哪儿了?

奶奶一个人儿回家了。

大家笑过之后,没有当回事。老人记性不好不是一天两天了,多了个笑话而已。上街别带孩子,买东西少带钱,炒菜别忘了关火,还能让老太太怎么样呢?总不能让她和孙子一块儿上幼儿园吧?半个月之后,母亲失踪了。

那天正好张五民回来,母亲说你爱吃茄子,我给你做烧茄子,我给你上街买茄子去。谁也没拦她,一去便失了踪影。起初都不在意,张大民还开玩笑,妈买俩茄子,丢了一个,正满世界找呢,找什么,自己给吃了!后来过了吃饭时间,突然觉得不妙了。晚上,大家坐在派出所走廊里等消息,张大民把张五民骂了个狗血喷头。吃什么烧茄子?不吃烧茄子你烧得慌?不吃烧茄子你拉不出屎来?不吃烧茄子你爬不上去是不是?想吃自己烧去!妈丢了,我看你吃什么!妈要找回来,你爱吃什么吃什么!妈要找不回来,我……我吃你!我烧了你个大瘪茄子,我吃你!哥儿俩都哭了。大学生,知识分子,机关工作人员,仕途的跋涉者——张五民同志无法忍受羞辱与悲伤,终于跳起来了。

"这是命运!能赖我吗?"

"不赖你赖谁!"

"应该诅咒的是命运!"

"拉不出屎赖茅房!你不馋烧茄子,命运能这样儿吗?你不在家,妈命运挺好的,你一回家,妈就不走运了,你还说什么呀?赖人命运干吗呀?这事儿从头到尾我都看着,不赖命运,就赖你!一听吃烧茄子,哈喇子都下来了,您还仕途呢您,快找个小饭铺跑堂儿去吧！您不嫌寒碜，我们还嫌寒碜呢。命运跟谁过不去，也应该找你这样儿的，找爱吃烧茄子的，找咱妈干吗？"

"我不就这一种爱好吗！""一种爱好就把妈弄没了，多俩爱好，把大家都弄没了，你就踏实了！"

"你不能这样跟我说话！"

"我还能跟谁这么说话？"

"我现在是科长，不许你伤害我！"

"爬得够快的！科……长，好好，很好，科长……我没别的爱好，我就爱吃科长！我现在就烧了你！我吃红烧科长！还真拿自己当道菜呢？你给我边儿待着去吧。还科科科……科长呢！茄茄茄……茄子！大生茄子！"

值班民警推门出来，很不高兴，吵什么吵什么，分遗产早点儿了吧？张大民抓住民警一条胳膊，哈着满嘴酒气，凑近了往人家脸上喷，露着一脸套近乎的纯朴的傻笑。

"拜托了！说什么也得帮我们找回来，不找回来我们不答应！人民的警察爱人民，人民的警察找母亲！我们兄妹几个就这么一个妈……我们的妈也是你们的妈，你们得快点儿找，不快点儿找，碰上人口贩子，把咱妈卖了，咱们还对得起人民吗？同志……"

"灌了几泡尿？有一百个妈也让你丢了！"

"我就一个妈，加上你的妈才俩妈。"

"瞎扯什么！"

民警把他搡开，与五民小声说话。

"这小子是谁？"

113

"……我大哥。"

"平时对老妈不上心，丢了又装洋蒜？"

"……他就那德行！"

"酒鬼？把老妈的钱偷着喝了，是不是？"

"……他人就那德行！"

"他会不会找个没人的地方……我的意思是，他会不会把你妈给扔了？"

"那倒不会！"

张五民脸红了，又补了一句。

"他还没有坏到那种程度。"

民警朝张大民的傻脸摇摇头，回屋去了。兄弟俩在派出所的长椅上睡了一夜。没有消息。爱吃冰的母亲说话短促有力的母亲——真的失踪了！张大民找到母亲的相片，放在相框里，摆到冰箱上。全家人围着圆桌坐着，不敢看母亲的笑容，都看着冰箱。张五民很难过，朝冰箱鞠了三个躬就出去了。

"妈，我再吃一口烧茄子我就不是人。"

张大民不信，狗改不了吃屎，张五民改不了吃烧茄子。农业部食堂一出味儿，汪汪汪，头一个冲上去的不是别人，肯定是年轻有为的张科长。部长爱吃烧茄子那就另说了。

张大民也给母亲鞠了三个躬。

"妈，您就这样走了。您为了让小五儿吃一顿烧茄子，就这样匆匆地离开了我们。哪儿都能找到茄子，找不到鲜茄子也能找到茄子干儿，可是我们上哪儿去找您呢？"

张四民说别说了，就趴在桌子上哭了。

五天以后，在河北省的一条乡间公路上，风尘仆仆走着一个老太太。她满头草屑,一步三摇,像啃苹果一样啃着一个茄子,网兜儿里还拎着一个茄子。巡警把车停下来问她,大娘,这是去哪里呀?老太太一嘴京腔儿,我们家搬家了,我找不着家了。老太太一上车便催,快走,我儿子等着吃烧茄子呢!

"您儿子是谁呀?"

"我儿子是主席。"

"什么主席?"

"正主席。什么都管。"

巡警们互相看了看。

"……是政协主席吗?"

"是。"

"他叫什么名字?"

"老五。"

巡警们又互相看了看。

"您家在哪儿住?"

"前边儿,房子里长棵石榴树的就是。"

巡警们就什么都不说了。

第二天上午,保温瓶厂厂长办公室接到一个电话。公安局打来的。先问有没有一台会飞的锅炉,又问有没有一个人让这台锅炉给弄死了,最后说有这么一个老太太……办公室的老干事跳起来,这不是张大民他妈嘛!干事像鹰一样飞进喷漆车间,落在迷迷瞪瞪干活的张大民背后。

"你妈没丢!你妈在河北呢!"

张大民差点儿栽到油漆桶里去。母亲被搀进家门的时候,连自己的相片都认不出来了。她扒着冰箱看了又看,老问这是谁家的闺女呀，真俊！医院下了诊断书，二期老年进行性痴呆症，据说到三期就该吃自己拉的屎了。母亲的病情没有恶化，时好时坏，好的时候比好人差不远，坏的时候比最坏的孩子都差得多了。她没事老开冰箱，不拿东西，打开看一看，歪着脑袋想一想，再关上。过五分钟又打开，还不拿东西，想一想，看一看，笑一笑，就关上。张大民很恼火。他去电器修理部打听，能不能给冰箱上把锁？人家小心翼翼地看着他，您有非常贵重的食品需要保存吗？他说没有，就是点儿剩菜。人家就用蔑视的目光看着他了。

"您想把冰箱改保险箱？"

"不是。我就是想省电。"

"省电？您把插销拔下来不就行了吗？"

"拔下来我找你干吗？"

"谁知道你找我干吗，吃多了！"

张大民生了一肚子气，回家找根行李绳子，捆犯人一样把冰箱给捆上了。添了许多麻烦，省电省了不少，也算不是法子的法子，好歹把母亲玩儿冰箱的毛病给治住了。晚上，没人敢陪她睡觉，张大民就陪她睡觉。她半夜爬起来，四处摸索，不知要干什么。

张大民操心的事情便越来越多了。

张树六岁那年，家里又出了一件大事。张二民不生孩子，让山西人打得鼻青脸肿，自己跑回来了。母亲不认识她老问你是谁呀，哪庙的，老在这儿坐着干吗？二民脾气强多了，说话不梗脖子，三五句说到伤心处，便闷着头儿吧嗒吧嗒掉眼泪。张大民陪着她一块儿叹气，你看你，不听我的，非要嫁一山西猴儿，让猴儿给挠了吧？非要拿存折喂一山西大叫驴，还要气死我，我还没气死呢，山西大叫驴炮蹶子，把您给踢背过去了。现在怎么办？

"大哥，我的命好苦哇！"

这是过去那个张二民吗？不过，尽管她左手俩戒指，右手仨戒指，胳膊上一根镯子，脖子上一条链子，金灿灿的一嘟噜，身上却还是原先那股味道。在肉联厂大肠组的时候，都说是肠子味儿，那是客气。现在猪场的干活，八格牙路，用不着客气，就直说那是猪粪是臭大粪的味道了！金子都冒出屎味儿来了，她的命能不苦吗？张大民还有一个意思不跟别人说，只在半夜扪着心口跟自己说，戴多少金子也是鼻青脸肿，我们云芳一粒金子没有，我们云芳不鼻青脸肿！再者说了，那是金子吗？谁敢保证那是金子？拿几块烂铜充数罢了！

罢了。

山西人来了。灰西服，大戒指，大镏子，大链子，也是一片金光！一张嘴，出来俩大金牙！他把点心和水果放在桌子上，把酒放在冰箱上，把两条烟放在凳子上，突然不知道应该坐哪儿了。他朝老太太鞠了一躬，妈！口音很浓，舌头上像勒着两根儿线一样。妈不理他，只是郑重地发问，你是谁？哪庙的？他立刻不知所措，脸红脸白，像进了校长室的小学生了。这个山西人给张大民留下了非常美好的印象。最美好的印象便是，山西人也鼻青脸肿，比张二民鼻还青脸还肿，真是彼此彼此，女貌郎才，皆大欢喜啦！张大民看张二民不理他，便把他请到自己的小屋里，缓和一下气氛，也想顺便跟他谈一谈。山西人吃惊地看看石榴树，小心地在床边坐下了。

"怎么称呼?"

"李木勺。"

"勺儿?什么勺儿?"

"舀蜂蜜的勺儿,我爹是养蜂的。"

"木勺先生……"

"你就叫我勺子吧,二民叫我勺子。"

"勺子……咱俩是头一回见面。上次你把我妹妹娶走了,也没打招呼,我就不追究了。这回你把我妹妹脑门子打个大包,都青了,跟白洋淀的咸鸭蛋似的,我可就不想饶你了。我这当哥哥的要好好批批你了。"

"该批该批!打也不冤!"

张大民对他的印象便越发美好了。

"贫下中农爱打老婆,这我们知道。可是,你跑到工人阶级家里来打老婆,这合适吗?你也不问问,我们工人阶级同意吗?想打人,上了街看谁不顺眼,你打谁不行,干吗躲在屋里打自己的老婆呀?工人阶级一专政,往死里打你一顿,你受得了吗?往后别打老婆,手痒痒了给自己几个大嘴巴,舍不得打嘴巴就扇自己的屁股蛋子,又解了自己的气,还过了打人的瘾,也没什么后遗症,多好!实在憋不住,你拿脑袋撞电线杆子,你跳到水库里喝一肚子水,你哪怕拎根棍子跳到猪圈里揍老母猪一顿,把它揍残废喽……你也别打老婆!老婆是谁呀?陪你干活儿,给你做饭,帮你出主意,甜的留给你吃,苦的留给自己吃,剩一口饭了也给你多半口,她吃小半口,老婆容易吗?白天忙够了,晚上还陪你乐和。你乐和够了,爬起来就打老婆,你算什么东西?你还是个人吗你?你要再打我妹妹,我把你木头勺子撅两截儿喽!我上山西霍县刨你们家祖坟去！"

山西人的眼睛闪烁着悔恨的泪光。

"该刨该刨！你是个好嘴！道理明，道理通。悔死啦，对不起二民，她是个好老婆！大哥，你是不知道……我打她可比不上……比不上她凶哩！"

"我妹妹揍你了吗？"

"我不说。我丢人！"

"女的打男的我就管不着了。跟自卫有关的事我也不管。你们两口子的事还是得你们两口子管，我说多了就不合适了。"

"你会说！说得明！大哥，你说说看……她扬着铁锹追我，我绕了三排猪圈也躲不过。我一追她，她一翻就翻到猪场墙外面去哩！你给说说看……"

"上蹿下跳的，都着什么急呢？"

"我们俩都想孩子！"

"想能想出来？打能打出来？得踏踏实实做工作，还得碰运气，蛮干不行。"

"运气赖！她赖我，我赖她。"

"给二民瞧过病吗？"

"瞧过三个医院，都没有病。"

"那就是你的毛病了。"

"我没有病。我家伙好使！"

"好使也不行。骡子好使，管什么？光撒种不长东西。想孩子就赶紧瞧病！"

"你好嘴。你说咋着就咋着。"

山西人答应瞧病。张大民答应陪山西人瞧病。两个人脾气相

119

投，分手之际像刚刚拜了把子的兄弟一样。出门的时候，李木勺指指石榴树，屋子不大，咋还下个柱？张大民谦虚地告诉他，那不是柱，那是棵树。李木勺不胜唏嘘，你们城里人的日子真是不容易呀！

贫下中农终于觉悟了。

张大民在鼓楼附近打听了一家医院。第一次去，居然没挂上号。第二次俩人天不亮就去了，又差点儿没挂上号。骡子太多啦！进诊室的时候，李木勺腿肚子转筋，非要拉着张大民一块儿进去不可。张大民先好言相劝，见说不通，就把他往门里一推，玩儿去！……

四个月之后，李木勺领着张二民来报喜。他先给岳母鞠了一个躬，然后扑通跪下了，抱着张大民的大腿就不停眨巴眼睛，想掉眼泪。张树在一边看着，突然冒了一句，卑躬屈膝！把众人吓了一跳，这叫什么话？

"天才！我儿子会说大人话了！"

"大哥，他不是天才，是天才的娃儿，你是天才！大哥，二民怀上了，我谢谢你啦！"

"她怀上了你谢我干吗？"

"没有你她就怀不上！"

"闭嘴！怎么连屁都不会放了！"

"没有你，我吃不上神仙药。他们吃六百服药都怀不上，我吃了六十服就怀上了！没有你就没有我。大哥，受我一拜！"

咚，真磕了一个头。爬起来，掏出了一把戒指，有五六个。张大民只看了一眼，眼就花了。他想干吗？全给我吗？

"大哥，拿着！你家三口人，六只手，一手一个。没啥送，小意思,多喂几口猪就有了,圈里几千口,卖不清!这东西不赖,我看你们哪个手都空着,就缺它。大哥,你嫌少?你嫌少我……"

"我倒不嫌少……不是铜的吧?"

李木勺急得张嘴就咬,挨着咬。

"铜的?大哥,咱俩是生死之交!铜的?大哥,你救了我一条命啊!铜的?大哥,你还救了我老婆一条命啊!铜的?大哥……"

"别咬了!别咬坏喽!真不是铜的,我……我就挑一个,就一个!剩下的,你爱给谁给谁。我就挑一个。"

张大民挑了一个小巧的,夜里往李云芳的手指上一箍,严丝合缝,蓬荜生辉。云芳高兴得不得了,却小声嘟囔,这合适吗?张大民说这是我的报酬,用仁慈和智力换来的。

勤俭节约外带抠门儿的张大民让艰苦朴素外带寒酸的李云芳戴上金光灿灿的九成色的大戒指了!他们的脸上露出了满足而欣喜的笑容。他们过上更加幸福的生活了。不仅如此,他们让妹妹和妹夫也过上幸福的生活了。

普天之下皆幸福了。

四

张树是高才生,不是天才,也差不多了。他功课好,爱琢磨事,喜欢刨根问底儿。后来,张大民在电视里看到一个老红军,三天两头儿给学生们做报告,表情非常凝重。老红军也叫张树。张大民再看儿子,看儿子那双早熟的眼睛,就有点儿浑身不自在了。两口子商量妥当,给张树改名张林。张大民去派出所改户口本儿，半道进厕所小便。小便池的墙上写着——张林是我儿！还画了一只四条腿的小王八！不行。不能叫这个惨名儿。张大民从厕所出来的时候，他儿子已经叫张小树了。

张小树有一个好朋友，是张四民。张四民不爱说话，跟张小树却有说不完的话。吃饭的时候，张小树老使唤别人。妈，给我姑盛一碗饭，爸，给我姑舀一碗汤。举着一双小筷子，老给他姑夹粉条儿。云芳逗他，不给我夹我不要你了！他说我姑爱吃粉条儿，你爱吃肉，妈，我给你夹肉。敷衍了事地夹了一块肉，又忙着去扒拉粉条儿了。张四民很疼这个孩子，老给他买这买那，让张大民很不高兴。

"你老给他买。我们老不给他买。我们成心不买，就等着你买，不就是这样吗？"

"下次不买了。这孩子真好，知道心疼别人。你和嫂子好福气……"

下次接着买。张大民有时探她的口风，让她把男朋友带家来，给大伙儿看看，参谋参谋。她就红了脸，半天不说话。等别人把这个话茬儿忘了，她才小声说，我哪儿有男朋友啊，就像自己跟自己叹气似的。张大民认为她有，这么好的女孩儿不可能没有，只是脸皮儿薄，不熟不摘罢了。

第九次被评为先进工作者之后，张四民晕倒在九院的产房里。起初以为是贫血，深入地一查，却是白血病，已经到不易救治的程度了。自从锅炉工被烫死之后，家庭再一次迎来了严重的危机。痴呆症救了母亲，使她看不懂发生的灾难，也没有一丝痛苦。她到了嗜睡的阶段，离吃屎的阶段已经为期不远了。剩下的人轮流到医院看护，老大三天，老二两天，老三一天。老五忙，只在星期天与全家聚到医院，陪姐姐坐半个小时，说几句伤感话，或者说几句转移注意力的话，说的听的都很难受。家里早就装了电话，老五出了一部分钱，别人出了一部分钱。电话很好使，没有杂音，老五厚实的声音嗡嗡地传过来，就像没走远，就躲在冰箱后头说话似的。装了这个电话之后，张副处长——他又爬上去一截儿——就很少回那个叫作家的令人憋闷的地方了。

张三民坐在病房外边的走廊里，有医院的酒精味儿挡着，身上的酒气稍稍降低了一些，脸却是酗酒者的脸，无论如何也是遮挡不住的了。这个没有出息的弟弟呀！张大民可怜他，又恨他，懒得管他家里那些丑事。见了面就心软，不知道能不能帮帮他了。

"还不离？"

"不离。我耗死她！"

"耗死你自己了。"

"我不离，她就是我老婆。"

"三民，跟她离了吧。她这么欺负你都不像欺负一个人了！揍她一顿，让她滚蛋吧！……"

"哥……我离不开她。"

他用布满血丝的眼睛看着哥哥，就像一个输光了的赌徒，随时准备伸手借钱。张大民懒得搭理他了。三民朝四民的病房那边偏了偏头，玩世不恭地哼哼着，人活着有什么劲呀，想明白喽，混一天算一天完了！张大民心说滚你的蛋吧，思路却跟着顿了一下，是呀，人活着有什么劲呢？该死的不死，不该死的却眼睁睁地要死去了！

人活着有什么意思呢？

123

张二民和李木勺也来了。李木勺把张大民拉到一边，说一些兄弟的掏心窝子话，吃什么好药，吃什么好东西，跟我说，我买！张大民难过得不行，拍着木勺的胳膊肘子只想哭，兄弟，吃什么也没有用了。

张四民却很平静，只要家人在，只要同事在，脸上永远挂着苍白的笑容，像灿烂的纸扎的花朵。生命正从她年轻的眼角悄悄溜走，她大睁着眼睛，要不停地凝视人间，让目光多多地留下来。她拉着张小树的小巴掌，反反复复地摩挲，眼神儿令人不忍目睹，像告诉爱子的亲娘一样。每逢此时，李云芳便拉着张大民出去，在走廊里乱转，不说话，怕一说话失声哭出来。

张小树对病没有意识，以为小姑住几天便要回家，去过几次便知道事情严重了。毕竟是聪明孩子，很直接很有力地触到了生死，一举一动都含着深深的畏惧了。

"姑，你不会死吧？"

"你说呢？"

"姑不会死！"

"为什么？"

"姑是好人！"

"好人就不死吗？"

"好人都不死！"

"说得对！好人永远活着！"

张小树振奋了片刻，又害怕了。

"姑，你要死了怎么办？"

"姑不死。"

"万一死了怎么办？"

"那姑就永远没有男朋友了。"

"姑,你有了男朋友再死,行吗?"

"行。我男朋友是谁呀?"

"我还没想好呢。"

张四民亲着张小树的手背,湿润的眼睛盯着孩子的小指甲,叮嘱自己别忘了告诉嫂子,该给孩子剪剪指甲了。

"姑,你觉得我爸怎么样?"

"挺好的。"

"你喜欢他这样儿的吗?"

"他话太多了。"

"那你喜欢什么样儿的?"

"姑喜欢个子高高的。"

张小树点点头。

"姑喜欢说话少的人。"

张小树陷入了沉思。

"姑,我要长得高高的高高的,行吗?"

"行!"

"姑,我要做说话少的人,行吗?"

"行!"

"姑,我要做你的男朋友,行吗?"

"行!"

"你喜欢我吗?"

"喜欢!好孩子……"

"姑,我永远喜欢你!"

"姑也是……姑忘不了你!"

张四民忍了多时的泪水缓缓地流下来，滴在孩子的手背上。这冰凉的泪水惊吓了孩子，恐惧和哀伤终于暴发了。

"姑，你别死！"

"姑不死。"

"姑，你别死呀！姑！"

孩子在病房中号啕大哭，显得十分突然。李云芳赶来拽走他，哭声更大了。李云芳低叫怎么这么不懂事呀，把他拽得跌跌撞撞，一进电梯却抱紧了孩子的脑袋，给你姑争口气呀，给你姑争口气呀，说着说着自己也号啕了。

灾祸降临之际，也伴随着两件喜事。车间领导找张大民谈话，说干得年头儿不短了，嘴损点儿，活儿地道，准备提他做副段长，已经报上去了。张大民芝麻大的官儿都没当过，一听便有点儿晕头转向，连干不了让别人干吧之类的客气话都没说出来。走开以后颇为后悔，觉得自己显得太馋了一点儿，好像盼当官盼了八百辈子了，实际上确实一次也没有想过，戴红领巾的时候想当小队长没当上，明显是不算数的。一想自己也要当官了，没有任何不舒服，哪儿也不难受，脚丫子好像比过去还轻点儿了。正品着这件好事，突然想到天命不定，生死无常，官儿算个屁呀！再大的官也是屁，是大屁！更何况一个破工段长，还是副的，领着一群人一天到晚撅着屁股喷漆罢了！

另一件好事却不同，张大民先是震惊，随后便心花怒放，整夜没睡踏实，中间笑醒了好几次。居民区要拆迁了。从消息下来，到户户落实，像一场秋风荡过，街墙上到处都是拆。拆、拆的白灰大字，像往昔皇朝令人惊心动魄的斩、斩、斩了！

拆迁公司到家里来过四回，和蔼可亲，似乎处处都想为住户着想，做出要和住户联合起来，一块儿占国家便宜的样子，量完了面积，核定了户口，给张大民家标定了一个三层的三居室。老人一间，大龄女青年一间。三口之家一间，大家都说结局很好，不可能再好了，张大民却不干。他的标准是一套三居室加一套一居室。或两套两居室。人家说你没有根据。他说我有根据。人家问你有什么根据。他说我的根据是这样的——我儿子是天才，他已经跳了一级，我准备让他再跳两级。他得找个地方踏踏实实地温功课，我儿子需要一个……书房。说到书房，张大民觉得绕嘴，话一出口便羞羞答答的了。人家说国家没有给天才儿童准备书房，他一生来就大学毕业也没有用。再说他才12岁。我儿子1米66了，比我还高！人家就笑了，他身高2米，你们两口子也得跟他在一个屋里对付。张大民非常痛心，这么对付天才，国家迟早得后悔啊！拆迁公司的人深表同感，咱们先把合同签了，让他们后悔去吧！张大民坐下来签合同，真实的念头只是略感不足而已。居室是烙饼，书房是大葱，大上掉烙饼卷大葱固然很美妙，光掉个大烙饼也可以了，总算比饿肚子要强得远了。

好消息带到病房，引出了始料不及的后果。明明知道住不成了，张四民却描绘了未来的房间，叮嘱周围的人为她布置。看不见的屋子成了美景，在临终前深深地吸引了她，也满足了她。弥留之时，心中已经没有别的事物，只有断断续续的两个字，窗帘。买了贵重的窗帘拿来，她摸着，轻轻摇头。突然想到她喜欢绿色，赶紧换了绿丝绒的一种，她小心摸着，又轻轻摇头。李云芳心思细微，去布店撕了一块最便宜的混纺布，淡淡的绿色，很薄，几乎要透明，张四民手指一触便不撒手了，抓到离眼睛很近的地方一寸一寸地看着，就像看自己度过的一个又一个平凡的日子一样。她说不出话，只露出一丝淡淡的笑容，似乎与淡淡的布融为一体了。死前回光返照，竟然清晰地吐出了几个字。那是她一生的总结，也是赠给张小树最真切的遗言了。

"姑走了以后，你要帮我打扫房间哪！"

张小树拉着姑的手，已经不会哭了。追悼会很隆重，来了很多人，净是不认识的人。张大民没有让母亲去，怕她出丑，结果却是自己出了丑。家人在医院哭的时候，他没有哭。往围满鲜花的遗体身旁一站，他觉得不对劲了。来了那么多人，却没有人是她的男朋友。他总认为她是嘴上说没有男朋友，他还认为她没有男朋友也没什么。现在他知道她是真的没有男朋友，而没有男朋友对她来说真是太不公平了，对这么好的女孩儿太不公平了，对我妹妹太不公平了！张大民像村妇一样大哭起来。他看着妹妹苍白凄苦的侧脸，哭得昏天黑地，把张小树都吓坏了。

事后，九院的同事们纷纷议论，张四民挺漂亮的，她哥怎么长那样呀，矮得跟坛子似的。还有人说，那人是谁呀，是她乡下的大表哥吧，哭得跟傻帽儿似的！张大民确实出尽了丑，然而，秀丽而不幸的先进工作者，毕竟在哥哥高亢而粗鲁的哭声中平静地远去了。她哥哥对得起她了。

拆迁公司的人来到家里，先给活人鞠了一躬，又给死人的相片鞠了一躬，然后说对你们的不幸表示最衷心的慰问，谨请节哀，坐下来签合同吧。张大民一愣。签什么合同？不是签过合同了吗？

"那是草签，不算数的。"

"够啰唆的，签就签吧，签哪儿？"

"……把名字写这儿。"

"等等……什么时候三间变变变变……变两两两……两两两间了！操你们的姥姥，我们还没销户口呢！我妹妹骨灰还烫手呢！"

没有家里人拦着，张大民就把那穿西装的黄口小儿剁了。邻居们也很吃惊。张大民举着菜刀满院乱追，拆迁公司的小伙子满世界乱窜，大皮鞋都跑掉了。这不像大民子干的事儿啊？他是砖头拍脑袋上都不知道还手的主儿，今天这是怎么了？明白了，心疼他妹妹呢，受刺激了！

强制拆迁那天，张大民抱着石榴树不下来。推土机把小房都推塌了，他还挂在树枝上摇晃，像一只死心眼儿不开窍的土猴子。他像煽动暴乱一样慷慨陈词，一字一泪——我妹妹把沙发都挑好了；我妹妹把壁挂都挑好了；我妹妹把窗帘布都挑好了；我妹妹……你们不能这样对待我妹妹呀！我们把房子还给我妹妹吧！同志们，我妹妹死不瞑目呀！

强制人员一点儿也不生气，不慌不忙地凑过来，都笑话他。活人的房子都不够住，还给死人要房子，做什么梦呢！把糊涂虫从树上捏下来，让丫好好醒醒！五六个大小伙子揪住四肢，七手八脚地把他给抬下来了。张大民找不着台阶，索性破釜沉舟，鲤鱼打挺儿，杀猪一样号起来了。

"你们不能夺我妹妹房子！把三居室还给我们！那棵石榴树是我爸爸种的，你们不能铲了它！把三居室还给我们吧！您就让我们住个三居室吧，我儿子是天才，我得给我儿子拾掇一间书房呀……求求你们啦！大叔大爷祖宗哎，可怜可怜我们吧……"

强制人员更笑话他了。待会儿妹妹，待会儿爸爸，待会儿儿子，您惦记得还挺全？有本事惦记点儿自己的脸面哪？这会儿求爷爷告奶奶了，晚了！舔我们脚丫子也没用了！吃窝头去吧，你！

恰好一位视察的领导干部在场，远远地看着，十分忧虑。这个同志怎么这么不懂法！怎么这么不懂法！你们要加强普法宣传，重在教育，重在和风细雨，雨露滋润。当然，对那些害群之马和胡搅蛮缠的人，绝不能心慈手软，要毫不留情，加强力度，狠狠打击，从而发展大好形势，维护安定局面，把我们的各项工作推向前进，向……献礼！哗，鼓掌！

害群之马张大民咎由自取，被行政拘留，给关到黑乎乎的铁笼子里去了。进了笼子冷静一想，觉得实在出丑，比在追悼会上还丑，不胜懊悔。

两个礼拜之后，害群之马姗姗归巢，面孔微黑，胳膊稍细，两眼炯炯有神，就像刚从海滨度假归来一样。他担心老婆会披着被面儿迎接他，结果发现两居室井井有条，老婆正扎着围裙给他做鱼呢！老婆用锅铲杵他的脑门子，恨得咬牙切齿，你一个小蚂蚱，乱蹦什么呀！

"就算我乱蹦，就算我蹦水里了！可是……谁也没告诉我那水是开的呀！"

张大民坐下来，老觉得屋子里缺东西。噢，想起来了，石榴树不见了。今非昔比，在一间没有树的屋子里过日子，是一件多么无聊多么无趣的事情啊！张大民想他亲爱的树了。

车间领导又把张大民叫去了。张大民正襟危坐，叮嘱自己别当回事，不就是个副段长吗。领导说你要正确对待。他耸耸肩膀，我尾巴再长也翘不到天上去。领导说你一定要正确对待。他心说，操，您看我像骄傲自满目空一切自以为是贪污腐败的人吗？我要当了副段长，我首先……

"张大民同志,我现在正式通知你,经车间领导研究决定,并报请厂长办公室批准,从即日起……您下岗了!"

张大民让雷给劈死了。

半个月之后,北城一带的居民小区里出现了一个神秘的人物。他身材短粗,满面愁容,用一个特制的网袋挎着一大堆暖壶,前胸五六个,后背五六个,品种还不一样。他见了老太太就凑过去,露出巴结的笑容,像受够了邪气的小媳妇一样。

"我们厂快倒闭了,积压了很多暖壶。您要我给您便宜点儿,就算您发善心,就算您支援我了。我们厂开不出支来,每人发了七百个暖壶,其他什么都不管了。您说孙子不孙子?一个暖壶还没卖呢,先得租厂里的地儿搁它们。您说缺德不缺德?您看这暖壶多好,像胖娃娃不像,您还不抱一个回去,就算捡个搭拉孙儿,跟您就伴儿了……"

"不要!我们家有。"

"来一个,多一个是一个!"

"是真的吗?"

"依您的意思是纸糊的?"

"有胆吗?"

"哟!我摔一个您看看?"

"不要!要买商店买去。"

"我比他们便宜!"

"便宜没好货。不要!"

"大妈,您走好,赶明儿暖壶瓶了找我!"

"还不撂下歇歇,一脑袋汗。"

"不敢歇。我得找个坎儿再歇着,撂这儿我就拎不起来了。

您要真心疼我,别买这个大的,你买个小点儿的吧?"

"不要不要!"

张大民终于把老太太吓跑了。他钻进塔楼,谎称给领导送礼品,蹭电梯到顶层,然后逐户敲门,一层一层往下敲。敲开一扇门扉,里面站着一位英俊少年,比儿子大不了多少。

"我是新兴技术开发研究所的,我们发明了一种新型的保温产品,质量优良,品种繁多,花色齐全,实行三包……"

"……去去去去去去去!"

再敲开一扇门,站着个美丽少妇,比老婆年轻多了,漂亮多了。

"我是……"

"滚!"

张大民逃至黑洞洞的楼梯里,实在不想动了,真有身心交瘁之感。他放下暖壶,坐在台阶上吃面包,一个挎着十几个鸟笼子的人悄悄走过去。大哥,你要鸟笼不?张大民看见了自己,轻声说伙计,刚才谁骂你了?

"狗汪汪怕甚,能咬俺一嘴不中?"

张大民填饱了肚子,又继续袭击剩下的屋门去了。他从北城转到西城,给许多人留下了新鲜的印象,以致一栋楼丢了一袋大米,人们立刻想到他。肯定是那小子,他把大米灌在暖壶里背走了!人们布下天罗地网,等他吃回头草,他却不屈不挠地转到东城去了。

两个月卖了十四个暖壶。他把烟戒了,缩头缩脑,又矮了一大块,李云芳怕他自卑,鼓动他去香山爬山。带全家一块儿去。他说不想爬山,没脸爬山,让香山爬我吧,把我这个废物点心埋了吧！李云芳逗他，天塌了个儿高的顶着，你那么矬，怕什么？他也逗李云芳，天塌了个儿高的全趴下了，我趴不下去，我背着一嘟噜暖壶，不砸我砸谁呀！两口子还像从前那样畅快地笑着，却含了酸酸的味道了。

那年夏末，毛巾厂的技术员回来了。可能有衣锦还乡的意思吧，要请厂里的朋友吃饭，也请了李云芳。她不想去，同事们说你必须去，给他一个面子，他敢来劲，我们帮你掀桌子，不信他不把尾巴夹起来。李云芳告诉了张大民，问去还是不去，满以为他会说又不是没吃过饭，吃他的饭干吗，不去！听到的却恰恰相反，去！快去！干吗不去！挑最贵的菜点，好好敲他一顿！平时逮不着美国鬼子，好不容易逮着一个，死吃！菜不够，把他也蘸酱油咽喽！别忘了给我带条胳膊，我想嚼他不是一天两天了，我倒满了酒杯等你！张大民嘻嘻哈哈，像往日一样没正经，李云芳就不再说什么，开始打开柜门儿给自己找裙子了。她的后脑勺没长眼睛，没看见他的脸一下子阴云密布，目光也暗下去，灰下去，惶惶然如丧家之犬了。

"……在哪儿请？"

"鸿宾楼。"

李云芳前脚走，张大民后脚就跟出来了。没干过这种事，知道是丑事，知道不该干，可还是硬着头皮干下去了。盯梢儿吗？吃醋吗？怕最后一根稻草离开自己漂走吗？下起了小雨。不久便下大了，变成了瓢泼大雨。张大民落汤鸡一样站在树底下，看着鸿宾楼的灯光和大玻璃后面的红男绿女，陷入了一生中最大的精神危机。折腾了半辈子，三十六拜都拜了，最后一哆嗦也哆嗦了，还是一事无成啊！

张大民在雨中走到半夜,一推家门发现李云芳在客厅坐着,饭桌上搁着一沓钱,绿不叽的,不是中国钱。

"你干什么去了?"

"看你们吃饭去了。"

"你……"

"钱都付了?"

"急死我!真有你的!"

"他想买你什么?"

"……你混蛋!"

李云芳给了张大民一个嘴巴。那沓外国钱,把张大民残存的最后一点儿自尊给击碎了。怪就怪技术员自作多情,把888美金放在礼品衬衣里,要给受赠人一个惊喜,殊不料吓坏了李云芳,还打碎了她们家的醋坛子,把男主人逼得悲痛欲绝,差点儿打开窗户从阳台跳下去。长夜难眠,夫妻俩倾心长叙,一个扒开肋骨让对方看心脏红不红,一个扒开肚子让对方看肠子直不直。不免相拥而泣,说了哭,哭了笑,笑了再说。悲乎哉?极乐也!这时候突然咚咚咚,有人敲卧室的门。

"爸,你们干吗呢?"

"……你妈胳肢我呢。"

"妈胳肢你,你哭什么?"

"……乐极生悲啦。"

"……注意点儿影响!"

天才!这日子没法儿过了。

张大民和技术员在京伦饭店大堂见面的时候,离飞机起飞的时间不多了。技术员接过装钱的信封,十分腼腆,脸涨得通红,一边看表一边吞吞吐吐的不知要说什么。张大民没想到对方是这种风格，正所谓见了熊人压不住火，一张嘴，嗓子眼儿蹿出一只狗，汪汪汪汪，连他自己都不知道叫的是什么了。

"在美国年头儿不短了吧？学会刷盘子了吗？美国人真不是东西，老安排咱们中国人刷盘子。弄得全世界一提中国人，就想到刷盘子，一提刷盘子，就想到中国人。英文管中国叫瓷器，是真的吗？太孙子了！中文管美国叫美国，国就得了，还美！太抬举他们了！你现在是美国人，你心里最清楚，那儿美吗？是人待的地方吗？他们叫咱们瓷器，咱们管美国叫盘子得了！"

"对不起，我要去赶飞机了。"

"我送送你。以后别这么随便给人钱。你塞给我们云芳，我们云芳都哭了，觉得受了侮辱。我知道你对不起她，心里有愧，想补偿补偿，可是这点儿钱拿不出手呀。等你发了大财，拿出十万八万的，用红带子扎上，单腿儿一跪，把它们当面交给云芳，不比你现在藏着掖着的强？这点儿钱你留着回美国买汽油使吧，别瞎耽误工夫了。赶明儿钱不够花了跟我说，我让云芳寄给你，咱就甭客气了，谁跟谁呀？哪儿跟哪儿啊？你说是不是！"

"对不起，车来了，再会！"

"我给你开门。上飞机小心点，上礼拜哥伦比亚刚掉下来一架，人都烧焦了，跟木炭儿似的。到了美国多联系，得了艾滋病什么的，你回来找我。我认识个老头儿，用药膏贴肚脐，什么病都治……回纽约上街留点儿神，小心有人用子弹打你耳朵眼儿，上帝保佑你，阿门了。保重！妈了个巴子的！"

出租车开出老远了，他才住嘴。嗓子眼儿发干，太阳穴嘣嘣直跳。张四民去世以来，下岗以来、吃醋以来，一切一切的憋闷都随着这通胡说八道吐出去了。天蓝了,云白了,走在大街上两只脚一颠一颠的又飘起来了。

"大民,你怎么跟他说的?"

"我说很高兴认识你,欢迎您下次来家中做客,拜拜!"

"真的?"

"骗你我是王八蛋。"

"总算会说人话了!"

中秋节前夕,张大民在一位厂长家里一口气推销了600个暖壶。他怕那位厂长有脚气,否则就趴下来亲吻那两只大脚丫子了。普通的居民楼,普通的单元门。普通的肥头大耳的汉子,看不出脑袋上有什么光环。张大民一边防备挨踹,一边念经似的发布广告词,我是保温瓶厂的推销员,我们的保温瓶举世无双……

"卖暖壶的吗?进来进来!"

张大民的生活由此掀开了新的一页。厂长说他们厂水质有污染,刚刚更换了输水设备,职工家属贪几个小钱却不肯换暖壶,他要扣他们的奖金买暖壶,他要逼他们换暖壶!张大民确实看了看厂长的脚,他颤抖着说,我敲了足有一万个门了,终于看见了一个人,一个真正的人,一个伟大的人。中国有救了。中国的工人阶级有救了。我们靠暖壶吃饭的人有救了!出门的时候他跟厂长开玩笑,我打了一年猎,就指望哪天逮只兔子,今天一进山,撞上个熊猫儿!厂长哈哈大笑!

"国宝啊?不敢当!也就是一狗熊吧!"

张大民领着全家去爬香山了。在鬼见愁下面的索道站,他又犯了抠门儿的毛病。单程多少钱。双程多少钱。大人多少钱。儿童多少钱。掰着手指头算乱了套。李云芳不理他，越理他越乱，干脆走到一边，等着他从雾里走出来。他爬出来了。

"让妈和小树坐缆车，咱俩爬吧？"

"你不怕掉下一个去？"

"可也是。那你跟他们坐，我自己爬？"

"仨人坐得下吗？"

"可也是。那你跟妈坐，我和小树爬？"

"小树惦记坐缆车惦记多少日子了？"

"可也是。那你跟小树坐，我和妈爬？"

"怎么爬？"

"我背着我妈爬。"

"大民，别抠那几个钱啦！"

"我不是怕吓着咱妈嘛！"

李云芳和张小树坐着缆车不见了。张大民背着老母亲走上了林间石道，省了几个钱令人欣慰，后背让母亲的身体偎着，更让他心胸舒坦。母亲能看见什么呢？一想到母亲的目空一切，不免又嘲笑自己的孝心之迂了。他大声说，妈，那片树都烧红了，您看见了吗？

母亲一语不发。

四个人在山顶聚合了。风很大，黄栌的颜色已经到了暗淡的时辰，那一片一片的大火不久便要熄灭了。张大民又大声说，妈，您看见那片大火了吗？树林都着起来了，过一会儿就烧过来了，您看见了吗？

母亲说了两个字，锅炉。

锅……炉！

137

母亲念起遥远的父亲来了。

张小树托着腮帮,看远山的云影,进了天才必入的境界,目光正摇上去摇上去,跃然于云端之外了。

"爸,人为什么会死呢?"

"我也不太懂,问你妈。"

"妈,人活着有什么意思呢?"

"有时候没意思,刚觉得没意思又觉得特别有意思了。真的,不信问你爸。"

"爸,人活着没意思怎么办?"

"没意思,也得活着。别找死!"

"爸,为什么?"

"我说不大清楚,我跟你打个比方吧。有人枪毙你,没辙了,你再死,死就死了。没人枪毙你,你就活着,好好活着。儿子,你懂了吗?"

"OK!爸爸你真棒!我懂啦!"

"云芳,你懂了吗?"

"没懂!"

"那我再揉碎了给你说一遍……"

"就你懂?德行!"

"我也是刚刚弄明白的。都是天才闹的!守着个天才,长学问了。"

母亲用清晰的声音说道——锅炉!张大民恍惚看到父亲和四民在云影里若隐若现,老的问日子好过吗?小的问孩子可爱的孩子幸福吗?待要端详却又飘然不见了。日子好过极了!孩子幸福极了!有我在,有我顶天立地的张大民在,生活怎么能不幸福呢！张小树雀跃着在林火中引路，红叶如一片血海。张大民背起白发苍苍的母亲，由李云芳在一旁小心翼翼地搀护着，缓缓向山下走去。母亲朝着迷茫的远方再一次重复了两个字——锅炉！

他们消失在幸福的生活之中了。

《北京文学》1997年第10期

午后的诗学

李 洱

事隔多年，有一天，我和费边谈起我们初次见面的情景时，我们的回忆竟然大相径庭。我记得第一次见到他，是在二十世纪八十年代末，地点是济水河边的小广场。那天的中午，我正和一个刚认识不久的女人在街上走着，突然听到广场那边传来一阵有节奏的喊叫声。她拉了我一下，说："闲着也是闲着，咱们去那边听听诗朗诵吧。"那天参加朗诵的人很多，每个朗诵者都得到了足够的掌声和鲜花。费边那天朗诵的是马拉美的《焦虑》，一首描述罪愆、灵魂的风暴和人性的高贵的诗篇。那大概是那天朗诵的唯一的一首真正的诗篇。费边从那个临时搭成的台子上下来，经过我们身边的时候，有几个大学生拦住了他。"我们最喜欢你念的最后几句，够劲、解气。"他们重复了他们认为"够劲""解气"的那几句，意在表达他们是他的忠实听众。有趣的是，他们记错了，他们七嘴八舌重复的"诗句"，要么是费边前面的那个人喊的口号，要么是等不及费边下来就跳到台子上去的那个末流诗人吐出来的打油诗。费边听他们讲完,脸上浮出了笑意,随即甩出一个警句:"诗性的迷失就是人性的迷失。"在这之前,我已经听说费边是这座城市杰出的诗人,现在看来,果然名不虚传。和我站在一起的女人,在那个年代大概也是一个诗歌爱好者。她将一瓶酸奶递给费边,说:"我也喜欢马拉美,不过我喜欢的是他的另一首诗,《纯洁,生动》。"费边咬着吸管的嘴巴松开了。他看着她,一边和她握手,一边说:"你说得真好。爱诗的女人本身就是一首纯洁生动的诗。"这时候,掌声和喊叫声又响了起来,将他的声音淹没了,我只能看见他的嘴在动,却听不清他又有哪些高论。

　　这一天,我们三个人在河边的悬铃木树荫下聊了十分钟左右。我记得他很匆忙,说他还有些事情需要处理一下,得先走一步。临走,他给我抄下了他的电话号码和住址。"有空儿,请过来说说话。"他说。如果我没有记错的话,他当时还对我身边的那个女人说了这么一段话:"我喜欢和一流的女人讨论问题,读二流的诗思考问题,写三流的诗表达问题。"他的口才真好啊。说这话的时候,他用食指推了推眼镜。那是一副茶色玻璃眼镜(这副眼镜我后来没有再见过)。他的鼻梁有点高,镜架搭上去,就像骑士双腿岔开坐在马背上一样。镜框的两边向下垂了一点,使它有点像栖息在树上的鸟那下垂的双翼。

　　费边的说法与此大不相同。他坚持认为我们是在九十年代认识的,见面的地点是某个朋友家的客厅。他说:"如果我们在街头见过,并且像你说的那样还聊了那么长时间,那我肯定会记住你,"他还顺便开了一个玩笑,"你又不是不知道,过目不忘是我的强项。"他说,在朋友家的客厅里,他确实朗诵了一首诗,但朗诵的不是马拉美的作品,而是但丁的《神曲》。他说,他的朗诵没有获得掌声,因为他朗诵完之后,大家都陷入了沉思。

我们都说服不了对方。算下来的,这样的争执大概发生过七八次。这当然没什么意思,因此,我们后来也就不再提起此事了。不过,在另一个问题上,我们之间不存在异议,这就是,我们都认为我们是在一次打猎活动中,成为真正的朋友的。在一九九一年的夏初,费边邀请几个朋友到郊外打猎散心,到出发的时候,那几个人说有事不能去了,结果只剩下了我和费边。那一天,我们漫山遍野地跑,跑得脚底起泡,也没能见到猎物。天快黑的时候,我们正准备回城,突然看到了一个东西。因为距离远,我们分辨不清它究竟是狼还是狗,我先用微冲打了一阵,接着,费边也手忙脚乱地开始射击。就在这个时候,他手中的打兔枪的枪膛炸开了。幸亏那天我们都装模作样地穿了防弹背心(和微冲一起借来的),幸亏费边没有把脸贴着枪托去瞄准,否则,我们(尤其是费边)非被打坏不可。过了很久,我们才缓过神来。我们互相检查了一下,发现都是只伤了点皮肉,这才把心放宽。"我们和死神亲吻了一下。"费边说。与他这句话同时诞生的,还有我和费边的生死与共的感觉,虽然其中不乏夸张的成分。我们搂到了一起。费边说:"挺有意思,猎物没有打着,自己却差点报销。"我说,这确实有意思,很像小说里的情节,说不定哪一天我就把它写下来了。费边用脚试探着那杆炸了膛的打兔枪,说:"要是写到它,你最好让玩枪的人当场做鬼,起码得让他瞎一只眼。"接下来,他又顺便谈到了写作问题。他的话说得精彩,应该记下来:写作就是拿自己开刀,杀死自己,让别人来守灵。蜂一张嘴吐出来的就是蜜,我的朋友费边随口溜出来的一句话，就是诗学。他的这种出口成章的本领，我后来多有领教。他并不耍贫嘴。从他嘴里蹦出来的话，往往是对自己日常生活的精妙分析，有时候，还包含着最高类型的真理。这使我想起他曾向我讲述过的一本书中的一个有趣的故事：二战时，盟军轰炸柏林的火箭落点，与一名士兵从事性行为的地点，总是发生奇妙的吻合，在性行为和V-2火箭之间，仿佛存在着神秘的感应。当然，差别还是有的。对我的朋友费边来说，他既是V-2火箭，同时又是那位不断受到惊扰的士兵。

认真回想起来，费边对我们初次见面的时间、地点的说法，也不是完全站不住脚。他确实是在一个朋友家的客厅里，知道我的名字的，直到这个时候，他才知道我是个写小说的。他大概认为，这次才算是真正的见面。

在二十世纪九十年代的第一个年头，朋友们经常聚会，参加聚会的都是满腹经纶的知识分子。这帮人拥到谁家，谁家的抽油烟机、排风扇就得忙上一整天。如果打开窗户，让阳光照进来，你就可以发现，烟雾在机器的抽动下，在人们的头顶上飘浮得很快，有如风起云涌。当然抽走和排掉的，还远不止这些，至少还有那个年代特有的颂祷、幻灭、悲愤和恶作剧般的反讽。

这些知识界的朋友，每个都有一套俏皮而又中肯的格言，大多数人，连自己的墓志铭都构思好了。我记得有一天从北京来了一位谈锋甚健的诗人。他是费边的朋友，他在谈到海德格尔的"向死而生"的时候，突然朗诵起了自己的墓志铭，并提醒大家也要具备这种"墓志铭意识"。"用不着提醒，这玩意大家都有。"有人立即不甘示弱地站了起来。这个人怕远来的客人不信，就建议大家都把墓志铭写下来，互相传看一下。他的建议荒唐而有趣，大部分人都抵着膝盖写了，并交到了他的手里。我现在所能记住的，只是我和费边的。之所以能记住费边的，是因为我后来又听他说过几次。那其实是但丁《神曲》里的两句诗：时间就在这只器皿里有它的根，而在其余的器皿里有它的枝叶。这一天，在随后的发言中，费边对《天堂篇》中的这两句诗还做了一番解释。就我所知，他后来将这则墓志铭藏到了书架上的一只彩陶里，那是它的一个好去处，因为在费边看来，出土的彩陶就是在时间中扎根的器皿。在一首诗中，费边写道：

空洞的彩陶是满的
它装满了时间
土黄色的纹饰是绿的
时间是它的枝叶

什么都谈，什么都可以拿到这样的聚会上研讨一番。有一段时间，一些搞经济和神学研究的人也加入了这种不定期的聚会。人多了，一般的客厅也就盛不下了，于是大家就移师室外。西郊的一个废弃的兵工厂，成了大家聚集的场所。移步换形，走出封闭的房间来到四周都是原野的大院子里，一些新的话题也就进入了交谈。关于农事，关于亚细亚生产方式，关于田园和城市的二元对立，人们都谈得唾液乱飞。但待在郊外，终归不是长久之计，因为遇到刮风下雨，事先定好的日期就得变动；一些老弱病残者，骑车跑那么远，每次都累得半死。好在这个时候，一些凑热闹的人已经很少来了，剩下的人，较大的客厅已经装得下了。费边的朋友和同事，一个名叫韩明的人，提出聚会可以放到费边的客厅里搞。他的提议正中费边的下怀,费边早就想为朋友们多出点力了。费边对大家说,他是个单身汉,母亲住在姐姐家里,自己的住房很宽敞,他完全有能力干好后勤工作。他还表示,他要马上找民工,把客厅和卧室之间的墙打掉,让客厅更敞亮一些。事情就这样定了下来。最后的那几次聚会确实是在费边的客厅里搞的,费边的后勤工作也干得非常出色。费边后来对我说:"你看,我摇身一变,就成了边缘的中心,算下来,那可要算是我的黄金时代啊。"

费边的房子位于这座城市的黄金地段,濒临济水河。虽然济水河是一条鱼虾早已死绝的臭河,但它毕竟是自然的象征。黝亮的河水流动时,形成的小小波浪,和碧海中的波浪仍然具有同一性。就像上海的情侣们喜欢挤到臭烘烘的外滩约会一样,这座城市里的人也常到这里转悠,把这里当成了一个风景胜地。作为这里的长期住户,费边谈起济水河的时候,常常没有多少好话。我们刚移师到费边那里的时候,济水河边正是一幅锣鼓喧天、旗帜招展的景象。被组织起来的人们,正在那里疏浚河道,用水泥和石板铺设河床。他们伐掉高大的悬铃木,扩展广场,修建舞榭亭台。这些东西都成了费边的话柄:这是世纪末最杰出的行为艺术:死马当作活马医,臭椿当作香椿吃。广场是权力的象征,众多的小广场是大广场无数的繁殖。而那些舞榭亭台,只不过是在提醒我们,一定要乖乖地逃避真实的命运。费边对朋友们说,看啊,这里就是一个观景台,在我这里可以看到现代生活中最荒诞的戏剧。费边的朋友韩明说,自己以前就常来这里看戏,有时看得津津有味,恨不得在这里住下不走。

我们在那里谈亚里士多德,谈米沃什,谈布罗茨基,谈学生们送给阿多诺教授的两样礼品：粪便和玫瑰。布罗茨基的那两句话（我是二流时代的二流诗人，二流时代的叛臣逆子）我就是在那里听到的。费边有一次提到了罗马的罗慕路斯大帝的逸事，引起了人们浓厚的兴趣。这位有趣的皇帝，在代表着新文明的外敌入侵的时候，不事抵抗，只在那里逗弄小鸡。"他是一个对罪恶心中有数并能做出艰难选择的人，"费边说，"在缴械的时候，他盯着那些刚爬出蛋壳的小鸡，心中充满喜悦、寂寞和自由。"费边总能找到这种逸出历史编年史的"本质性"事件，使大家在严肃的讨论中，放松一下神经。有一次，韩明和一个写《〈论语〉新注》的人吵了起来。那个人事先强烈要求将自己的新注带来，供大家讨论，可临到出门的时候，却要求派车去接他，韩明是聚会召集人之一，他只好坐出租车去把他接了过来。韩明发现他并不像他所说的那样"烧得厉害，头昏脑涨"，在讨论中就专和他抬杠。如果不是因为有"君子动口不动手"的古训，这两个胖子就要像相扑选手那样扭到一起了。费边并不上去拉架，他有办法制止他们。他向别的人提起了一个梦，世上最有名的脱星麦当娜做的一个春梦。在梦中，麦当娜和罗慕路斯大帝的现代传人戈尔巴乔夫做爱，在高潮上下不来。"赖莎在旁边吗？"有人问。费边说："你们可以去问韩明，他知道得比我清楚。"韩明说，他是从录像带上看的。他说，他没有注意到这个细节，下次再看的时候，一定会格外留意。韩明顾不上和那个人吵了，他现在忙着给朋友们解释他看到的精彩镜头，并提议大家来讨论讨论那个有趣的梦。话题至此转换了。"世俗欲望""大众传媒"与"集体迷幻""性的深层本质"，这些词语立即从舌面上跳了出来，蹦上了桌面。就像一群猫见到了被夹住的一只老鼠，每个人的声音，都那么有力、那么欢快。刚才的不快，也就烟消云散了。

最后那两次聚会，这些精英们讨论的是怎样将思想转化为行动。他们决定先办一份杂志。既然已经到了秋天，到了收获的季节，那就有必要把每个人的思想都收割一下，存到谷仓（杂志）里面。这个时候，有一个叫"操作"的词，像瘟疫一样在社会上流行开了，大家都说，这事要好好操作一下，首先得起一个能叫得响的刊名，然后制定一个有弹性的编辑方针。为了更好更快地把杂志搞出来，有人建议可以请一些有实际操作经验的编辑来一起讨论。这个请人的任务就落到了交际多、门路广的韩明头上。"你可别又领来一堆女人，"一个研究西马的人对韩明说，"这是正事，不能瞎闹。"

好像专门要和那人抬杠似的，韩明那天领来的又是个女人。韩明显然料到别人会偷偷质问他。因此，他的屁股还没有坐稳，就先把那个女人的情况介绍了一番。他说，她曾是一个校园歌手，因为男朋友死了，就主动退学了。所有与死亡有关的爱情故事，在二十世纪九十年代，都带有神话的气息，让人忍不住肃然起敬。不信，你看每个人的眼神都很肃穆，包括那个反神话论者。这是费边后来向我转述的他当时的分析和观察。韩明那套话还真是管用，大家都饶了他。那个女孩在韩明说话的时候，静静地站在那里。她穿着一套印有许多暗红色方格的裙子，像三四十年代的大学生留着齐耳的短发。和韩明的解释相配套，她也显得很悲戚，脸色有如晨霜。如果不是事先规定好了议题，我想，那次聚会的主题就变成爱情和死亡了。

开始给梦想中的杂志起名字了。每个人的肚子里都装有许多好名字、怪名字。起名字是有学问者的强项，可以充分显示大家的视域、才学是怎样的广漠和不同凡响，大家的脑子转得有多快。每个人露了一手，有人建议叫《远东评论》，有人建议叫《日常生活》。反对这两种命名的人，说刊物不妨就叫作《反对》或《命名》。《反对》也遭到了反对，提出反对的是一个小说家，他建议用与刊物毫不相干的事物来给刊物命名，比如可以命名为《企鹅》。有人提出可以叫《蛋黄》，有人顺着"蛋黄"的思路往下走，说可以叫《变蛋》……提出来的名字，足足记满了64开本那么大的一张稿纸。做记录的是费边，他用的不是钢笔，而是新买的圆珠笔，以免书写工具发生缺墨一类的故障。在记录的时候，费边的脑子也没有闲着。他在分析、联想、臧否、推敲。"既然可以有各种命名，那就说明它其实无法命名，干脆就叫《无法命名》得了。"他插了一句。在所有的名字当中，我就觉得《蛋黄》比较有意思。蛋黄可以孕育新的生命。由蛋黄可以想到鸡蛋。任何事物都可以比作一只椭圆形的鸡蛋，它有两个确定不移的焦点。这是个致命的隐喻：一个焦点可以看成是我们占有的事实本身，另一个可以看成是我们对占有的事实的批判。这两个焦点隐藏在脆弱的蛋壳之内，悄悄发力，使你难以把它握碎。每一种命名都被由才学和视野编织的筛子过了一遍。到后来，筛子上一个名字也没有留下。龟兔赛跑的现代版本是这样的：乌龟跑出去之后，兔子们说，别急，哥儿们，咱们先在一起分析一下哪个跑道比较合适，速度怎样分配，哪个老兄带头冲刺。最要紧的是，哥儿们得先给跑步的姿势起个像样而且中肯的名字，使它有名有实。费边的分析和联想被人打断了，大家需要他这个东家也说上几句。因为他正在那里分析，所以他就脱口而出："既然大家都在分析，那就叫《分析》算了。"这么说的时候，他的脑子已经活跃起来了，语言和思维同步，他对随口说出的《分析》这个名字做了一番分析。"这是一个分析的时代，"他说，"所有人都在分析，什么都得分析。教师在分析学生，学生在分析校长；病人在分析医生，医生在分析医院；丈夫在分析妻子，妻子在分析情夫；人在分析枪，枪在分析人；人对灵魂做出分析，灵魂对人做出分析；天堂在分析地狱，地狱在分析天堂……"他口若悬河地说了一通，"分析"这个词就像串糖葫芦的竹签，把许多毫不相干的事物都串到了一起，然后成群结队地从他的喉咙跑了出来。他说："学生们在五月风暴中送给阿多诺教授的那两样东西也值得分析。粪便在分析玫瑰，玫瑰在分析粪便。"

"哦，粪便和玫瑰。"费边把这两个词又重复了一遍，既像是在重复诗中的一对孪生意象，又像是在强调他突然想起来的某对诗学概念。他一边说着，一边做着往下砍的手势。那手势并不生硬，带有抑扬顿挫的意味。说完这番话，他刚好走到韩明带来的那个女孩子跟前。那个女孩子现在正盘腿坐在地板上，仰着脸看他。她的脸上已经没有了悲戚，有的是崇敬和迷惘，有如午后的向日葵。他的脑子现在正灵着呢，仿佛受一种惯性驱使，他又顺便对她的迷惘做了一番分析：她迷惘是因为她在听我讲话的时候，与她的不幸疏离了。迷惘是记忆和遗忘的交错地带，是忠诚和背叛杂交的花朵。这一番话他并没有当场说出来，他想，他应该另外找个机会，和她好好聊聊她的迷惘。他这会儿只是弯下腰，向她表示了一下他对她的迷惘的关切。当然，他没有指出她的迷惘，他用的词是"不适应"："你是不是有点不适应？来多了，也就习惯了。"女孩没说话。她看了看韩明，又看了看费边，然后浅浅一笑，算是对他的关切的回报。

费边这套精彩的发言其实等于什么都没说，因为他的意见并没有被采纳。当然，所有人的话都等于白说了。为了不耽误议程，大家先把命名的事悬置了起来，开始讨论编辑方针和编委会的设置。方针也不是几句话就能说清楚的，那就先讨论编委问题吧。有人说，这事也没有必要啰唆，轮流坐庄就行了，要不就抓阄。这不是一个人的意思，好几个人都这么说。说这话时，人们口气轻松，表情俏皮。后来我才意识到，在这个时候，有许多人其实已对这份杂志不抱什么希望了。它还没有开花，就已经要凋谢了，果实只在人们的梦中漫游。有一个翻译家，刚才钻在厕所里，没有听清人们的议论，他出来之后，提议大家为刊物集资，并率先捐出了几张大团结。别的人也只好去掏口袋。这样一来，一些钢镚就在地上滚来滚去，互相撞击，发出了清脆的声音。

费边跑进书房拿出了一只彩陶，将钢镚收到了一起。他对朋友们说："我可以拿出一笔钱，先把第一期印出来。"说这话的费边，颇有点舍我其谁的味道。人们都愣了，愣了一会儿，才像鸭子那样齐刷刷地扭过头，去看拎着彩陶站在客厅一角的费边。就在人们这样看他的时候，那个由韩明引来的女人，走到了他的身边，将蹲在地上捡起来的一把硬币，丢进了彩陶壶。

几年之后，当一切都已分崩离析不可收拾，当各种戏剧性情景成为日常生活的写真集的时候，有一天，在朋友的婚宴上，我看着费边，又想起了杜莉往他的彩陶壶里丢钢镚的事儿。费边那天喝得不多，他一直在讲话。刚和新婚夫妇开过玩笑的费边，现在又给同桌的一对恋人讲起了柏拉图的"爱情说"。"柏拉图？不就是那个提倡意淫似的精神恋爱的人吗？"那个男的一边剥虾仁一边说。费边摇摇头，说："朋友，你是只知其一，不知其二啊。柏拉图'爱情说'的核心恰恰是和受伤的肉体有关的。"他这么一说，我就知道他下面要说什么了。果然，他又讲到了蚯蚓、人和上帝。他说："柏拉图有一个著名的假说：最早的人就像蚯蚓，是雌雄同体的，后来，上帝从上到下把它劈成两半。人有多高，那伤口就有多长。人必须到处跑，寻找正在别处漫游的另一半，使那伤口愈合。来啊，让我为你们成功的漫游干杯。"那一对恋人爽快地把杯中的酒干掉了，而费边却滴酒未进。柏拉图的那个爱情说，原来是被他拿来劝酒的。

　　费边对往彩陶壶里丢钢镚的杜莉也说过这样一番话。当然不是在她第一次来的时候说的。虽然她第一次就瞄上了费边，但她并没有很快再来。她再次来到费边家的时候，朋友们的聚会已经风流云散。她这次是和另外三个人一起来的：一对美国夫妇，一个女翻译。她先在楼下给他打了一个电话，让他猜她是谁。他平时最烦这种游戏，在他看来，这种对孩子游戏的滑稽模仿一点都不好玩。他刚刚起好一个题目，叫《午后的诗学》，正准备坐下来写一组诗，这个电话把他的心绪全给搅乱了。如果对方不是个女的，他就把电话放下了。对女人总该礼貌一些，再说了，在午后慵懒的时刻，听听一个女人的声音，也是可以提神的嘛。有那么一瞬间，他倒是想起来她可能是杜莉，但她突然又说，她是和两个美国朋友一起来的，这一来，他就猜不出来她究竟是哪路神仙了。他说："你究竟是谁啊，你知道我很笨的。"她用对老朋友说话的口气，说："你真的是笨，算了，不让你猜了，我们现在就上去。"

　　"其实，我已经猜到是你。"开门一看是杜莉，他就这样对她说。那个翻译把他的话翻译了一下，那两个老外笑了起来，也说了两句，意思是"你们果然是好朋友"，然后，他们乐呵呵地把手伸给了费边。

四个人盘腿坐在地毯上说了一会儿，费边才明白他们怎么会摸到他这里来。原来是美国人通过一个朋友认识了杜莉，又听杜莉介绍他的情况，对他有了兴趣，跑来了解他们的学术沙龙的。美国人提到的那个朋友，费边也认识，那个人以前到这里来过，现在出国当访问学者了。

起初，他们谈得还比较融洽。费边还没有掌握绕圈子的技巧，得知了对方的来意，他就开门见山地说，他们的学术沙龙已经散掉了。他引用哈韦尔先生的话说，它之所以会散掉，是因为某种东西一开始就已经瓦解，并消耗自身。奇怪的是，美国人对此似乎并不太感兴趣，他们感兴趣的似乎是地毯上的图案。那个美国人把他的话记下来之后，就把话题绕到了地毯上面，说，他们家床边的小地毯上也有这样的图案。费边说，花卉的图案肯定是世界性的，因为玫瑰和狗尾巴花哪里都一样。说过这话，考虑到美国人有边饮酒边聊天的习惯，他就起身给他们倒酒。那个美国女人说，她正在做"简·方达健美操"，只能喝"不带糖分的白色葡萄酒"（直译如此）。费边还没有听说过这种酒，只好打电话给楼下的一家酒店。酒店里的人说，他们刚听说有这种酒，但还没有进过。朋友自远方来，得想办法让人家乐和乐和。站在电话旁边，他想，钟子玉家里肯定有这种酒，要不要往他家里打个电话？每走一步都必须找到一个理由，他再次想起了"有朋自远方来"的那句老话，这应该能成为理由。那里果然有。没过多久，钟家的小保姆就把酒送过来了。这时候，费边才知道那酒叫"干白"。

喝着来之不易的干白，他们继续聊天。美国女人还是有点闷闷不乐。到中国来的美国男人，一个比一个快乐，陪丈夫来中国的美国女人，一个比一个不快乐。第三世界对第一世界的威胁就体现在这里：让他们的日常生活不得安宁。她快乐不快乐，我可解决不了，费边想。他现在要做的是，一方面欣赏女人的不快乐，一方面怎样尽可能得体地回答男人提出的问题。当那个美国男人问他怎样看待海明威喜欢待在古巴，博尔赫斯向往东方生活的时候，费边说，那不是由于遗忘，即便是，那遗忘也并不是记忆的对立面，而是记忆的另一种称谓，对他们而言，那是一种返祖记忆在作祟。

哦，记忆，那个美国人好像知道他要这么讲似的，随即把话题扯到了记忆上面。他现在提到的是另一种记忆。"费边先生，你对你的父亲有着怎样的记忆，这种记忆又在多大程度上影响了你的生活？"好像担心译员无法准确地翻译出自己的话，美国人这时候突然说起了汉语。费边后来对我说，他当时一下子就陷入了沉默。他说，有多少种说话的方式，就有多少种沉默的方式。他引用福科的话对我说，有些沉默带有强烈的敌意，有些沉默却意味着深切的友谊、崇敬，甚至爱情。他还说，有些沉默是反抗，有些沉默是臣服。"我的沉默算是哪一种呢？我的脑子一下子被吸尘器吸空了。"他说这就是他当时的感受。不过，请别替费边担心，他是难不倒的，我的朋友费边总是能找到化解问题的方式的。他从沉默中迷过来，用说笑的口气把美国人踢过来的皮球又踢了出去。

"没有什么记忆，"他说，"我对父亲的记忆只是一顶帽子。"

美国人是不可能知道帽子在中国特殊语境中的含义的。许多词语，如帽子、破鞋、老九……一旦进入中文，对老外们来说，它们就成了迷宫中的拦路虎。费边现在打的就是这副牌。那个老美果然被他搞糊涂了，迷惑地看着他，把肩膀耸来耸去的。"就是头上戴的帽子？"老美问。"难道帽子还能戴到脚上？"费边说。说过这话，他就不肯再多说一句了，打过一枪，就该换个地方了。"咱们还是谈点别的吧，比如印第安人的头饰，林肯总统的泼妇，美俄宇航员在太空的联欢。"美国人执意要和他讨论意识形态问题，费边说："咱们还是谈宇航员吧。谈到宇航员，我这里有两个现成的笑话。一则是，贵国的一艘太空船进入倒计时发射的时候，宇航员突然想大便，他请求把这泡屎拉到生他养他的地球上，没有得到恩准，他只好穿着臭烘烘的裤子进入太空，他的美好的太空旅行就被这泡屎给搅坏了；另一则你可能更感兴趣，因为这跟你想说的意识形态问题有关。说的是苏联的宇航员返回地球的时候，无法降落，因为他的祖国解体了，他不知道该在哪里降落，地面指挥中心也无法告诉他，所以他只好继续在太空漫游，靠数星星打发日子。"他这样一边讲着，一边想，我讲这些有什么意思呢？想揭示人类存在的普遍困境吗？想用无聊的笑话来填补我们之间的缝隙吗？可不谈这个还能谈什么呢？路德说了，整个世界就像一个醉汉，你从这边把他扶上马鞍，他就会从那边栽下来。和美国人在一起谈意识形态，就是醉汉在搀扶醉汉。

　　双方都意识到话不投机，就只好喝酒。第一瓶酒喝完之后，费边去书房取酒（刚才那个小保姆直接把酒送进了他的书房）。杜莉跟着走了进来。她说："我有点晕了。"她拍拍脑门，说自己有点腾云驾雾的感觉，甚至都没听清他们都谈了些什么。"你要不要先去躺一会儿？"费边说："不，晕着挺舒服的，我迷恋这种晕。"杜莉的嘴很甜，她说："我还想继续听你说话呢，你比老外还厉害，听你说话长见识的。"

那两个美国人看到他不愿和他们多啰唆，就提出告辞了。杜莉和他们一起下了楼，并把他们送上了出租车。我的朋友费边就站在窗口，掀开窗帘的一角，看着在路边徘徊的杜莉。接着他又来到了阳台上，站在这凸现于房间之外的地方，他感到他看得更清楚了。就在这个时候，回首张望的杜莉看见了他。杜莉朝他摆了摆手，既像是告别，又像是招引。

对他和杜莉初次做爱的情景的描述，有两种不同的版本问世，而且它们的版权都属于费边。第一个版本里说，他就是在这一天的午后和杜莉上床的。第二个版本里说，事情是在两天之后才办妥的。当费边想举例说明自己办事喜欢速战速决的时候，他就用第一个版本。当他想说明自己办事喜欢按部就班，悠着点来的时候，他就抬出第二个版本。我本人喜欢速战速决，所以我没给商量，就决定用他的第一个版本来叙述故事。为了说得清楚一点，在讲的时候，我可能还得稍加一点自己的想象，把他的版本适当扩充一下。

杜莉向他招手之后，大约只过了几分钟，等在门后的费边就听到了敲门声。可以想象，这个时候的费边已经通过门上镶嵌的"猫眼"，看见了上楼上得有点气喘的杜莉。接下来要发生什么事，费边当然是清楚的。不但清楚，他还要预先作点分析。在任何时代，性和真理都像麻花一样扭在一起。性的游戏就是真理的游戏，真理的游戏也就是性的游戏。他的分析没能更好地深入下去，因为，他的手等不及了，把门突然打开了。没有必要的过渡,他们就像费边刚才想过的那种麻花那样,很快扭到了一起。双方的动作都很娴熟,娴熟得就像拿着自己的钥匙去开锁一样。你一定觉得他们有点太急了,还缺了点什么。这一点费边也想到了,因此在开锁的时候,费边做了一点必要的补充,把"我爱你"三个字说了出来。这三个字组成的是一个最简单的主、谓、宾齐全的句式,多说几遍也耽误不了多少时间,杜莉大概也懂得这个道理,就陪着费边把它说上了好几遍。在重复这句话的时候,杜莉插进来了一句:"费先生,我上来也只是想陪你再喝几杯。"

他们已经松弛下来了。一松劲,就有机会寻找借口了,费边想,找借口还不容易,我可以随口就来。他说:"你说得对,我在阳台上转悠的时候,心里也在想,怎么能让你上来再喝杯酒呢。正这样想着,你就来了。"他说这番话的时候,"借口"这个词像一个磁性的亮点似的,在他的脑子里飞快地移动了起来。如果找不到借口,她说不定就不上来了。谈情说爱需要借口,开枪需要借口,干什么都离不开借口。借口往往被当成历史必然性上空飘的花絮,可是,如果这样的花絮飘满整个天空,遮天蔽日,挡住了所有的光亮,你还有什么理由否认历史和人本身就是一种借口。费边起身去给杜莉拿酒的时候,脑子仍在快速地转动着。他想到了诗学问题。"借门",这个词放到诗歌里面,你甚至很难找到另外的词和它押韵。它是一个异物。它只能靠自我重复,来凑成拙劣的韵律。它被诗学排除在外,可它却构成了历史诗学。许多天之后,在一张酒桌上,当费边提到他对"借口"这个词的分析的时候,朋友们都拍案叫绝。朋友们当然不可能想到,他那灵感的火花最初是这样闪耀出来的。

这一次，他没跟杜莉谈柏拉图的"爱情说"。他得留一手，他要在合适的时候，像盖章那样，把这句话盖到她的脑子里。以前，人们是先结婚后恋爱，时代不同了，现在是先做爱再恋爱，做得多了，也就像是恋爱了。有一天，吃着她烧的对虾，费边感到自己确实有点爱上她了，就把柏拉图搬了出来。他讲得是那么形象、逼真，好像真的有两个半边人在天空漫游。他从杜莉的眼睛中看到她听得很入迷。他对她说："现在好了，我们已经缝合到了一起，成了一个完整的人。"

杜莉的眼睛仍然睁得很大，仿佛还被那虚无缥缈的情景吸引着。费边被她的神态逗乐了。他摇摇她，似乎是要把她从梦幻中摇醒。

她提了一个问题："我们的孩子，孩子的孩子，生下来的时候，也是小小的半边人吗？"

这个问题是那么简单，费边用筷子在桌上划拉了两下，就把问题给她解决了："没错，亲爱的。在他们还不能叫作人的时候，就已经是一半一半的了。一半叫作精子，一半叫作卵子。这个时候，他们漫游的区域比较小，只是在精囊和卵巢里兜弯子。当然，在另一个意义上说，区域也不能算小。因为我们这些人到处漫游的时候，都把他们随身带着。"

许多年来，费边一直在大学里教书。他喜欢待在这种地方。他认为，对中国知识分子来说，只有待在这里，才能感到角色和人不分离，就像演员和角色的不分离一样。这话是不是有点玄乎？它是费边说的，玄乎不玄乎与我无关。如果你觉得听不太明白，你就把这话放到一边算了，不要去深究。

照我的理解，他之所以要待在这种地方，是因为他可以在此获得舌头的快乐。他在这里讲述、分析作家的作品，无论讲得是好还是孬，都有固定的听众（学生们如果旷课，就别想领到象征着知识分子身份的毕业证）。当然费边的课讲得还是不错的，可以毫不夸张地说，他是同系的老师当中讲得最好的老师。他肚子里装了那么多的知识，他随口吐出一点，就够莘莘学子琢磨终身了。学生们对他已经不是一般的尊敬，而是崇拜了。一次，一个学生在课堂上对他说："费先生，当老师就要当你这样的老师。你就像一个国王。"费边连忙谦虚地摆摆手："可不能这样说，我做得还不够。卢梭有一句话，我不妨在此提一下：在盲人的国度里，独眼龙就是国王。"

这里，我冒着以小人之心度君子之腹的危险，透露个秘密：费边乐意待在校园里，还有一个重要原因——他迷恋校园里的女孩子。据说现在的女大学生只有一半是处女，究竟是不是这样，我没有统计过，不敢多嘴。我倒是就此事问过费边，费边说他也咬不准。费边说，她们纯洁也好，放荡也罢，先不去管它，有一点是可以肯定的，她们都很有味道，可以给人无尽的遐思。费边说，她们都受到了较好的文化熏陶，起码能读懂印在明信片、贺卡上的诗句，不像社会上的那些生瓜野枣，让人看着就头疼。他还说，等你看够了这一茬，不用你操心，国家就替你把事情办好了——让她们毕业了，夏天和金秋嬗变的时候，嗷嗷待哺的一批就又来了：

  她们就像顺水漂流的花朵，
  无须抚摸
  食指就充满了芬芳。

可以说，在和韩明闹僵之前，费边每次走进校园，心中都是充满喜悦的。结婚之后，他从某个漂亮的女大学生身边走过，闻到她身上的那种少女的香气的时候，他虽然也会感慨生活不够完美，但这并不影响他那有理性的快乐。他懂得这样一个道理：蛋糕上的糖霜虽然少了一点，可它终归是一只有糖的蛋糕。

杜莉生完孩子刚出院，有一天，费边正在家里观察孩子吃奶，电话响了。他没有马上去接，他觉得没什么比看孩子吃奶更有意思。别的不说，杜莉那刚从孩子嘴里拔出来的乳头就很有意思，它像桑葚一样饱满而且发紫。以前它们一直在游戏，是无用之用，现在开始工作了，呈现出无美之美。电话还在响着，杜莉催他去接，他只好丢下乳房，朝电话走过去。是韩明打来的。韩明说："哥儿们，你是不是也在坐月子？"费边说："和坐月子差不多，我正在突击学习怎样做父亲。莎士比亚的《威尼斯商人》里说，了解自己孩子的父亲才是聪明的父亲。我正学着做一个聪明的父亲。"韩明说："男人的那玩意只要没什么大问题，都能做父亲。"他承认韩明说得没错，可他现在正在兴头上，不愿听这种话。他对韩明说："话可不能这么讲，男人要想当父亲，必须借助神力。"他还想继续和韩明讨论做父亲的问题，可韩明打断了他。韩明说："闲话少说吧，我打电话是通知你来开会的。我或许应该提醒你一下，你已经有三个星期没有露面了。"费边这才突然想起，韩明可能是以系主任兼系党总支副书记的身份和他说话的。在杜莉入院前几天，韩明曾对他说过，任命书已经签过了，只待宣布了。那一天，韩明还说，上任之后，他要烧三把火。第一把火是整顿纪律，每星期二下午的政治学习，实行打卡制度，谁的卡片没有翻过来，就扣谁的奖金，这叫精神和物质挂钩，不管好不好，先挂一段时间再说。第二把火是举办系列学术讲座，搞讲座就是吹小号，小号嘀嗒嗒一吹，系里的学术气氛就会严肃而活泼。韩明说，他首先要请的就是那个和他抬过杠的写《〈论语〉新注》的家伙，那家伙不是很能吹吗，那就让他来吹两次。韩明说，他要烧的第三把火是在系里设立一项"学术基金"，谁在国家级刊物上发表了论文，就另付给谁一笔稿酬，别人眼红也没用，有本事你自己也找门路托关系发表去嘛，又没人拉你的后腿。费边记得，韩明最后还很得意地说了这么一句："×他娘，老子这三把火一烧，你看能把系里烧成什么样子。"费边当时不知道该对韩明说些什么，当韩明征求他的看法时，他说，哈姆雷特有一句话很有意思："'这是一个颠倒混乱的时代，唉，倒霉的我却要负起重整乾坤的责任'。看来，你要当哈姆雷特了。"这会儿，费边想，看来韩主任真的是走马上任了。

　　第二天就是星期二。在系主任办公室，费边找到了韩明。他从中袋里掏出一把大白兔奶糖，撒到韩明的办公桌上，说："吃，吃啊，为我女儿祝福一下。"

　　韩明捏起一颗糖，起身上了厕所。在厕所门口，韩明把脑袋探出来，示意费边过去一趟。费边不知道韩明葫芦里卖的是什么药，就迷迷糊糊地走了过去。站在小便池前，韩明说："哥儿们，这糖我是要吃的，"说着，他剥开糖纸，将大白兔塞到了嘴里，"这糖我吃了，可奖金还是要扣的，扣你这个月的五十元奖金。"费边说："扣就扣了，我没意见。我愿意当一只鸡。"

　　"不是鸡。我这是杀猴给鸡看。"韩明说，"这样吧，这个月的奖金我替你出，算是我送给侄女的一份小礼物。喂，孩子的名字起好了没有?"

费边说:"你这么一说,我就想到孩子该叫什么了。这是孩子收到的第一份礼,那叫她费礼算了。"

"费礼?"

"对,就叫费礼。'礼'字和杜莉的'莉'字谐音,挺好的。要紧的是,它可以纪念我们之间的友谊。"

这个时候,这两个人之间的关系还是说得过去的。用费边的话来说,就是"我们虽然不像过去那么热乎,但在别人眼里,我们还像狗皮袜子那样,没有反正之分"。他们闹僵是在这一年的六月中旬,在歌咏比赛的彩排现场。每年的这个时候,学校都要筹备歌咏比赛,先是各系组织排练,然后比赛,获得前几名的系,再联合组队,拉到社会上和别的单位比赛。以前,系里总是出钱雇佣省、市歌舞团的演员来担任领唱和伴舞,再叫上一些闲着没事、喜欢扎堆的教师,拼凑起一支杂牌军,去和别的系较量。可这次不同了,新官上任的韩明首先向学校提出,各系都不能使用雇佣军,凭真本事进行一次公正的比赛。他的建议被学校采纳了,并以红头文件的形式发到了各个系里。其实,韩明的过度认真还是可以理解的,这是他上任以来遇到的第一个大型活动,他当然想把它搞好,给自己的从政生涯来个开门红。

最后一次彩排的时候,精益求精的韩明突然发现有几个教师是在那里滥竽充数,因为他们的口型缺少必要的变化。费边做得更绝,别人张嘴的时候,他的嘴闭着,别人闭嘴的时候,他的嘴却张着。韩明恼坏了。他让这几个人出列,把他们叫到舞台的一侧,问他们是否存心要给中文系脸上抹黑。教现代文学的那个老师说,他想唱,可就是记不住歌词。韩明眉毛一挑,说:"别逗了，你能整段整段背诵《野草》，却记不住这几句歌词？"就在这个时候，被晾在一边思过的费边忍不住了，他感到自己得说上几句了。他给那个教师递了一根烟，说："这一点都不能怪你，要怪只能怪这些文理不通的歌词。"他的话让那个挨训的教师也听迷糊了。费边说："这种文过饰非的歌词，虚张声势、咋咋呼呼的曲调，和真实相违背，先天就具有被人遗忘的性质。"他又问韩明，"你说是不是这个理儿？"费边后来告诉我，他的话打动了韩明，因为韩明本能地呈现出了恍然大悟的表情。他说，按照他当时的理解，韩明之所以没有接他的话茬，是因为聪明的韩明知道有些真理是无须讨论的。韩明把他拨拉到一边，对那个著有《建安风骨论》的副教授说："你呢，你也是记不住歌词？"副教授说："歌词我倒是记住了，曲也听熟了，问题是，往人堆里一站，听大家像打狼似的那么一吼，我的舌头就不听使唤了，舌头就跟过敏了似的。"在副教授嬉皮笑脸说话的时候，我的朋友费边在他身边转来转去的。这时候的费边，就像一条经过特殊训练的警犬，听到一点声音，闻到一点气息，就会条件反射地做出分析和判断。他说得对。这些词曲一旦和个体经验相脱离，就成了虚妄之物。记不住它，是因为它遭到了人的记忆的排斥。蒙田说过，记忆奉献在我们面前的，不是我们所选择的东西，而是它所喜欢的东西。能记住了，可转眼就忘了，那是因为它即便借强势力量侵入了记忆，它也无法在时间中扎根。记住了没忘，那也白搭，因为你发出的是别人的声音，它取消了个人存在的真实性。刚才这位老师用到了一个词——"过敏"，这个词用得好啊。过敏性反应的常见症状是休克、荨麻疹、皮炎，发不出声音，可以看成是"舌头的休克"。费边觉得自己的这套分析很有点味道，他不是一个自私的人,不想一个人独吞,就把它贡献了出来。他这种说话风格,韩明又不是没有领教过,韩明以前对此总是赞赏有加。可这一次,费边刚说完,韩明就对身边的人说:

"大家看啊,我们的费先生是不是吃错了什么药。"

没等别人做出反应,韩明就对费边说:

"我还没有问你,你怎么就像娘儿们一样啰唆开了?"

即便是傻瓜,也能听出韩明话里的敌意,何况费边并不是一个傻瓜。看在多年朋友的分儿上,费边没有立即让韩明难堪,他只是说:"我来之前,确实吃了点药。我吃的是健忘药。我把这些陈词滥调全忘光了。"

别以为费边能轻易把韩明的嘴巴堵住。韩明也不是吃素的。当初能混进那个学术沙龙的人,都是有几把刷子的。现在,博学的韩明对费边的回击,同样是引经据典的。韩明说:"健忘药可是个好东西。让我们感谢健忘的人,因为他们也忘却了自己的愚蠢。"他刚说完,费边就知道他引用的是尼采的话。他对韩明说:"尼采要是知道你在这种场合引用他的话,在天之灵一定会感到不安的。"

费边想起了《李尔王》里的一段台词,只是他记不起来那是哪个角色的台词了:

这年头傻瓜供过于求

因为聪明人也要装作糊涂

顶着个没有思想的脑壳

跟着人画瓢照着葫芦

学人过招，一招一式都很有讲究。他们就像两个提线木偶，在后面提线头的，都是他们景仰的大师。他们就那样闹着，好像都对此上了瘾。闹了一会儿，韩明说："大人不计小人过，我不跟你闹了。费边，你要是不想唱，现在就可以走。"费边不走，他说他想听韩主任唱："你先唱唱，让大家听听嘛。"他知道韩明肯定也没有记住歌词，因此他鼓动人们欢迎韩明来个男声独唱。韩明慢悠悠地说："我是公鸭嗓子，唱不好的。你们要是真想听歌，那就到费边家去听。你们大概还不知道，费边的夫人杜莉女士，在被学校开除之前，曾是一个人见人爱的校园歌手。"

费边可没有料到韩明会来这一手。他正要质问韩明是什么意思，韩明又对他说："你要是允许大家去，我现在就出去叫车，车钱由我来付，让大家领略一下杜莉的风采。"

费边出手了。他朝韩明捅了一拳。

有那么一段时间，我每次见到费边，聊着聊着，他就提起他的出拳。"那一拳要是打着他的话，非把他的鼻子打歪不可。"他虽然没有打着韩明（韩明当时机警地闪了过去，费边打空了，还差点摔倒在地），可他知道两个人的关系就这样玩完了。他想韩明肯定会寻机报复他。"他不会放过我的，一个槽里拴不住两条叫驴，你看好了，这小子肯定会在我背后捅刀子的。"怎么个捅法呢？他排列了一下，觉得不外乎这几种：在学生中活动，收集他平时在课堂上讲过的一些不够慎重的言辞，将它们整理成册，交给有关领导，将他赶下讲台；在职称问题上给他穿小鞋；在朋友当中造他的谣，说他出于嫉妒，拆老朋友的台；……

"母鸡不撒尿，各有各的道。真的闹到这一步，我也不是手端豆腐的，我也能想办法逼他就范，"他说，"我上头有人。"我注意到,这个时候的费边经常引用中国的民谚和典籍,诸如"先下手为强""老虎屁股摸不得""死猪不怕开水烫""曲则全,枉则正,洼则盈,敝则新""人不犯我,我不犯人"……它们言近而旨远,形象而生动,都是中国人智慧的结晶。这些本土的民谚、典籍和西方哲人的格言、警句,经过了费边的高压锅,就成了色香味齐全的什锦菜肴。那实在是丰富的精神食粮啊。

但是,有一天,费边兴致勃勃地谈论了一通他准备对付韩明的计划之后,他突然也对自己所有使用的撒手锏作了一通分析。他说,这其实是典型的窝里斗,是吃饱撑的。他说,据说人类一思索,上帝就发笑,其实轮不到上帝发笑,人类自己就忍俊不禁了。那一天,他还给我谈到了铁血将军巴顿的故事。巴顿在二战时率领"巴顿军团"驰骋沙场,是二元对立时代的英雄,他是一个被战争异化的人,和平就是他的地狱。说完这话,他就陷入了长久的沉默。我想,辞职的念头,他大概就是那个时候产生的。当天晚上,我回到家,接到了杜莉打来的电话。她问我和费边都谈了些什么(她这样追问,使我感到很不舒服)。她说,费边好像犯病了。我紧张了起来,问是什么病。她说,费边正在草拟辞职报告。她怀疑他是发高烧,烧糊涂了,就把体温计塞到了他的嘴巴。杜莉说,他的体温现在是37度,只比正常体温高出一点,还不至于把人烧得神志不清,她不能不怀疑费边的脑子是否受到了什么刺激。我说那怎么可能呢,他或许是在和你开玩笑。我这么一说,她的嗓门就抬了起来,把我吓了一跳。她说:"别装蒜了,去把费礼的屁股擦了。"我赶紧把电话放下了。

是不是由于杜莉的反对,他才打消辞职念头的,我不知道,反正他并没有真的辞职。在第二年的秋天,他的对头韩明被撤职之后，他的同事们都在背后议论，说费边有可能升上去，顶替韩明坐上系里的第一把交椅。这种议论是那样盛行，连我这个局外人都有点信以为真了。我以为费边之所以一直没有向我透露，是因为他想在最后给我一个惊喜。这么说吧，我当时已经打起了小九九，等费边一握住权力，我就让他帮忙把我弄到他的学校，当一个驻校作家。可最后，费边让我们这些人都失望了。

事后，我曾向费边谈起过我当时听到的一些说法和我自己的打算。费边说："并不是没人要我干，上头确实有人找我谈过话，可我不想干，我想当一个自由知识分子。"他告诉我，找他谈话的就是主管文教的钟副市长。他说，钟市长曾问他是不是想换个地方再当官，他说不是。他对钟市长说，他也不想换地方，因为一换，外面所传的韩明是他搞下去的说法，不是真的也变成真的了。费边说，杜莉倒是想让他捞个一官半职，可他没有搭理她那么多。

我现在突然发觉，我其实无法描述杜莉这个人，甚至连她的面貌我都无法准确把握住。就像变动不羁的现代生活不可能在记忆中沉淀为某种形式，让人很难把握一样，杜莉相貌的多次变更，使我在试图描绘她的时候，显得无从下手。自从我见到杜莉以来，她的相貌就缺乏稳定性，而且越到后来变化越快。现代各种化妆术、美容手术，在每一个爱俏的女人脸上找到了用武之地。它们不仅能够改变女人皮肤的颜色、松紧度，而且能使女人脸上的骨头、重要器官，甚至种族特征，在午后短暂的时间内，发生变化。

在费边看来，有一个若有若无的杠杆在引导女人的脸蛋，使那些脸蛋越来越标准。男人无法通过视觉来判断对方是谁了，只好依靠嗅觉，通过闻体味来判断和自己同床共枕的女人究竟是谁。可嗅觉也会失灵，因为一滴香水就能改变一个女人的体味，甚至能把一个人身上的狐臭味给盖掉。看来只好依靠听觉了。费边说，通过听觉是不是就一定能分辨出对方是谁，他是不敢把手指头伸到磨眼里打赌的，因为人的嗓子同样会变。由于各种发声方法的引进，一个女歌手在行家的调教下，几天之内，就会变调。费边说，算来算去，似乎只剩下一项判断依据，那就是习惯，但这也并不是非常可靠。马克·吐温说，习惯就是习惯，虽然任何人都不能把它扔出窗外，但是可以将它慢慢地轰下楼。费边的这段精彩的论述，显然来自他对杜莉的观察和思考。有一次，我和费边在谈起这方面的话题时，费边突然对女人的这种变化做了一点勉强的肯定。他神情诡秘地说："也不能说一点好处都没有，和这种变来变去的女人做爱，你时常会感到你是在和大众通奸。一般的通奸只能让人感到惊喜，这个呢，还能让你有一种很磅礴的感受。"

1993年的春天，我在济水河边的小广场再次遇到杜莉的时候，我一下子就想到了费边的精妙论述。当时，我真的差点没把她认出来。她的鼻梁垫高了，新割了双眼皮，下巴似乎也动过——她原来的下巴比较短，现在变得比以前尖了。或许是由于化妆的缘故，她的嘴巴也变得比以前更大了，如果你认为青蛙的嘴巴是美的，那你就得承认杜莉的嘴巴也是美的。她连名字都改了。在演出的节目单上，她的名字叫卡拉。对一个想在江湖上混出点名堂出来的女歌手来说，这个名字确实非常OK，因为它能让人过目不忘。我猜对了，这个名字果然是费边给起的。

我是应费边之约，来这里欣赏杜莉的演出的。这是我第一次在公众场合听杜莉演唱。坦率地说，她唱得并不好（至少在我看来），她的嗓音有点沙哑、疲倦，唱起来也毫无激情，和我想象中的杜莉有着云泥之别。这一天，她按要求唱了一首老歌——《北京的金山上》。唱完之后，她来到我和费边跟前，征求我们的看法。她征求意见时的神态娇羞可爱，同时又显得很郑重其事，让人马虎不得。我说唱得好啊，有点老歌新唱的味道，真是有意思啊。我正担心会不会惹杜莉不高兴呢，费边接口说，这就对了，要的就是这种效果。

"你说的是真的吗？"杜莉问我。

我说是真的，照这条路走下去，或许能唱出一点名堂的。千万别怪我言不由衷，我说的这些话都是费边事先交代过的。当然，费边不交代我，我也不可能实话实说，对朋友的老婆，客气一点总是没错的。我刚讲完，费边就说："这是根据她的嗓音条件，做出的一个基本定位。这样搞没错，在美学上，这就叫作以丑来表现美，可以传递出一些复杂的感情，它还有点像叙事学上讲的复调。"说到这里，费边突然像拍蚊子那样，在自己的脑门上猛拍了一下，然后又像弹奏乐器似的，几根手指在脑门上弹来弹去，他的眼睛一下子显得很亮，说："我知道怎么对付那个老家伙。"

"哪个老家伙啊？"杜莉笑着问他。

"陈维驰啊。"费边说。

杜莉对他那样大惊小怪不以为意。她说。你找他干什么，钟叔叔不是已经给他打过招呼了吗？费边说："让我怎么说你好呢，说你头发长见识短吧，你又不高兴。不找他行吗？我可不能让你给他留下走后门的印象，我要亲自去说服他，免费给他上一课，让他知道选你参赛、获奖，是公正的选择。"

陈维驰是本市的音协主席，是即将举行的大型声乐比赛的评委会主任。此人在法国、奥地利、上海、延安、北京都生活过，是音乐界有名的作曲家和声乐理论家。杜莉一直想让费边带她去拜访一下他。有一次，费边正在我那里聊天，杜莉把电话打过来了，催他去找陈维驰。他说，他已经给钟叔叔讲过了，由姓钟的去打招呼。放下电话，费边就对我说，托尔斯泰那句话说得真是地道啊，女人是男人身上世俗的肌体。他告诉我，他实在不愿搭理陈维驰。他说："陈在任何时代都是弄潮儿，从不犯错误。爱默生说，从来不犯错误的人，一定是谬误的化身。这种人是不能打交道的。"其实，就我所知，他不愿见陈维驰，主要是因为陈维驰还是个巧舌如簧的理论家，既能把一根稻草说成金条，也能把一根金条说成稻草。如果你没有足够的思想准备，你就别想说服他，见他还不如不见，因为那只能把事情搞得更糟。

为了让自己的老婆高兴，许多天来，他一直在寻找和陈维驰谈话的角度。在他看来，角度的问题是个非常重要的问题，找角度具有非同寻常的意义，它类似于点穴。干什么事都需要找角度，写诗、打井、在公共汽车上放屁、分析课文，甚至做爱，都需要角度。做爱的时候，如果你不能合理地安排体位和角度，不但自己痛快不起来，还会惹对方不高兴。谈话也是这样，特别是和陈维驰这样的永远吃香的家伙谈话，如果你事先选不好角度，对方可能会像轰苍蝇那样，把你轰出门外，或者干脆用蝇拍把你给拍死。

他是第二天去找的陈维驰。在路上，他一直在想陈维驰首先会问哪些问题，他该如何应答，然后在应答中穿插进自己的问题，进而把他摆平。他想:"我或许应该先说我喜欢他的作品。可是，如果他问我喜欢他的那些作品，我就傻眼了，因为我只记得他的一首歌，准确地说，只记得由他谱曲的一首歌中的一句歌词。"那是什么歌词啊，"官逼民富咿呀嘿，民呀不能呀不富"。他想，这个老陈可真他妈的是个大滑头啊，轻而易举地就把一句成语化成一贴皮炎平软膏。这是一个春天的早上，从黄河古道吹来的风沙，弥漫在城市的大街小巷。被水淘洗得干干净净的沙粒，一进入城市就变成了脏兮兮的尘土，它们像桃毛一样，使人皮肤发痒。费边乘坐的面的在尘土飞扬的道路上奔波。要在平时，他或许会对那些尘土做出精彩的分析，但眼下，他顾不上这个了，他得抓紧时间分析陈维驰的心理。陈维驰是一只狐狸，和狐狸打交道可不是闹着玩的，一定要谨慎。阿奎那在《神学大全》中说，谨慎是所有德行的原则。费边想，他不能提那首歌，八面玲珑的陈维驰或许会认为他是在拐弯抹角地骂他。怎么办呢，总不能一上来就直奔主题吧？还是需要先说一些陈词滥调的。他一时有点慌神了，因为他不知道该说哪些陈词滥调。离陈维驰家不远了，他得赶快把这个问题解决掉，于是，他让司机把车开到路边。司机以为他要下车了，就把发票撕了下来。他只好对司机说他还没有到站，他只是想让车停下来，使他可以安静地思考一个问题。司机迷惑地看了他一会儿，问他需要思考多长时间。他说，这可说不定。司机显得很不耐烦，说:"不说那么多了，你交钱走人吧。我还得到丈母娘家接人呢，去晚了，那老东西饶不了我的。"

见司机说得那么可怜，他就把他放走了。现在，费边站在路边，抓紧时间想着问题。有那么一段时间，他的注意力集中在

"陈词滥调"这个词本身。他想起很久以前,他曾在朋友的聚会上,引用过一段哈韦尔先生的话,来说明自己的观点。那段话他现在一时想不起来了,能想起来的只是其中的一句:陈词滥调是这个世界的中心原则。哈韦尔恶作剧般的反讽使他这个引述者,在当时感到无比畅快(仅仅是引述本身就已经让他畅快了)。然而现在,当他又想起这句话的时候,他却怎么也畅快不起来。他站在路边的窨井盖上,在飞扬的尘土和杂乱的人群中,脑子里乱成了一团麻。

费边多虑了,当他真的赶到陈维驰家的时候,事情远不像他事先想的那么复杂。他和陈维驰很快就聊开了,聊的并不是陈维驰的作品,而是巴赫的《马太受难曲》和陈维驰计划中的婚礼。之所以聊这个《马太受难曲》,是因为他走进陈维驰的工作间的时候,那庄严的旋律就在他耳边回响。陈维驰的小情人把费边领进去之后,就退了出去。费边和陈维驰以前曾在各种会议上见过面,所以陈维驰上去就把他给认出来了。陈维驰开口就问他:"费边,这支曲子你是不是也常听?"费边说,他知道巴赫,但听得很少。

"起码得听听这一首,此曲只应天上有啊。"

陈维驰说着,就把音量调小,给他补了一课。陈维驰说,说起来这首曲子也是应命之作,因为它是献给王后的,应命之作能写得如此漂亮,确实可以给我们很多启发。陈维驰说,这支曲子在一八四三年首演的时候,大厅里鸦雀无声,人们仿佛在教堂里倾听福音,参加礼拜仪式。陈维驰召小情人给费边倒上菊花茶,并让费边发表一下自己的看法。费边说:"陈先生说得对,巴赫就是巴赫,就像上帝就是上帝。"

"和这些大师一比，我们的作品就像是济水河上漂浮的垃圾，惭愧啊惭愧。"陈维驰说，"我想好了，这次结婚，我一定要选用这首曲子来代替《婚礼进行曲》。"一谈到婚姻，陈维驰的那个小情人就进来了（刚才她在外面一定竖着耳朵听着呢）。陈维驰说他初步定在"七一"结婚，按照他的设想，他想到教堂里举行婚礼，可这是在中国，他不得不考虑到国情和自己的身份，所以他现在感到很为难，只好在平时把这支曲子多放几遍，聊以弥补缺憾。陈维驰的那个小情人插嘴了，说："当然得考虑周全，要是在教堂里搞，钟副市长可能就无法来了。"她又对费边说，"大诗人，你要是能把钟市长拽到教堂里，我们就在那里搞，然后到教堂门口的那个海鲜城撮一顿。"

"陈先生，你家里有没有电脑？"费边突然来了一句。他的发问显得没头没脑的，把陈维驰和他的情人都问傻了。

费边说："你们可以先在互联网上举行个教堂婚礼，然后在'七一'再举行一次，这样就两全其美了。"见他们还在那里发愣，费边的话匣子就打开了。他说现在最时髦的婚礼就是在互联网上进行的，新郎、新娘、神父和亲朋好友，从各个地方进入虚拟的网上教堂，完成网上联姻，让你不费吹灰之力，就可以过一把教堂婚礼的瘾。

在这里，我得顺便说一下，费边对此其实也是一知半解，因为这个信息是我提供给他的，他甚至都不知道那是日本富士通电脑公司搞的玩意儿。可费边现在把那对傻帽儿都唬住了。费边还说，如果他们感兴趣，他可以帮这对老夫少妻进入那个神奇的互联网。

太好了，不用说什么陈词滥调，不需要有什么心理负担，只是谈谈电脑，就和陈维驰沟通了。我想这时候费边心里一定非常得意。他现在觉得应该趁热打铁，把杜莉的问题解决一下，然后就拍屁股走人。他对陈维驰说："陈先生，见你一次很不容易，我想趁这个机会向你请教一些学术问题。"陈维驰没吭声，但他的脸上浮现出了笑意，那笑意告诉费边，他愿意随时解答他的难题。费边说这些问题是他听了杜莉的歌唱之后才想到的，不知道对不对，愿聆听先生的教诲。费边的这套话很妙，应该记下来。亚里士多德首次提出艺术可化自然丑为艺术美，认为给人痛感的事物，如果能在艺术中得到忠实的描绘，就会给人以快感。莱辛认为艺术家可以把丑作为一种组成因素，自然中的丑往往更能表现性格。丑并不是假和恶，陈先生，我觉得这些大师们的说法都非常有道理。实际情况大概也正是这样，丑一旦进入审美领域，就具有了积极的审美价值了。而杜莉，就是那个准备参赛的卡拉，她的歌声，似乎正系于这些背景性命题。陈先生，我也不知道我这样想有没有一点道理。因他这么讲的时候，他突然觉得杜莉和这些问题似乎还不能完全挂上边，有点驴唇不对马嘴的味道，但既然讲了，就不要耽搁了，干脆一口气讲完算了。这样讲完之后，他期待着陈维驰做出反应。过了一会儿，陈维驰终于开口了。陈维驰说："我完全同意你的看法，不过，我们就不要再在亚里士多德们的身上浪费时间了。费边，你说奇怪不奇怪，昨天，有一个歌星缠了我半天，她对亚里士多德是哪个时代的人都不知道，竟然也向我谈起了亚里士多德，亚里士多德好像与麦当娜、卡拉斯一起，成了她们的偶像。费边，咱们还是来关心关心钟市长的身体吧。"

费边的脑子转得很快，他意识到陈维驰是想搞清楚他和钟市长的关系到底怎么样。这个问题难不倒他,他觉得自己照样有把握唬住陈维驰,只是他一时不知道该从何谈起,因为关于钟某人的现状,他知道得并不比别人多。钟患的是前列腺炎,走路时习惯叉开腿,给人的感觉,好像他的大腿根夹着一个火球。这谁都知道,因为他每次在电视上出现的时候,都是这个模样。别人即便不知道他患的是前列腺炎,也能猜出毛病就出在那个部位。费边这么想的时候,他发现自己已经推开椅子站了起来。现在他知道自己要干什么了——他要把钟市长的走姿学给陈维驰看看。

他郑重其事地在陈维驰的木质地板上走了一圈,边走边说:"没办法,他只能这样走,因为他的那个地方怕磨。"他讲的本来是众所周知的事实,可经他这么一学,就带有某种私人性了,仿佛只有他知道得最清楚。陈维驰和他的小情人都被他的滑稽模仿逗乐了,连费边本人也忍不住哈哈大笑起来,一种狂欢的气氛,就在翻来覆去播放的《马太受难曲》中,达到了高潮。

费边大概觉得还有点不过瘾,还应该再"透露"一点什么,再逗逗眼前的两个活宝。于是,他又顺口胡诌了一通:"只有回到家里,他才可以少受一点苦。是这样的,他一进门,就把屁股放到了轮椅上,由小保姆推来推去的。他在家里很少走路,只有上厕所的时候,他才会走几步,因为小保姆无法陪他撒尿。"

陈维驰的那两只多次指挥过乐队的手,现在夹在双膝之间,快速地搓来搓去。他笑得太凶了,费边甚至有点担心他笑死过去。

这一年的六月底,杜莉如愿参加了那个全市声乐比赛,她演唱的是陈维驰的新作——《第一个节日》。这一天,费边很早就赶来了。他坐在下面,拿着节目单,着急地等待着卡拉女士的出场。因为参赛歌手有很多，所以他等着等着，就觉得不应该这样白等，应该思考点什么问题，否则时间浪费太可惜了。《第一个节日》这个歌名引起了他的兴趣，他对"节日"这个词做了一番长驱直入的思考。他后来的那篇很精彩的短文——《我们每天都在过节》，就是在这个圆形剧场构思出来的。费边发现，我们几乎把所有的日子都命名为一个节日，除了清明节需要放一些低沉的哀乐之外，其余的日子，都在召唤着人们打开嗓门，引吭高歌。他还发现，其实，几乎每一个节日的背后都隐藏着死亡，只有众多的牺牲和重大的死亡事件，才能使某一天成为让后人欢庆的节日。最后，他拐弯抹角地推导出这样一个结论：我们这样热衷于过节，目的是为了我们个人的生命在节日的庆典中，变得像桃皮上的绒毛一样微不足道。

这一天他正在那里长驱直入地思考问题的时候，一个留着漂亮的络腮胡子、穿着黑色圆领短袖衫的男子，来到了他的身边。这位男子自称姓李，叫李辉。他手中捧着一束花。他说，他刚才在门口看见了他，就跟着进来了。自称李辉的人，说自己既是费边诗歌的热心读者，同时又是卡拉的歌迷。"我以前听你朗诵过诗歌，从那时起，我就是你的崇拜者了，爱屋及乌，后来，听说卡拉是你的妻子，我就喜欢听她的歌声了。"这个看上去比他小不了几岁的年轻人，不像是个盲目的追星族。费边就把腿从座位的扶手上取下来，把身体放正，打量起这个人。年轻人显然担心费边不相信他，就当场低声吟诵了费边的一首短诗：

神啊
有人通过祈祷走近你

有人通过犯罪跑近你
而我,通过语言的枝条
编织你的荆冠

　　费边没有理由不激动。在这世俗的剧场里,被冷落的诗歌之鸟,突然栖落在他的肩头,他当然要激动。最近一年,他虽然很少写诗,可在内心,他仍像古埃及人对待木乃伊那样,精心守护着自己的诗神。舞台下面的光线有点暗,再加上那人的胡子太多,他一时无法看清对方的脸,这更加深了那梦幻般的气氛。这就给费边留下了这样一种印象:这个年轻人仿佛是在他的梦中出现的。他想跟他说上几句,但年轻人很快就告辞了,并说以后会登门拜访的。费边搞不清他从哪里来,要到哪里去,又不便多留他,一时就有点迷惘。他想站起来送送人家,可他刚站起来,就被对方按进了座位。

　　这一天,杜莉得的是二等奖。这实际上是本次声乐比赛的最高奖,因为一等奖是个空缺。在事后散发的宣传材料中,评委们说,之所以让一等奖空缺,是想让歌手们知道艺无止境。陈维驰的说法更妙,他说这是要把一等奖看成是对未来的召唤。晚上,费边夫妇请评委们喝完庆功酒,载誉回家的时候,费边正想用做爱的方式向杜莉表示祝贺,杜莉突然说,她现在不想上床,想一个人到河边走走。"你是不是想单独体验一下什么叫高处不胜寒?"费边对她说。她笑了,说自己今天发挥得并不理想,有几句歌词甚至唱颠倒了。"我怎么没听出来?"费边说。他本来想安慰她的,没料到杜莉一下子发火了。"你知道什么呀?"杜莉说。

　　杜莉很晚才回来。她回来的时候,费边正在书房里翻找自己的诗稿,他想重温一下自己的那首旧作,看看自己在那句"编织你的荆冠"后面还写了些什么。今天如果不是那年轻人念了那么一遍,他就想不起来自己还写过如此精彩的诗句了。杜莉靠着书房的门站了很久,看他在那里挨个拆着牛皮纸信封。她站得有点不耐烦了,就走到他身边,把他手中的信封夺掉,然后拉着他的手,将他牵到了阳台上。

这天深夜在阳台上发生的一幕,日后必定让费边反复回忆。杜莉往阳台上走的时候,衣服已经一件件掉了下来。费边不知道杜莉的兴致怎么说来就来,可除了仓促应战,他似乎没有别的选择。好在阳台已被铝合金封死,好在玻璃外面是无边的夜色和婆娑的树影,否则,他们在吱吱嘎嘎的藤椅上的交媾就会影响别人视听。费边怀疑杜莉是不是又怀孕了,因为她在怀费礼的时候,性欲就旺盛得有点出奇。我妻子怀孕的时候,费边曾和我开过玩笑,问我是否能顶得住。他对我说,对于别的雌性动物来说,怀孕意味着发情期暂告一个段落,而人却相反,孕妇往往更来劲,就像两端都燃着了的蜡烛。他说,国外的一些专门提供孕妇的妓院,生意之所以非常好,就是由于这个原因。那天他在藤椅上,一边忍受着杜莉的反复吐纳,一边就在思考这些问题。后来,费边陪着杜莉叫唤了起来。费边的叫声类似于猪叫,鼻音很重,嗓子眼里好像还堵着痰块。杜莉的叫声更绝,像是在唱某段咏叹调似的,只是其中夹杂着一些打嗝似的声音。

他们忙完之后,又在阳台上坐了很长时间。不消说,费边这时又想起了几年前在阳台上发生的那一幕。当时他站在阳台上,看着杜莉送那两个老外上了出租车之后,在那里徘徊,后来她回来了,两个人像麻花那样扭到了一起,很可能她当天就怀上了费礼。费边现在问杜莉："你是不是又怀孕了？"杜莉的说法是模棱两可的，她说可能是也可能不是。杜莉还灵机一动对自己刚才的疯狂做了一番解释，说："怀上就得打掉，一打掉，你就好多天无法做爱，这就算是提前给你的补偿吧。"费边听她这么一说，脑子就转开了。他认为这是女人最笨拙的自我辩解，有点女性意识的人，总是以为男人把女人看成了性工具，照她们这么说，男人实际上就成了忙着挣工分的劳力。他正这么想着的时候，听见杜莉说，她想到北京去寻求新的发展。她说，她已拿到陈维驰先生的一封推荐信，陈先生把她推荐给了中国声乐界的新权威之一靳以年先生。她告诉费边，靳以年从前曾是陈先生的学生，连陈先生都认为姓靳的是青出于蓝而胜于蓝。

　　费边装作没听说过靳以年的名字，他也明白杜莉知道他是在装傻，因为，他们在前一段时间还谈起过这个人。回到床上，费边突然想到自己还有个女儿呢。他对她说："你走了，费礼怎么办呢，总不能一直把她放在我妈那里吧？再说，你又舍不得她。你是把她丢在家里，还是带走？"她说她在北京最多只待一年，很快就会回来的。为了让他放心，她说她不会在那里长待的，因为她现在信奉一句老话，叫作"宁当鸡头不当凤尾"，再说了，北京离这里并不远，她可以随时回来，他也可以随时去，他们可以经常团聚，享受小别胜新婚的乐趣。

　　在以后的日子里，他们又就这方面的话题讨论过多遍。费边又想到了柏拉图的那个著名的假说，他仿佛真的看到了他的另一半自我，在远方漫游。让他有点纳闷的是，他本来应该对另一半自我的远去恋恋不舍的，可他却感到，他其实巴不得她早点离去。恋恋不舍只是停留在嘴上，他在心里时常念叨的是这样一句诗：打开笼子，让鸟飞走，把自由还给鸟笼。有一次他在电话中给我说："让她走吧，女人是男人世俗的肌体，离开了她们，男人或许就可以变得纯粹一些。"他举例说，他至少可以不和陈维驰那号人打交道。我记得他还随口吟诵了莎士比亚在《亨利四世》中的名句："离开了女人，浑身都是痛快。"听他的口气，他似乎已经提前过上了那种纯粹而又痛快的生活。我正听费边在那里抒情，电话里突然响起了忙音。我估计是杜莉采购东西回来了，我想，他放下电话，就会去向杜莉陈述他的恋恋不舍之情。几天之后，我问他的时候，他说，还真让你给猜准了。他说那是他那几天的必修课。说完这话，他又给我讲了一个小故事，说的是在一个与神学有关的聚会上，丹麦哲学家克尔凯戈尔咬着明斯特主教的耳朵说了一句话，这句话把一向不苟言笑的主教大人逗得乐不可支：

  谎言是一门科学
  真理是一个悖论。

  我没有主教大人聪明，所以，过了好一会儿，才像被人胳肢了一下似的，笑出声来。
  就我所知，杜莉在短短的一年里，起码回来过三次。第一次，是在这一年的九月底，她和靳先生一起回来参加陈维驰的婚礼。这个婚礼拖了很久，现在，那个女孩子的肚子已经鼓了起来，实在没法再拖了。婚礼定在国庆节那天举行。因此，杜莉是在节日的前一天晚上回到家中的。一进门，她就说，她刚才往家里打电话，怎么也打不进来，"你是不是在和哪个女妖精调情"

啊?"费边没工夫和她啰唆,提溜着她,就把她扔到了床上,三下五除二就把她剥了个精光。关于他的这种表现,他自己是这么解释的:遇事都得多长个心眼,我这种急猴似的模样,多半是做出来的——它是最好的辩护词,我要不守身如玉,怎么能憋成这个样子?

忙了一通之后,他才慢条斯理地对电话的占线做出解释。他想杜莉不会相信他的解释,但经验告诉他,解释还是要比不解释强。他说这些天他确实常打电话,电话都是打给朋友们,让他们去医院看韩明的。他告诉她,韩明被抹掉了职务,这本来没什么大不了的,韩明却整天神思恍惚,过马路的时候,被一辆出租车撞了个半死,这几天刚醒过来,现在还在医院挺着呢。费边看杜莉被他的讲述吸引住了,就想,如果韩明不那么撞一下,我还真的无法把事情解释清楚呢。他摸摸杜莉的大腿,又说:"看把你吓的。不要担心,韩明能挺过来的,他顶多丢掉一条腿。"

他们约定,等陈维驰的婚礼一结束,他们就去医院看望韩明。建议是杜莉提出来的。她同时还提出了另外一个建议:"费边,我长时间不在家,远水解不了近渴,你要是真是憋得慌的话,找个女人解解闷,我是不会责怪你的。"费边后来对我说,杜莉一撅屁股他就知道她要干什么,她的意思无非是,"费边,你长时间不在我身边,我要是憋不住了,找个男人解解闷,你是不应该怪我的"。所以,杜莉刚说完,就遭到了费边的拒绝。费边拍拍自己已经有点发福的肚子,说:"不行,杜莉,你的话在我这里是行不通的,我是不会胡来的。你再说这话,就是侮辱我。"

第二天,他们本来要一起去参加陈维驰的婚礼的,但临上车的时候,费边变卦了。他说,他想在家里等她回来,然后一起去医院。说这话的时候,他还担心杜莉会觉得他扫她的兴,可杜莉听了这话并没什么反应,好像巴不得他不去似的。停了一会儿,杜莉说:"我也不想多耽误你的时间,你就在家里写你的诗吧。"她这么一说,费边倒想去了。但话一出口,就覆水难收了,他只好目送杜莉钻进出租车,并和她挥手告别。

　　费边临上车的时候之所以会变卦,是因为他突然想起了杜莉在电话中讲过一件事。杜莉到北京的第三周,有一天晚上给他打电话,说,有一个人对她讲,"卡拉,我都想跟你结婚了。"杜莉说,这恐怕不行,"咱们结婚了,阿姨怎么办,小弟弟怎么办?"费边问她那个人是谁,她说:"你就不要操心了,我不是已经巧妙地把这事处理了吗?"她不说他也知道,那个人就是靳以年。他拉开车门的时候,这事在他的脑子里一闪,使他突然萌发了一个念头,写上一篇关于婚姻的文章(不是诗,而是一篇短文)。和这个念头同时产生的,是这篇文章所要引用的题记。题记倒是和诗歌有关,那是蒙田谈维吉尔的诗学论文里的一句话:美好的婚姻是由视而不见的妻子和充耳不闻的丈夫组成的。他的这篇文章是给晚报写的。他还没来得及给杜莉说,他现在在晚报的副刊上开了一个叫"日常生活的诗意"的专栏,每星期写一篇,已经写了两三篇了。他当初只是写着玩的,没想到读者的反应很强烈,许多人写信给责任编辑,说副刊的档次因为这几篇文章而提高了不少,那个责编就劝他再写。他准备再写几篇能逗读者一乐的文章,赚一点钱,就鸟枪换炮,将他对晚报的最新体验真实地写出来。他已经想好了,他要对晚报做一点批判,批判眼下的晚报是市民趣味的集散地,是人们在挖耳屎、抠脚趾、剔牙时的"伴奏曲",是用文字制成的易拉罐,其现象学特征用四个字就可以概括——"用过即扔"。如果说诗写的是人与真实的关系,那么晚报上的文章写的就是人与虚假的关系。他要劝读者去读读古典的东西,比如可以去读莎士比亚和但丁,这是两尊神,前者为激情提供了广度,后者为激情提供了深度。深度也好,广度也罢,那都是以后的事,现在还是先把手头的这篇文章鼓捣出来吧。

跟往常一样,他要先简略地讲述"一个朋友的故事",然后再进行费边式的分析。他讲的故事很简单,也没什么新意,类似的故事可以把街上的垃圾罐填满。这不要紧,有点层次的读者要看的是诗人哲学家对这种日常故事的分析。这一次,他讲的故事大致是这样的:一个朋友的妻子到上海进修,在那里和一个男的搞上了,那个男的还提出了结婚的要求。这个朋友是一位诗人,得知自己戴了绿帽子之后,还比较冷静,说服自己不要拎刀闯进,只是写了一封信(用文字说话是诗人的强项),将那对鸟男女臭骂了一通。所谓"臭骂"其实也臭不到哪里去,因为他毕竟是个歌颂过玫瑰的诗人。他只是说他们侮辱了人类圣洁的爱情,难以得到饶恕(明眼的人大概已经看出了门道,这个故事其实是以他自己和杜莉为模版再加上一些臆想凑出来的)。在故事的结尾,费边写道:"这个朋友把信寄出之后,给我打了一个电话。我放下电话,就开始写这篇短文。"

费边首先肯定那个诗人朋友没有拎刀东进是对的:我们宁可选择健全心智下的悲痛,也不要选择疯狂中的高兴。接着,他写道,那个朋友提到的那对"鸟男女"侮辱了人类圣洁的爱情的说法,恐怕不能完全站住脚。"就我所知,他的妻子在上海被车撞过一次,撞得虽然不是很要紧,但毕竟受了点伤。是那个男的在医院里陪她度过了一段艰难时日。"这个情节是他临时想起来的，我想，他的灵感很可能是来自韩明事件。接下来，他觉得应该让那个批发绿帽子的家伙也受点苦，就写道："设想一下，如果那个男同志也被撞了下，而且差一点就被撞死了，两个人现在都待在医院里，拄着单拐互相串着门谈起了恋爱，你难道不觉得这一幕是很感人的吗？"在费边的这个故事中，那个抛售帽子的人比陈维驰小十来岁，和靳以年的年龄差不多，是个半大的老头，"在这之前，已经吃够了婚姻的苦头，但他还是想结婚"。做了这样一番虚构之后，费边写道：哎，我几乎要赞美这位半截入土的老同志了，因为对他来说，希望战胜了经验。

写到这里，他用尼采的话做了一个过渡，使文章出现了波折：

许多年前，一个叫尼采的哲学家，在一本叫作《超越于善恶之上》的书中说，"人们最担心的莫过于，同居生活被婚姻糟蹋掉。"这位老同志看来并不担心这个。有这样四种可能：1. 如前所述，他是希望战胜了经验；2. 他提出结婚，只是要以此显示自己的诚意，可以设想，他以前也常来这一手，果真如此，那就是经验排除了希望；3. 他昏了头，和那个女人一起昏了头，诚如萧伯纳所说，"置身于最强烈、最疯狂，又最不可靠、最短暂的激情旋涡中的人，往往指天发誓，他们要一直处于这种冲动、反常、令人衰竭的状态中，直到死亡把他们分开"；4. 老家伙有一种自虐癖，他明白，只有年轻的活蹦乱跳的女人，才能够对自己无能的身体构成打击，这是一种真正的打击乐。

需要交代一下，这篇文章他后来没有寄出去，大家就不要去晚报上找了（他给晚报的是另一篇谈袋装垃圾与市民文明的文章，这似乎更说明了这篇文章的私人性质）。它的读者确实很少，我估计不会超过十个人。我并不是它的第一个读者，靳以年先生才是第一个。靳先生在这篇文章诞生的当天晚上，就有幸读到了。他在参加完陈先生的婚礼之后，和杜莉一起来到了家中。他们来的时候，费边的母亲和女儿还没有离去。见到女儿，杜莉有点迟疑，好像刚刚想起来自己还生过孩子似的。杜莉朝女儿弯下腰时，费礼一边怯生生地叫妈妈，一边往奶奶的身后躲。杜莉想抱女儿，费边没让她抱到，因为他抢先一步把女儿抱了起来。费边这时候一定想起了杜莉曾在电话中说过的那个小段子。既然杜莉向靳以年的老婆叫过阿姨，那费礼就该叫靳以年为爷爷了，"快叫爷爷，"费边指着靳以年对怀中的女儿说，"叫老爷爷。"女儿这次真争气，她没有躲闪，仰着小脸尖声地喊了一下："老爷爷——"，费边的手在女儿身上使了一下劲，女儿立即心领神会地又喊了一遍："老——爷——爷——"

　　靳以年并没有像费边想象的那样尴尬，他还掏出钥匙圈在孩子面前摇了摇，将上面的一只象征着长寿的镀金的小乌龟送给了费礼，并说要带她去北京看天安门。孩子不关心什么天安门地安门，她关心的是巧克力豆和奶奶家里的卷毛狗，所以她毫无反应。费边也留意了一下杜莉，他发现杜莉也没有什么异常。倒是费边本人有点尴尬。他一时不知道下面的节目该如何进行了，他甚至感到自己就像一个糖尿病人，吃盐不成，不吃盐也不成。

　　我想象这天晚上的谈话是妙趣横生的。我为自己没能亲自到场聆听而感到遗憾。事实上，我本来是有机会去的，因为费边写完那篇文章之后，曾给我打过一个电话，问我是否愿和他们夫妇一起去医院看韩明。我当时考虑到他们是小别重逢，夹在当中有点不近人情，就把这等好事给推辞了，结果把遗憾留给了自己。

据费边说，他母亲走的时候，靳先生也说自己该走了。他没有走成，费边在极力挽留他，想让他看看那篇文章再走。当靳先生问他最近有何大作的时候，他立即跑进书房里把那篇东西拿了出来。"这不是诗，而是一篇小品文。"费边文章呈上去时，先谦虚了一下。姓靳的一边看一边说："好啊，小品文现在很吃香的，至少比严肃音乐吃香。"费边没有搭他的腔，他现在得数落一下杜莉，拿她出出气。他对杜莉说："你怎么说话不算话啊，我在家等着你去看韩明，你怎么一走就杳如黄鹤。"杜莉没有做什么解释，只是说这次无法去医院了，因为她明天就得飞往北京，参加一个重要演出的排练。这时候，孩子吵着要去睡觉。费边感到奇怪，因为孩子平时哄都哄不睡的。费边曾对我说过，孩子不睡的时候，他从不强迫她睡，因为孩子的吃、喝、拉、撒、睡，都是不会掩饰的，正如瞎眼诗人荷马所说，婴儿的内脏就是他（她）自身的法则。费边感到费礼现在因为杜莉的出现而违背了这一法则，这个责任当然应该由杜莉来负。他对杜莉说："现在该你去给她洗澡了，该你去给她编童话故事了。"

杜莉去尽母亲责任的时候，费边对姓靳的说："看完之后，一定多提宝贵意见。"

"已经看完了，"姓靳的说，"有些地方能给人很多启发，比如'希望战胜了经验'这一句，就很有意思。"

"谢谢，不瞒您说，写完这句话，我也很得意。靳先生，我想顺便问你一个问题。你觉得杜莉在北京能混出个名堂吗？"费边没有对姓靳的说明，他所说的名堂并不单指出名。它牵扯到了轻与重的关系，和培根的"名堂"一说近似：所谓名堂指的是让轻的东西浮起来，让重的东西沉下去。他想问姓靳的其实是这样一个问题——和别的轻的比起来，杜莉能浮过他（她）们吗？

姓靳的许久没有说话。费边看到他的像暖瓶塞那样大的喉头，在那里不停地蠕动着。这样的问题怎么就把他难住了呢？费边想，看来，他真是一个草包。他正这样想着（其中甚至包含着同情），靳以年开口了："杜莉已经做好了第一步，就是选了最好的老师。下面就看她自己的努力了。"

费边对他的话很不满意。费边后来对我说，不满归不满，他还是可以理解靳以年的。他说，在任何时代，人类总要推举出一个伟人，如果没有伟人，那就虚构一个出来。他说，如果实在虚构不出来，那也不要紧，那就把自己当成伟人算了。姓靳的玩的就是这套把戏。费边说，算下来，大多数人都概莫能外，因为这涉及了无耻。

费边当时忍了忍没有这样讲。但他不能就此放过姓靳的，他总得讲点什么。他对姓靳的说："你说得对。杜莉去北京之前，我就对她说，学音乐关键就在于选老师，一定要和名气最大的老师挂上钩。虽然大多数有名气的人都是草包，但这不要紧，只要你心里有数就行了。"

"你好像很懂我们这一行，"姓靳的幽默地说，"当年我就是这样对付陈维驰的。"

这家伙怎么刀枪不入啊？费边有点恼火了。照费边的说法，他后来还是逮住了一个机会，让姓靳的感到了一点不舒服。那是在谈话即将结束的时候发生的事情。靳以年说，你想好了，陈维驰安排的能不周到吗？服务员不光发茶叶、牙具，还发避孕套。就像落水者抓到了一块还没有被水浸透的海绵，费边敏锐地捕捉到了"避孕套"这个词。他对靳以年说:"是真的吗?不过避孕套发给的人不同,含义也就不同。"正起身要走的靳以年听他这么一说,就又坐了下来。他显然想听听费边的高论。费边没有让他失望。费边说:"那东西发给小孩子,它就是一只气球。发给年轻人,它就是一种提醒,让他们多想想我们的基本国策。发给中年人,它就是一张奖状,类似于医院开的健康证明。要是发给老年朋友,那就是一种挖苦了。"

费边告诉我,他那么一说,姓靳的就坐不住了,还没等杜莉从卧室出来,就夹着皮包下楼了。

是的,有那么一段时间,费边的枪口确实时刻瞄着远在北京的靳以年。他到处收集靳以年的资料,卖小报的地摊和校图书馆资料室,都留下了他的足迹。他把收集到的资料全都贴在一个缎面笔记本里,没过多久,那笔记本就变厚了许多。北京的诗友们得知他的需求,也都乐意帮忙,三天两头打电话给他讲靳以年的那些乱七八糟的事,如果他有兴趣的话,他已经可以写一部《靳以年传》了。有一个深夜,早期的一位朦胧诗人(现在是为流行歌曲写作的词作家)打来一个电话,告诉他靳以年生活中的一个细节,说的是靳以年热衷于和登门拜师的女歌手靠着钢琴做爱,他让女歌手坐在琴键上,他在一边屈膝用力,在杂乱的琴音中,进入礼崩乐坏的境界。这个细节太传神了,他连忙把它记到了那个笔记本上,就像一个收集到了许多弹片的士兵,他莫名其妙地感到喜悦和充实。

这一年的十二月底,他接到杜莉一个电话。她说她元旦无法回来了,因为她要随一个艺术团到老区慰问演出,这是个既可以展示自己的艺术风采,又可以表明自己和老区人民同心同德的机会，她不想放弃。她说，你想好了，那些大腕歌手宁愿自己掏腰包也要去，他们可不是傻子。她还说她很想费礼，做梦都想，"如果你能抽出时间带着费礼来北京一趟，那就太好了，可以一解我的思念之苦。"放下电话，他恨不得马上飞往北京，他想，这是一个考察杜莉的机会，可以看看她在那里到底都干了什么名堂。

他瞎激动了两天，最后却没能成行。原因很简单，在这节骨眼上，费礼病了。费礼一点也不体谅他的心情，先是高烧不退，接着又转成了肺炎。按说他想走就可以走，因为费礼有奶奶和姑姑照看，可是不带费礼，他去北京就是无名之师。杜莉在电话中说得够明白了——她想的是孩子。过了两天，费礼的高烧好不容易退掉了，可就在他托人买卧铺票，准备北上的时候，又有一件事冒了出来，使得他的计划彻底泡了汤。

他得知那件事的时候，正在参加晚报社组织的一个小型讨论会。这种会费边本来没兴趣的，可由于这一天要讨论的是晚报副刊的专栏问题，他的那个做编辑的朋友就硬把他给拽来了。在他前面发言的，是社科院的一位历史学家（此人也在晚报上开过专栏）。费边急着赶回去收拾行李，所以他对那个历史学家的饶舌很恼火。那人一直在讲人与狗，讲人与狗做伴的历史不止五千年，起码有一万年，各种狗的祖先都是狼。费边硬着头皮听着，同时观察着各人的表情。他看到，有一个女人坐在对面的后排，在那里写着什么。女人写了一会儿，就像他这样把脸侧过来侧过去，显得无所事事。费边觉得这个女人有点面熟，他绞尽脑汁想了一会儿，终于想起来了——她是他教过的学生，很爱在课堂上提问题，提问题的时候，习惯把头发往耳朵后面捋，即便头发一丝不乱，也要那样搞，好像不那样就无法正视他似的。他的记性是可靠的，他想起她叫鲁姗姗，他甚至想起了她在三姐妹中排行老三。现在，鲁姗姗也发现了他，准确地说是发现他在看她。她现在不需要捋头发就可以正视他了，而且还可以朝他微笑。他也朝她微笑了一下，并继续打量她，寻思她的面貌有哪些变化。如果不是这个女人引起了他的兴趣，他恐怕就要打瞌睡了。后来，他听到那个历史学家把话题从野狗扯到了野人，谈野人和文明人的区别。让他这样啰唆下去，一上午的时间还不全他妈的报废，我得来两句，费边想。费边站了起来，拍拍那位历史学家的肩膀，说："是有差别啊，而且是一目了然的差别。"费边这么说着就离开了座位，做出一副在上厕所之前顺便插句话的样子，说，"野人生活在自身之内，文明人生活在自身之外，这就是差别。"等费边装模作样到隔壁的卫生间转了一圈回来时，那个历史学家果然住口了。会议的组织者用感激的目光瞧着费边，并要求他上场。费边这天的话不多，他重复了他以前的看法，将晚报副刊上的专栏文章定义为小品文，并指出这是一个小品文的时代，小品文必将大行其道，搞大部头（著作）的人没有理由瞧不起小品文。他说庄先生说了，"泰山非大，秋毫非小"，万物并育，并无伤害之理。接着，他从小品文说开去，谈到从大到小的转变，是这个世界的话语方式的最明显的转变。他说，这其实是一个诗学问题。根据当天的发言记录，他的那套话整理起来，大致如下：

一切都在发生从大到小的转变。哈贝马斯提出从大写真理到小写真理，罗蒂提出从大哲学到小哲学，新历史主义分子提出从大历史到小历史，福科提出从大写的人到小写的人。大师们的看法并非妄下雌黄，而是他们对世界体认的结果。诗歌呢，是从大诗到小诗，连厕所都有从大到小的转变问题——火车站的厕所从大茅坑改成了坐便。垃圾也是，从垃圾堆到袋装垃圾。刚才那位前辈谈了一会儿狗，其实这个问题在狗身上也存在，你们看现在的街上跑着多少猫一样大的狗杂种啊。讨论会难道不是这样吗？也是，你们看，咱们现在开的就是小型讨论会，带有窃窃私语的味道，万人大会都是做样子的。顺便说一下，人们现在已经开始厌烦大老婆了，已经开始时兴搞小老婆了。

"小老婆"三个字是大家一起喊出来的，小会议厅顿时出现了欢声笑语的局面。他的学生鲁姗姗，也站了起来为老师精彩的发言鼓掌。费边注意到了这一点，脑子里立即闪过一个念头：她当个小老婆倒是挺合适的。大家都鼓动费边再讲一段，费边招招手，对大家说："小品文大家梁实秋先生有一句话，我不敢忘记：上台发言就像女人穿裙子，越短越好。"他的话又引起了一阵笑声。

讲完话，费边没有立即离去。他想再待一会儿，和久违的鲁姗姗聊上几句。坐在他身边的那个人，是个写报告文学的作家，向他借火的时候对他说："我是听说你要来，才赶来的。"费边说："我差点来不了。这个鸟会要是放在明天开，我就来不了啦，因为明天我可能去北京。"他们低声聊着，过了一会儿，那个朋友突然问他："韩明是怎么搞的，怎么说死就死了？"费边盯着对方看了一会儿，揣摩他是不是要借攻击韩明和他套近乎。后来他搞明白了，韩明服用了大量的利眠宁，真的已经死了。

费边的一个说法看来是可靠的，因为他没有必要在这个问题上说谎。他说，在圣诞节的前一天，他去医院接女儿的时候，曾想过去骨科病房瞧一下已经皈依了基督的韩明。事实上，韩明出事之后，费边已经去医院看过他一次了，那一次是我陪费边去的，去时带的月饼，就是我从家里拿的。那个时候，韩明还没有皈依基督，还喜欢气急败坏地向别人展示他那条剩下了半截的左腿。韩明见我们进来，先让我们看了看那条腿，然后就说费边来这里，是黄鼠狼给鸡拜年。看在他丢了一条腿的分上，费边没有跟他计较。不但不计较，他还屈尊当了一次狗。他对韩明说："韩明，如果你被狗咬了一口，你总不至于倒过来再咬狗一口吧？"在他屈尊当了狗之后，韩明的情绪有点平静了，韩明对他说："费边，你说过'母鸡不撒尿，各有各的道'，你的道也太宽了，你跟那个叉着腿走路，好像夹着个铃铛似的钟市长到底是什么关系啊？"费边没吭声，只是笑笑。当韩明又要展示他那条废腿的时候，费边大概觉得应该鼓励一下韩明，就说："你一定要振作起来，太史公不是说过吗，文王拘而演周易，仲尼厄而著春秋，屈原放逐乃赋离骚，左丘失明厥有国语，你也应该有所作为啊。"韩明不理他这个茬，像耍赖似的，坚持要费边讲他的母鸡是用哪条道撒的尿。韩明说："你要是我的一个屁，我就把你放了，可你不是。"

费边讲了，这是我第一次也是最后一次听费边讲这件事，费边平时虽然话多，可谈及此事，他却是金口玉言。真该感谢韩明，要不然我是永远不可能知道这个故事的。他说自己的父亲曾是个右派，但只是一个没有进入档案的右派，因为当时做记录的人忘记把他的名字写进去了。多年之后，别的右派都摘帽了，老费才发现自己无帽可摘。在生命的最后几年，老费一直在为右派帽子而奋斗，到后来，帽子没有争到手，人却累死了。费边说，当时做记录的那个人，就是现在叉着腿走路的钟子玉。"就这些，我不想讲，是因为这故事有点落俗套，没什么新意。"费边说。费边讲了这事，韩明还是没有放过他。韩明的嘴就像一把刀子（因为丢了一条腿，他好像就有了把嘴变成刀子的权利），说："哎呀，费边，你这只鸡的下水道就是这样开出来的？"费边没吭声，又坐了一小会儿，我们就走了。

费边说，他在得知韩明皈依了基督之后，曾想过送给他一本《圣经》，在接女儿出院的那一天，这种想法变得非常强烈，可他最后还是没有去。他告诉我，仿佛有某种感应似的，就在他接女儿回来的当天晚上，他梦见了韩明，并在梦中和韩明交谈了一次。在梦中，韩明劝他也皈教，向他大谈耶稣和福音书。费边说："我看过福音书，也看过《耶稣传》，他跟你说的有点不一样。当我把他看成人的时候，他是尊贵的神。当我把他看成神的时候，他只是一个失败的人。"听他这么一说，韩明连呼"撒旦"。费边对他说："你喊阎王爷也没用，因为这跟他们没关系。天堂和地狱都已经超编，我们这些人只能在天堂和地狱的夹层中生活，就像夹肉面包当中的肉馅。"韩明在黑暗中笑了起来，不说话，光他妈的笑，笑得费边的汗毛都竖了起来。费边说，当他从梦中惊醒的时候，浑身都是汗，湿得能拧出水来。他怎么也睡不着了，只好爬起来在床头柜里找利眠宁。他说，很可能就在那个时候，韩明也正在找利眠宁呢。费边说，他服用利眠宁是为了再度进入梦乡，而韩明却是为了去见上帝。

出于对友情的怀念，费边暂时把杜莉放到了一边，投入了韩明后事的处理。在忙碌中，他也随手记下了他对韩明之死的看法，以便将来写一篇带有悼念性质的"小品文"。他认为，对韩明来说，医院肯定不是一个空洞的地理概念，他一定在那里琢磨到了什么东西，但他并没有找到和现实打交道的方案。有一道鸿沟他无法逾越，但他还是企图越过。这倒好，当他飞到半道的时候，因为心力衰竭，而掉到了沟底。费边的这个看法和别人提到的"自杀说"大致相同，虽然别人不像他这样认真琢磨一个死人，然后再推导出一个结论。韩明的妻子黄帆坚决反对这种"自杀说"，她完全不顾自己大学讲师的形象，流着鼻涕又哭又喊地找到现在的系主任，要求在悼词中加进"为了文化教育事业鞠躬尽瘁"一类的字句，并追认韩明为优秀党员。系主任只好召集大家开会研究对策。会议结束之后，系主任用真理在握的口气对黄帆说："别闹了，这样闹一点都不好，你得知道共产党员都是无神论者，而韩明信神的事，却众所周知。"系主任没有料到黄帆非逼他拿出韩明信神的证据不可，她说韩明有党员证，却没有信神的任何证件，连个游泳卡一类的纸片都没有。系主任急了，说，韩明死的时候，枕边放着一本《圣经》，这不就是证据？这个系主任平时拍马屁、训人都很有一套，可遇到黄帆这样的女人，就蠢得不能再蠢了。他的话刚出口，黄帆的鼻涕就跑到了他身上，"哼，"黄帆说，"他还不是想给学生开一门选修课。"

黄帆的哭闹，使韩明的死变成了一场闹剧，这大概是韩明生前没有料到的。费边对我说，韩明要是真能像耶稣那样复活，看到这种景象，他一定会再度服药死去，并永久地放弃复活的权利。谈到这个话题，费边甚至把粗话都说出来了（这可是一件稀奇的事）。他说黄帆这样的女人太可怕了，只用几滴眼泪和几把鼻涕就把一个人死亡的意义给抹掉了，这样的女人，白给他，他都懒得脱裤子。说这话时，他还下意识地摸了摸裤门。

元旦这一天，韩明被运到火葬场火化了。在哀乐声中，费边溜出了大厅，站在台阶上抽烟。他没有去瞻仰韩明化过妆的遗容。他觉得经黄帆这样一折腾，他看见韩明的时候，说不定会听到韩明在冥冥之中的怨诉。

追悼会开完之后，费边和同事们坐校巴回城。他想，他见到杜莉，一定要给他交代一声，如果他哪天突然死了，就草草地烧了算了，千万不要让人给他致什么悼词。虽然人类的文化史就是用悼词连缀成的一篇长文，但它所用的肯定不是殡仪大厅里伴着哀乐所念的悼词，就像死人的真实面容和那个化过妆的遗容不是一回事一样，对死去的知识分子来说，美化往往就是丑化，亚里士多德和莱辛曾经论述过丑是怎么变成美的，他们一定没有想到，美照样可以变成丑。一路上，他都在想这个问题，他认为这是具有中国特色的诗学问题，值得认真琢磨。他正这么想着，校车在校门外的一个叫"乐万家"的饭店前面停住了。在饭店里，他发现他刚好和一个似曾相识的年轻人围着同一张圆桌旁坐着。他们还互相碰了几杯。当那个人开口说话的时候，他那富有磁性的声音使费边想起来了，他就是那天他在剧场里遇见的那个年轻人，他叫李辉，当时他手里举着一束花。

"忘了吧？我是李辉。"年轻人说，"在殡仪大厅里，我怎么没有看到你。"

"我的烟瘾上来了，躲在外面抽烟。"费边说。

"这里的饭菜真不错。"李辉说。

"是啊，系里每次死了人，我们都要来这里改善生活。这叫化悲痛为力量。"费边说。

餐厅里人太多了，许多教师还带来了小孩，吵闹得很厉害，费边和李辉没能很好地聊起来。他们又碰了一杯，约定吃饱喝足之后再接着聊。吃饭的当中，李辉出去过一次，出去的时间还很长，费边真担心他不再回来，使计划中的长聊落空。他不由自主地站了起来，到楼下去找他。在楼梯口，他碰见了他。李辉说自己到收银台给一个朋友打了个电话，"那个朋友说起话来，有点啰里啰唆的，劝我不要这样，不要那样，真是莫名其妙。"

"现在猫已经不逮耗子了，逮耗子的是喜欢管闲事的狗。"费边说。

"你说得对，"李辉说，"而且还是一只母狗。"

许多天之后，费边才知道，李辉说的那只母狗，指的不是别人，正是杜莉。那个时候，费边才明白，这个自称叫李辉的人，就是杜莉所说的那个已经死去的前任男友。现在，费边重新和李辉坐到了桌前，他们又端起了酒杯。别人都在开怀畅饮，他们也不能落后，费边又给李辉倒了一杯酒。倒酒的时候，费边凑近李辉问了一句："你说的那只母狗，一定很漂亮吧？"李辉一下子笑了起来，笑得那么厉害，杯里的酒都洒光了。

这一天，费边第一次把李辉带到了家中。李辉说他现在正搞着考古研究，经常在河南渑池一带逗留，研究那里的仰韶文化。他劝费边和他一起搞。费边说，别人去搞，他不反对，但他自己不愿把精力放在这上面，"一想到我们的四肢在五千年前的坟场里忙碌,而脑袋却维系在后现代的都市,我就觉得什么地方出了毛病。"

"你起码应该去那里看看,"李辉说,"那里的每一个土坷垃都是文化,连村民们床下放的尿壶,都是宝物,尿上一泡就跟五千年前的文化沟通了。"这么说着,李辉就把那只脏乎乎的牛仔包打开了,从里面拎出了一只彩陶壶。"这就是我从他们的床底下拿出来的。只用一个室外电视天线,就换了这么一个宝贝,让人遗憾的是,它的一只耳朵掉了,大概是晚上撒尿的时候不小心,把它给碰掉了。"

费边这时候想起自己还有一只彩陶壶。他走进书房把它拿了出来,也把它放到了地毯上。李辉被他这只完整的玩意吸引住了,像抚摸圣器一样,小心地抚摸着它,吹着上面的那层灰尘。"你要是想要,我就送给你得了。"费边说。李辉没说要,也没说不要,他往里面吹了口气,然后把耳朵放在壶口,好像那样一来就能听出来它是真是假。听了一会儿,李辉又像摇晃婴儿那样把它轻轻地晃了几下。"它怎么会响啊?"李辉说。费边也听到了它的响声,他还以为那金属般的声音是从李辉身上发出来的呢。他接过来往壶口里看了看,然后把它翻了个底朝天。接着他就看到了那些硬币,和一张已经发黄了的纸条。

电话就是在这个时候响起来的。费边一边在膝盖上铺展着那张卷起来的纸条,一边问对方是谁。"是我,"对方说,"连我的声音都听不出来了。"他确实没有听出她是杜莉,一来是她的声音经常变化,二来是她很少在这个时候打电话,她通常是在晚上打的。他想到了鲁姗姗,但又不敢肯定,于是就模棱两可地说:"原来是你啊。"

"不是我还能是谁？有一天，你恐怕连你自己是谁都想不起来了。"

他这才听出她是杜莉。他问她有什么事，杜莉说，没有事就不能打电话了吗？你是不是在和别人雄辩？费边说他正在写诗。说这话的时候，他想起了叶芝的话：和别人争论，产生的是雄辩，和自己雄辩，产生的是诗。"房间里没有别人了吗？"杜莉问他。他说没有，可杜莉不相信，非要让另外的人来接电话。他想，杜莉肯定是在怀疑房间里有女人，既然这样，那就让李辉来接电话，让杜莉讨个没趣吧。因此，杜莉一说完，费边就高声喊起了李辉。他捂着话筒对李辉说："是我老婆打来的，你过来简单说几句，让她少操那份闲心。"这么说着，他又朝李辉眨了眨眼睛。李辉说："这种事我最乐意干，你放心吧，我知道怎么对付她。"

杜莉对李辉说了些什么，费边自然是不知道的。李辉说的话，费边也没能记住，留在他脑子里的只是李辉拿起话筒时的那副笑嘻嘻的样子。他在旁边站了一会儿，就出来了。在客厅里，他将那张纸条点燃了，灰烬像黑蝴蝶似的，在客厅里飘着。他拿着吸尘器，等着把它们吸进尘仓。他听见了李辉的笑声。他不知道李辉在笑什么，后来他倒是问过李辉为什么那么开心，李辉说他自己也不知道，他只是觉得好玩。费边对他的话表示理解。费边说，他曾写过一首诗，里面有一句是这样的：苹果树不知道自己为什么要开花，就像猴子不知道猴脑怎么会被舀进醋碟。

这一天下午，在其余的时间里，李辉一直显得魂不守舍的。为了稳住他，费边给他放了他喜欢听的杜莉的录音磁带，情绪恍惚的李辉第一次对杜莉的歌声表示了不满。李辉说，"这不像是卡拉的声音，这也不是美声。美声的意大利文是 Bel canto，意思是美的歌唱。美的歌唱应该是得到完全控制的、精巧的声音，而她却在号叫，把吃奶的力气都使出来了。"费边认为李辉说得很有道理，他说："你大概不知道，这都是她的那个老师教出来的，那个叫作靳以年的家伙，使一批歌手，都变成了号叫派，他引进了疯狂，而拒绝了理智的抒情。那个老家伙还狡辩说，观众和电视台的导演需要的就是这种声音。"

李辉离去的时候，天已经黑了。费边送李辉下楼，看到济水河边的小广场上正放焰火庆祝新年。李辉突然说了一句："韩明的魂要是真的在天上飘着的话，一定会被这焰火呛得无处藏身。"这个时候，费边才问李辉怎么会和韩明认识。李辉说他当然认识他，很久以前就认识了，"这么说吧，他烧成了灰，我也认识他。"李辉这么说的时候，韩明的骨灰大概还没有完全冷却。在这样的语境中，费边对李辉的美好印象又加深了，他觉得李辉真是机智、幽默、可爱。他当然不知道，李辉在狱中写给杜莉的信都是由韩明转过去的。用韩明的老婆黄帆的话来说，就是韩明不光替李辉转信，而且还替李辉做爱。就我所知，韩明死后，黄帆一直在收集这方面的资料，为自己身体的忙乱寻求注解。

我最近一次见到费边，是在鲁姗姗的生日晚会上。我记得那天下着雪，到了中午，天地之间，已是白乎乎的一片。从窗口望出去，可以看到路面上挤满了各种车辆。车辆开走的时候，油污和煤屑已经将路面染得污黑。午后的时候，费边打来了电话，劝我出去走走，他说在雪天能感受到诗意和大自然的恩惠。他给了我一个地址，要我先去一步，他把手头的活忙完就到那里和我碰面。我问他正忙什么，他说他正写一封求爱信，写完之后，还得去一趟药店，他正拉肚呢。我给他开了句玩笑，说拉肚子是减肥的最佳途径。他说，他的看法和我不一样，每拉一次肚子，他都会感慨万千。"以前拉得多好啊，盘旋着上升，上面还有个小小的教堂似的尖顶，有着内在的韵律和东方式的美感，现在呢，喷得到处都是，简直不成体统。"我问他是不是在给鲁姗姗写求爱信，他没说是也没说不是。不过，为了满足我的好奇心，他倒在电话中给我念了两段。如果我没有记错的话，其中有一段是这样的：

小说家和符号学家艾柯的一段话，可以看作是对现代爱情诗学的精妙论述：一个有教养的男人爱上了一个知识女性，他不可能对她说"我真的爱你"，因为他知道，同时他知道她也知道，巴巴拉·卡特兰已经写过这句话了。解决的办法并没有穷尽，他可以对她说："像巴巴拉·卡特兰所说的那样，'我真的爱你'。"亲爱的，如果你不知道卡特兰是谁，那你可以把"卡特兰"三个字换成莎士比亚、但丁、屈原、瓦雷里、胡适、马拉美。当然，也完全可以把它换成费边。

面的向西郊的方向开去的时候，我的耳边一直回响着费边那激情洋溢的声音。面的在一个我很熟悉的路口停住了。我这才发现它就是原来的那废弃的兵工厂所在地，现在它是电视台和晚报社的地皮，周围的那一小片农田，由一圈广告牌圈了起来，变成了一个小商品批发市场。我在门口等着费边（不得不等，因为站岗的门卫不允许去）直到我变成了一个雪人，也没有等着他。又来了几个人，他们和我一样，也是来参加聚会的。由他们领着，我进了那个大院，也就是在这个时候，我才知道我要参加的就是鲁姗姗的生日派对。

走进电视台演播厅里面的一个贵宾休息室，我看到了我以前的一女友。她是跟她的丈夫一起来的。一看到她，我就想起了她小肚子上的那道像稻草一样细的疤痕，我想，她大概也对她的丈夫说过，那道疤痕是割阑尾留下来的。她正在和丈夫跳舞。越过丈夫的肩膀，她看到了我，并朝我眨了眨眼睛。我在那里和似曾相识的人喝茶聊天，交流着各种小道消息。鲁姗姗过来问我费边怎么还没有到，我说他大概正在路上。"他可别误了吃蛋糕啊。"鲁姗姗说。旁边一个朋友说："耽误不了的，他要真赶不上，他那份由我来吃。"鲁姗姗笑了起来，她问大家是想干红还是想干白。

贵宾休息室的旁边，就是厨房，所以每样菜端上来的时候，都还是热气腾腾的。大家举着酒杯，祝贺鲁小姐生日愉快。喝酒的时候，音乐放小了，但我还是听到了卡拉的声音。那是一首通俗歌曲中的几句，它夹在《'97明星联唱大回旋》的带子里，大概还不到一分钟时间。我之所以能听出来，是因为那歌词我很熟悉，它是根据费边的一首短诗改的，那首诗原来就叫《声音》，我想我以前的那个女友大概也听出来了（费边曾向我们两个人念过这首诗），否则她不会无缘无故地突然讲起费边的故事。她讲好多年前，她曾经在济水河边的小广场上听过费边的诗朗诵，他朗诵的是马拉美的《焦虑》，听众给了他很多掌声和鲜花，后来才知道搞错了，因为那鲜花和掌声本来是要送给另外一个诗人的，而那个人不是别人，正是她现在的丈夫。

她的故事把每个人都逗乐了，大家都说待会儿要再听听费边怎么讲。有几个性子比较急的人，已经放下酒杯，跑到门口的台阶上去了。

《大家》1998年第2期

致无尽岁月

池 莉

一

有的时候,闭上眼睛把头晃一晃,就可以感觉到生命的速度是飞——我的二十岁,分明就在一刻之前。

用现在人的眼光来看,那个时候的二十岁很傻:脸蛋又大又红,皮肤上生着一层细细密密的茸毛,茸毛下充盈着饱满的水分,天然得与秋天的水果有着本质上的一致,以至于经常惹起的是人们吃的欲望而不是别的。经常有这样一些中老年妇女,她们趁我不备就揪住我的脸颊,笑眯眯咬牙切齿地说:恨不得吃你一口哇!

那个二十岁,真的就在不远处。就在二十世纪七十年代末和八十年代初相交的时刻。距今不到二十年。那一年我在武昌青山区红钢城的一片荒地上栽了十一株樟树苗。我清楚地记得是在泥泞的春雨中栽的,自己挖的树坑,穿着一双新买的黑色长筒橡胶雨靴。那些樟树现在也只不过碗口粗，还不能算作大树。而我的雨靴上至今还牢牢地黏附着黄色的泥土。前几天我们家下决心清除废旧物品，我一眼就看见了我那双沾满黄泥的雨靴。它被他们扔在一堆现在的报纸中，压在一个彩色的性感女郎身上。我不声不响地把雨靴拎了出来，又放回了储藏间。

在储藏间，我关上门小坐了一会儿。我从雨靴注意到了储藏间这个地方。感谢上帝，生活中总有一扇扇门在向我开启：我又在突然间认识到储藏间原来是一个好地方。储藏间存放的都是故事和历史，而且是属于你个人的故事和历史，不是那些充满了噪声的史书。储藏间所有的东西看起来都是那么凌乱和随意。正是这种凌乱和随意的姿态，才告诉了我们什么才可以叫作出世和潇洒。而到处积淀的灰尘，那才是真正的沧桑。储藏间不说话，它把故事和历史，把来龙与去脉都含蓄在它本来的形状里。你心里想看什么，就可以看得见；你真心地想交谈，它自然与你窃窃私语。尤其让你舒服的是，你不必担心你的眼睛和心旌被照花和扰乱，它已经绝对没有了，或者说已经完全收敛了新东西的耀眼光芒，那种类似于暴发户、新贵、当红明星和刚出厂的家具的光芒。它酷似明朝的瓷器和那些最好的音乐，它们都是没有一点燥光和燥气的，是那么地温润，柔和，宁静，悠远。沐浴这种智慧之光，你便有可能走出迷途，回到你真正的老家。我在储藏间小坐了一会儿，我想，一个人只要生存空间许可，储藏间应该是必需的。我想，储藏间大约是我将来老了以后常坐的地方了。然后，我会被我的孙子辈在外面阳光下的大声叫唤所惊醒。他们叫道：奶奶在哪里呢？我饿坏了！

我前不久的二十岁就在那里。在还没有买那双雨靴的前个把月。那是冬天最冷的日子。我把一双胳膊袖进袖笼里，靠在洪湖县县委招待所的大门口，看大街上纷纷跌跤的人们。结着厚厚冰凌的柏油路在这里有一个优美的坡度。骑自行车的人们有百分之九十在这里落马。更好笑的是洪湖的人民似乎都很蔑视冰凌，他们一个个满不在乎地骑过来，当他们猝不及防一屁股坐到地上的时候，满不在乎的表情还没有来得及从他们的脸上逃遁，紧接着，他们就不好意思地笑了。这就是使二十岁的我被紧紧吸引在县委招待所门口的唯一原因，也就是惹得我不时地开心大笑的唯一原因。二十岁的人不需要太多的原因。就是这样，我认识了大毛。大毛也是知青，也是在县委招待所住着，等候招生学校来接人，我们先天就具备了相同的血缘。

大毛也是来看人跌跤的。他比我高出一个头，站在我的身后不断大笑。他一笑，我的头顶上就刮过一阵风。在那滴水成冰的季节，我的头顶冷得就像要被刀子刮掉。于是，我就不得不回过头，并且，朝着他，把自己的脸蛋慢慢地扬了起来。

我说：喂喂，请你把你的嘴巴拿开好不好？

大毛说：你说什么？

我摘下朋友从医院里搞出来送给我的大口罩，重复了一遍我的话。

大毛的眼睛像电压正常了的灯泡一样慢慢地明亮起来。顽皮的笑容含在他的眼角，他故意地说：请问，我的嘴巴应该拿到哪里去？

大毛露出了他整齐的白牙齿。

我的二十岁非常简单幼稚，坚信具有整齐雪白牙齿的男青年就是清洁的、聪明的、有理想的好青年。后来，我在知青住宿登记簿上看到了大毛的学名,他叫共党生。他的学名更加支持了我的信念:共产党生的哪有坏人?

奇怪的是,从认识大毛的那一天起直到后来的许多年,我就从来没有叫过他的学名。

二

那天下的油凌是江汉平原上罕见的油凌。据县委招待所门房的老伯说,这种油凌大约十几二十年下一次,他还记得上一次是在一九五六年下的。一九五六年,那是一个我无法感觉的时间,因为我还没有出生。老伯却说得很兴奋,一副对罕见的事物记忆犹新的样子。可见无论什么都可以成为一个人骄傲的资本,只要你善于骄傲。老伯对我们说话的时候,口鼻处和火车头一样突突喷着蒸汽。他很有经验地把草绳绑在鞋子上,给我们示范怎样走路才不会滑跤。他的腰间也紧紧地系了多重的草绳,他介绍说这样扎住棉袄,人就暖和多了。大毛也拿过一根草绳,紧紧地扎住了他自己的腰,然后挺起胸脯拍了拍腰眼,说:哦,真的是暖和多了。我哧哧笑着扭身走开。我是二十岁的姑娘。二十岁的姑娘就是冻死也绝对不会往腰间扎草绳。

油凌就是指这种冷得要命、滑得要命的冰凌。我对下油凌的说法并不陌生。在老人们的讲古当中,我无数次地听说过。没有想到的是自己竟然遇上了一次,并且在这罕见的天气里,我认识了大毛。本来,在我的生命中,油凌对于我也许只是一种天气。认识了大毛,油凌的性质就起了变化。

那天的油凌是突如其来的。在这之前的几天里,天阴着,偶尔飘一点小雪,小雪落到地上,很快就融化了。我是穿着一件毛线衣和一件棉袄,坐手扶拖拉机来到县里的。当然头上严实地包裹了围巾,脸上戴了大口罩。在大半天的路途中,我并没有感觉到承受不了的寒冷。昨天下午开始,寒冷的感觉明显加剧,雪完全停了。西北风一阵比一阵紧,还从树梢上和墙缝中发出鬼一般的厉叫。我棉袄里的棉花好像在渐渐地被抽掉。我袖着手在院子里闲逛,发现了蜡梅非同寻常的姿态,它们在枝头勃然怒放,纤细的花蕊每一根都如钢针般挺立,而平日里那淡淡的清香此刻是那么浓郁地直接扑上了人的脸。待我回过神来,天空已经灰里透黄,缓缓下压,梧桐树顶端的乌鸦"呱啊"一声逃向远方。我把手从袖笼里抽了出来,手顿时就像被谁咬了一口。今天的清晨,我是被冻醒的。我的被子里已经没有一丝热气,脚指头冻得生生地疼。使我诧异万分一骨碌就坐了起来的还不是这冷;是我的头发,我披散在枕头上面的发丝,有几缕在我的呼吸的气息边缘,它们结了冰!头发在我睡觉的枕头上结了冰,这是我从来没有经历过的奇事。我连忙打开箱子,拿出了棉裤,棉背心,把自己穿得鼓鼓囊囊,连胳膊肘弯过来都要费很大的劲。穿好衣服,我出门一看:我的天!整个世界完全被晶莹的冰凌所包裹,无比地洁净,无比地光滑,每一根线条都是那么圆润!天哪,美极了!我的眼睛眩晕了。我眯缝着眼睛顽强地欣赏着眼前的美景。没有了,由于连日的小雪造成的泥泞肮脏的地面;没有了,台阶上残破的缺口;没有了,路边那把被遗弃的破旧椅子的断肢。不,一切都还在,熟悉的环境并没有离我远去,可一切都变得是那么完整与美丽。这不就是玉宇琼楼吗!这不食人间烟火的气息让我喘不过气来,心中油然而生的是无限的崇拜和折服。这美丽之巨大之磅礴之精致之神奇远远超出了我的心理准备。我惊呆了,心里有小鸟的翅膀在欢快地扑腾。接着我又把自己滑了出去,四脚朝天地躺在地上,用我们在田野里干活时候呼唤伙伴的声音撒野地叫道:你们快出来呀——他们,许多知青,纷纷地跑了出来,一个个都疯了似的欢叫起来!

如果不是大毛的出现,我将继续沉浸在单纯的诗意的快乐之中。

中午,在食堂吃饭的时候,大毛表情极其严肃,他不胜遗憾和不胜感慨地发表评论说:湖北,湖北这个地方,过去我知道的就是:它是一个美丽的鱼米之乡。我万万没有想到的是,它的气候是如此的恶劣,冬天是这么这么的冷!

我说:你们北方的冬天不是更冷吗?

大毛说:那是外面。房子里面是不冷的。房子里面有暖气,穿一件毛衣就够了。哪有冷得睡不着觉的道理!

我发誓,在我二十岁的人生经历里,我是第一次确凿地听人说北方的冬天不冷,在房间里可以穿毛衣。我不相信天下有这么好的事情。

我说:你吹牛。

大毛说:这还值得我吹牛吗?我们北方就是这样的。我在来到你们湖北插队之前,就没有冻坏过手和脚。不信我可以带你到我们长春去看看。我们的大雪可以厚厚地覆盖整个城市,我们在玻璃窗里看雪景,漂亮极了。并且我们的夏天也没有湖北这么热。

大毛的话在我面前全都变幻成了童话般的形象。它们激起了我强烈的羡慕和嫉妒,还有更阴沉的一种内心隐痛。我生在湖北长在湖北,我从来没有意识到湖北的气候如此恶劣。我在没有意识到它恶劣的感觉中度过了二十个春秋，度过得坦然而自在。夏天有蒲扇与竹床，蚊虫与疟疾。冬天的早晨，洗脸的当然是结着冰的毛巾。寒夜里，奶奶会把那只把手上雕了花饰的紫铜烘炉塞进被窝。后来，妈妈从上海买回来了热水袋。下了农村之后，乡下的猫狗可以暖脚。每年的仲春时节，用生姜水泡洗冻疮的项目是我生活的必然内容之一，在暖融融金灿灿的阳光下伸出冻伤的手、脚和脸，鼻子充满了太阳的香气。这也就是在我的内心深处理解和崇拜太阳的理由之一。对太阳的理解和崇拜又是我把握其他很多事物的参照标准。举例说吧：东方红，太阳升，中国出了个毛泽东。共产党，像太阳，照到哪里哪里亮。这些歌在我二十岁之前，我一唱就能够轻而易举地激动落泪。

却原来世界上还有人根本就不会生冻疮！

这是一种残酷的觉醒。我听见我的骨头在绽裂。在我二十岁的那年冬天，在洪湖县委招待所的食堂里，我忘了往口里扒饭。我用十分复杂的眼神望着大毛，悲愤而又忧伤地想，这往后的日子该怎么过呢？

大毛好像有点明白他对我的打击是致命的。他就转换了话题。他转换话题之后说了一些什么，现在的我已经不记得了。我记得的是大毛为了让我彻底地忘却根本就不应该记忆的记忆，他提议我们也去坡上骑自行车。他打赌说他肯定不会跌跤，因为他车技非凡。我说我才不会跌跤呢。我谈不上什么车技，但是我熟悉湖北的油凌和地形。

打了赌之后，很快，大毛不知道从哪儿借来了一辆自行车。最后的结果是我们都跌跤了。大毛仅仅是跌跤了而已。我却扭伤了脚踝。大毛把我扶到县委招待所医务室，鼻尖上挂着清鼻涕的医生心不在焉地给我擦了一些松节油。我的脚踝在当天晚上肿得像发面馒头。大毛只好不停地为我用松节油按摩。我们开始担心明天招生学校会来接人。

大毛用知识面很宽的神态安慰我说：这种油凌的天气，路面根本不能行车。只有等油凌化了汽车才会来。到时候你的脚早就好了。

可是，第二天上午，来接我们的大卡车咯吱咯吱开进了县委招待所的院子。卡车的轮胎上挂着防滑铁链。

三

武汉这个城市我太熟悉了。我在汉口同济医院出生的那天，这个城市正在下着一场百年不遇的大雪。当时我的父亲正在省里开会。下午散了会之后，大雪已经封锁了交通。他向省委所在地水果湖附近的农民借了一头毛驴。他骑着毛驴从水果湖出发。由于崭新的长江大桥被各种停滞的车辆堵得水泄不通，我父亲就牵着毛驴坐轮渡过了江。然后又骑上毛驴穿过从前英国租界哥特风格的建筑，来到同济医院看我。仅仅也就是因为发生了这么一个简单的生活片段，我就对这个城市没有了生疏感。我走在长江大桥上十分自然和贴切。我在武汉市芜杂如迷宫般的大街小巷里也不会迷路。关键时刻屏息静气地嗅嗅长江水的气息，听听轮船的汽笛声，我就可以知道自己在这个城市的大概方位。我父亲骑着毛驴的身影，温顺的毛驴在碎石子马路上那踏踏的脚步声，便是我与这个城市永远的无形交流和无形联系。

大毛对武汉市的印象非常混乱，甚至有一点儿厌恶。他认为一个城市有三大城区，而且互相之间都隔着大江大河，这简直是不可思议的事情，多不方便哪！

我问：什么东西多不方便？

大毛想了想，也没有做出明确的回答。大毛总是弄不清楚汉口、武昌和汉阳的位置，他经常指鹿为马。人在汉阳，说这是武昌吧？人在汉口，说这是汉阳吧？同学们经常笑话他，这在一定程度上伤害了他的自尊心。男人的自尊心就和小孩子一样，经常表现在很不关键的地方，比如他们就是需要装出什么都知道的样子，其实谁能够什么都知道呢？

武汉市的街道不分东南西北，随着长江的流向分上上下下、这是大毛与武汉市达不成谅解的巨大矛盾之一。大毛说：我们的城市，中国的许多城市都是方正的，道路都是有东南西北的。你看看北京，人家是首都，天安门城楼正南正北朝向，谁都好辨别。

大毛气愤得唾沫飞溅的时候，我还没有去过北京。几年之后，我去了北京，站在天安门城楼前，看着长安街，重温大毛的话，觉得大毛的气愤是很有道理的。北京的道路就是非常地中规中矩。然而，我总在北京迷路。有一次去朋友家，我迷了路，路上的行人告诉我：你朝东直走，出了胡同再向北，走十来米远再往东。这明确的指向使我越听越糊涂，因为我根本就不知道哪儿是东哪儿是北。我们在北京行路需要太阳的指引，可北京经常没有太阳。那天就是一个阴天，我就没有及时地吃上朋友为我准备的好饭菜。而近一些年的迷路是因为空气污染太严重，现在北京的天空经常被铅灰色云气遮天蔽日。在北京遇上迷路而产生的感想我总是希望有机会告诉大毛。可是我和大毛总是在没有约定的情形下见面。这种见面总是突然得使你做不了任何有准备的事和说不了任何有准备的话。

多年之后，我经常有机会短暂地享受北方城市的冬天，主要是在北京这个城市。北京的冬天的确是像大毛描绘的那样可以在房间穿毛衣，其实还可以穿衬衣和裙子。享受的结果是一再地加深着武汉冬天的痛苦和经常患感冒。可是在我们的生活中，除了希望在严冬的房间里暖暖和和，还有许多别的内容。在前面我说过我站在天安门广场，东张西望长安街，想告诉大毛说北京的道路的确是很有规矩，尤其是和武汉相比。我的容易迷路我想责任在我，主要是我这个人没有方向感和路线感。但是我还想说的是，天安门广场，长安大街，包括故宫，在我第一次见到它们的时候，它们并没有给我应有的震撼。这让我很伤感。因为我小学一年级的第三课就是雄伟壮丽的天安门城楼。第一课是伟大的领袖毛主席万岁，第二课是伟大的中国共产党万岁，这两课都没有问题，岁月都让我慢慢地理解了它们的意义。第三课是实物，它就在那儿，我看到它具体形象的同时，想起的是所有对它的描绘、形容和赞扬。关键也不在于那些描绘、形容和赞扬与它有几分吻合，主要的是它没有震撼我。迷路不迷路其实是并不重要的，有没有获得震撼可就太重要了。对于一个世故的成年人来说，与之相遇没有震撼就意味着遗忘和抛弃。在故宫里头，我的失望和伤感使我悄悄地流下了眼泪。我怎么能够忍心遗忘和抛弃我童年时代的情感呢？至于为什么不受震撼，我也说不清楚更多的道理来。我只是觉得对于一个终日与长江厮守的人，故宫的宏大没有达到惊人的程度。而且那方正的院子和方正的石板地，那锐角的宫墙，它们使我心里堵得慌。故宫没有随意的树和葳蕤的野草，没有水，地面的颜色是灰白的，酷似石灰，而石灰是一种干渴的没有生命感觉的物质。石灰的联想一经出现就烙进了我的经验里。千百次，北京居然以石灰的意象在我不经意的时刻闪现。其实我是喜欢北京的。其实我是不喜欢武汉的。这喜欢和不喜欢都能够说得出无数条理由的。可由不得我的是：人实质上还是一头动物。我待在北京的时间一长，鼻子就开始流血。我就一天到晚地喝水，到处寻找水果吃。我的身体也好像在渐渐地变成石灰，在皲裂、木僵和干枯。于是，对于长江的想念，对于湿润的想念，对于流畅的想念，对于一泻千里的想念，对于无边无际的想念，对于信马由缰的想念便占据了我的整个大脑空间包括夜里的梦。我的渴望是那种波浪舔舐河岸的本能渴望，无穷无尽，无休无止，无可阻拦。我想再说一遍，我是喜欢北京的，我是不喜欢武汉的。这是一种怎样的悲哀和巨大的矛盾呢？

在我二十岁的那个严酷的油凌日子里，大卡车还是来了。张司机说马上就要过年了，我们怎么能够把你们丢在县里的招待所过年呢？张司机是我们医学院的司机，但是大卡车是武汉钢铁公司的。张司机必须接走被招工到武钢的知青和带走武钢的物资。我们不久就知道了所谓武钢的物资，就是洪湖某些领导赠送给武钢某些领导的土特产品，几箱沙湖的红心盐蛋，松花皮蛋，洪湖的莲藕和大青鱼，一竹筐乌龟王八和十几只老母鸡。那天午饭后，我们二十多个知青和这些散发着很大气味的年货，一块儿挤在大卡车的车厢里，由洪湖县向武汉市进发。

平时的正常时间是四个小时到达武汉。那天我们走了十个小时。大卡车在公路上慢慢地爬行，好像它装载的真的是物资而不是人。我们十个小时没有吃东西，没有喝水，张司机停了两次车，要我们下车解手。我的脚受了伤，上下车极其不方便，再加上我死活也不好意思当着一群男知青的面走到路边的树丛里去解手。我没有下车。大毛下车之后给我带回来一根从树梢上折断的冰凌，我小心翼翼地无声地把它吮吸了。未来的武钢职工黄凯旋偷了一个皮蛋吃了。其他人都没有偷。有的知青说不敢。大毛不屑。大毛很鄙视地朝黄凯旋哼了一声。我觉得我真是没有看错大毛，一个正派的青年就是饿死也不能做小偷。因为没有吃东西和喝水，后来的六个小时就没有人下车解手。我们真的像要被饿死一样了。二十多个人东倒西歪，气息奄奄。对我们最严重的威胁还不是饥饿，而是寒冷。尽管卡车上有帆布车篷，我们还是被冻僵了。当难受开始的时候，我们想靠精神力量战胜困难。大毛向大家提议唱歌。我们就唱起歌来。而且专门唱高昂铿锵的毛主席语录歌。我们反复唱道：下定决心，不怕牺牲，排除万难，去争取胜利！后来，难受还是战胜了革命歌曲。黄凯旋就给我们唱黄色歌曲，黄色歌曲倒也引得大家兴奋了一阵子。黄凯旋的黄色歌曲是知青特色的，是对革命歌曲加以歪曲和篡改。比如歌剧《洪湖赤卫队》里面的歌曲，黄凯旋就这么唱：刘队长，有胆量，悄悄地摸上了韩英的床（悄悄地摸进了后厅堂）。等等。然而，最后还是寒冷和饥饿战胜了一切。在一片懒得说话的沉寂中，有一个瘦小的女知青嗯嗯地哭了起来。对于这种指向明确的哭泣，谁也无法劝慰，因为谁也没有食物和温暖给她。我也顶不住了。我主要是冻得不行。我的脚因为扭伤瘀血而血流不畅，已经整个地青紫，那寒冷的感觉是一种钻心刮骨的感觉。我咬着牙。我的头不由自主地没有规律地晃来晃去，一如风中的芦苇。语言在这个寒冷和饥饿肆虐的车厢里已经完全失去了作用。这个时候大毛做出了一个惊人举动。大毛毅然地拿起了我的脚，脱下我的棉鞋，将我的一双冰疙瘩脚揣进了他穿着军大衣的怀里。我飞快地看了看四周的知青同伴，说：不！我想这下可糟了！这一下日后肯定会有人对我和大毛的关系议论纷纷了。我着急地再次说不！大毛对我坚决地摇了摇头。我用力抽我的脚，抽不动，我的脚被大毛用力握着。不一会儿，大家纷纷效法大毛，自动地分成两个人一对，互相把脚伸到对方怀里，其中不乏男女混合的对子。我释然了。二十岁的我那时候总是异常地谨小慎微，被"文化大革命"搞怕了，对大多数人群的意志总是盲目地敬畏和服从，通俗意义上正确的东西总是能够给我以安全感。我示意大毛，要他把他的脚给我，大毛再一次地坚决摇头。然后，他把目光掉向了别的地方。

夜里十点多钟，我们的卡车进入汉口。看见汉口的密集灯光，我们欢呼起来。

大毛说：到了吗？

我告诉他：到了汉口，我们很快就要到武昌了！

但是，大卡车过长江大桥移动得非常缓慢。武汉也下了油凌。我们掀开了车篷的门，看见大桥上有许多解放军战士在敲打桥面上的冰凌，还有市政的卡车在往桥面上撒盐。又用了两个多小时，我们才到达目的地。大毛的脚冻伤非常严重，冻疮开裂流出黄水。后来的十几天里，他对他一双缠满了白色纱布的脚没办法，因为没有足够宽大的鞋可以供他使用。大毛发誓说：我将来一定要离开这个鬼城市！

在大毛的脚能够穿到鞋子里面去的那一天，他就坐火车回长春了。

寒假很短暂，春节过后我们就开了学。大毛没有按时返校。

春暖花开的三月中旬，大毛才姗姗而来。我和大毛同班。我已经是副班长。老师让我批评大毛，我就是迟迟不批评。我怎么能够批评大毛呢？那样的话我不是太忘恩负义了！

后来老师就找我谈话说：如果你是这样的当干部，那就太没有原则了。

我说：我又不想当干部。

消息传到大毛耳朵里，他对我说：其实你没有这个必要。你完全可以策略一点。

从那时候起，大毛就显然地比我成熟和比我有经验。后来他一直都走在我的前面，任何事情他都处理得比我们要好一些——这是同学们的评价。也就是说大毛总是能够通过自己的努力，达到大多数人正在追求而追求不到的目标。开学后不久，传来全国恢复高考的消息。我们班包括我在内的绝大多数同学都想重新参加高考，选择自己理想的专业和大学，还有自己喜欢的城市。但是高教部有规定说是在校大学生一律不准许参加高考。然而大毛疏通了我们学校的领导关系，参加了高考并且被北京一所理工大学录取。大毛是我们班的唯一。若干年之后，我才知道，大毛得以参加高考的原因是他给我们的校长搞到了一辆小轿车的指标。这种事情对于当时的我，根本是做梦也想不到的。

四

大毛走了，去了他的北方，去了他的理想。我是真心为大毛高兴的。因为大毛既憎恶学医又憎恶武汉这个城市。他常常很有煽动性地在男生们中间说：男不学医，女不学艺。说什么一个男人学了医就把一点男人气都学没了。所以大毛的学习成绩并不

215

好。大毛很讨女生的喜欢。他与我们班上的柳思思搞得很热乎，经常在班里公开地说说笑笑。柳思思是一个长相娇媚的女孩子，柳叶眉，流星眼，有颗小虎牙，风风火火，疯疯癫癫，说话没有一点遮拦。班里暗中流传着她的谣言，说她是与农村的大队长睡觉得到招生指标的。柳思思从见到大毛的第一天起就公开追求大毛。大毛对柳思思极其随意。高兴起来可以搂搂她的肩，不高兴的时候就说：滚开。

而我却喜欢上了学医。喜欢在安安静静的解剖室里待着，把人体构造分析得清清楚楚。喜欢在清晨的校园树林里背诵课文。我优秀的成绩使老师和同学都对我非常看重和友好，我的学医生活如鱼得水。多年以来，我因为父母是走资派一直忍受着种种屈辱。我的屈辱在医学院才开始得到真正的抚慰。我珍惜医学院的每一天。我对柳思思的传闻不感兴趣，对大毛与她的关系不感兴趣，对班里所有的热闹都不感兴趣。我的全部注意力都集中在自己身上。原来我以为我完蛋了，现在我发现自己居然可以摆脱父母的影响，再创一个新的我。在我的行为举止里，充满了对新生的自己的爱护和培养，表现得十分地用功和矜持。就像孵卵的母鸡，小心翼翼地连挪动一下位置都不敢。

更关键的是，对于我自己下意识地做出来的这一切举动，当时我并没有明确的认识。所以我和大毛无从交流。我在我的世界里。大毛在大毛的世界里。我是一个好学生，班干部。大毛是一个妖言惑众的坐不下来的成绩平庸的头痛生。我们不在同一种生活状态里。我们自然就无法保持在大卡车里的亲密。那亲密没有人再提起，就好像它没有发生过。按说它应该顺利地发展成为一种健康的纯洁的友谊。至少我和大毛应该是比较要好的朋友。遗憾的是我们不是。在这种情况下，大毛要走了，我觉得我是真心地为他感到高兴，我自己也有如释重负之感。

大毛的走，果然一下子又把我们的距离缩小了。大毛悄悄地在我的课本中塞了一张字条，约我到很远的汉阳归元寺去谈谈。我如约而去。我去的原因就是因为他要走了。

归元寺是一个古寺而不是公园。青年男女在公园谈话有谈恋爱的嫌疑。而禅寺是一个互启心智的好地方。武汉市这么大，公园这么多，我不知道大毛是如何想到了归元寺的。有时候大毛表现出来的智慧令我打心眼里佩服。在归元寺的石条凳上，我们并肩坐着，中间放着书本。我们进行了一本正经的交谈。

我告诉大毛：由于他对他如何得以参加高考的原因闪烁其词，讳莫如深，同学们一下子都与他疏离了。另外，还有嫉妒，同学们都嫉妒他，所以他应该谦虚谨慎一点。

大毛哈哈大笑了一通。大毛与我的观点完全不一样。他说：我走我的路，由他们去说吧！

在我二十岁的那时候，大毛的这种话是绝大多数人还不敢说的。我觉得他太张狂又觉得他很豪迈，这又是怎样的矛盾呢？我这个人总是容易陷入矛盾之中。在交谈中，大毛仍然没有告诉我他能够取得学校许可参加高考的原因。对于这一点，我很是耿耿于怀。但是我什么也没有说。我只是固执地保持着我和他的距离。

大毛认真地对我说：你好好复习吧。明年，我一定会想办法让学校同意你参加高考。你也一定会考到北京来的。

我不置可否地笑了一下。

大毛说：你笑什么？你必须有一个明确的态度。我告诉你，北京绝对是好地方。人在那里进步得快。中国各行各业的精英人物都在北京。北京才是真正的大都市。

我还是不置可否地笑了。我固执地保持着我与他的距离。

大毛无可奈何地看了看我，叹了一口气。我知道他明白了我们有许多东西无法交流。他摸不着头绪在哪里。我也摸不着头绪在哪里。大毛只好转而说到武汉的气候。

大毛说：武汉他妈的气候太恶劣了！我相信你将来会有机会来北京的，我相信你还会有机会到其他许多地方，你将会发现没有哪个城市比武汉的气候更恶劣。由于武汉恶劣的气候，武汉人的脾气也暴躁凶恶得很。你这种人与他们是相处不来的，你要受欺负的，所以，你一定要趁高考的机会转移到另外的城市去。将来后悔是来不及的。工作了以后再调动工作是一件非常难办的事情。

我承认武汉的气候是比较差。我也不否认我希望将来有机会离开武汉到更好的城市里去。但是我喜欢学医，喜欢我现在的学校，我不愿意挪窝。我心里觉得大毛有点爱说大话。我觉得爱说大话的人不深沉。我更喜欢深沉一些的人，在我二十多岁的时候。

大毛说：一般说来，女孩子学医是比较好的。你当然还是可以考医学院。

我说：哪里的医学院不都是一样的课程吗？

我突然就厌倦了。这种车轱辘式的谈话一点没有新意。一点没有结果。我打了一个呵欠。

大毛说你是不是累了？我说是。大毛露出失望的样子。我们就不再谈话，毫无意趣地进到罗汉堂数了数罗汉。后来就坐公共汽车回校了。

我和大毛相处的时间不能算长，我们在一个奇冷的冬天相遇，春天开学的时候大毛迟到了一个多月，夏季他参加了高考，夏末他就走了。大毛是坐火车走的。有一大群同学去送他。我掺杂其中。奇怪的是黄凯旋也掺杂其中，他和大毛什么时候好了呢？我还发现有一些我不认识的青年，穿的是武钢的工装，与大毛粗鲁地亲热着，揪他的耳朵撸他的头发。真正是班上的同学倒没有几个，大家也都比较斯文。柳思思肯定是来了的。她大胆而敏捷地攀上火车的车厢，飞快地替大毛掸着卧铺上的灰尘：在火车开动的时候，柳思思挥动着手帕，大声叫道：写信来啊！

我混在大伙中间，看见火车无形地移动了，我才感到了一种失落的恐慌。我想，就是这么一个粗黑的大毛毛虫吗？它真的开动了吗？大毛这个人就这么经过了我的身边，一去千里再难回返吗？

五

武汉的气候可是让我吃了大苦了。这十几年来，冬天的冷虽然没有冷过那个下油凌的日子。但是也实在是冷得太不像话了。房间里面没有暖气，房屋的墙壁都是那么轻薄。每一个冬季，在西伯利亚强劲的寒潮面前，我们的栖身之所就变得像儿童的玩具那么轻飘可笑。我们需要很多的御寒服装。尤其是在结婚生子之后，我惊恐地发现我们狭小的家在迅速地肿胀。我们每一个人都有从薄到厚的毛衣若干件。毛裤，棉毛裤，棉裤，棉袄，羽绒袄，各类背心若干件。棉大衣，呢子大衣，驼毛大衣以及后来的羽绒大衣若干件。每张床呢，下面的垫絮从三斤重的到八斤重的若干床，上面盖的被子从最薄的毛巾被到三斤至八斤的棉被若干床。进入二十世纪九十年代，又增加了几件皮衣、云丝被、羽绒被、电热毯等等御寒物品。在十二月到三月初的日子里，我们一家老小在家里都穿得像太空人那么厚重严实，直着胳膊走来走去。需要出门的时候，大家才精简一下，利索地出门。武汉的户外比户内要暖和得多，樟树的树叶永远是油绿的。也许就是这种假象欺骗了人们，所以没有任何决策性的人物做出在武汉安装暖气设备的决策。

我们家的所有衣柜和抽屉里都塞满了衣物。在春天的梅雨季节里，所有的衣物都会发霉，然后就得在夏季白亮的阳光下，翻晒洗烫所有的衣物。这是一项浩大而艰巨又琐碎的工程。我每年都是打着赤脚，穿一件紧身背心，高高束起头发，以便更加麻利地进行工作。把全部的衣物晒透了，拍打干净了，晾凉了，分类整理好了，事情还没有结束，还要在每个抽屉里写上标签。这是我摸索出来的经验。如果不写上标签的话，下一个冬天骤冷的时候，你就会急得乱翻一气。因为在这个冬天之后，我们将要使用其他三个季节的衣物，从春秋的春秋装到炎夏最单薄的丝绸衣裙、汗衫短裤和背心，还有竹床、凉席、凉水壶、电扇和扇子等等。现在，我使用电脑。我用电脑图表记录四季衣物的安放位置。我相信这是任何电脑软件专家都想象不到的一个非常实用的用途。我感谢电脑，它免除了我年复一年制作标签的索然寡味的体力劳动。

通过好几天的辛勤劳动，一切都好了，在下一个冬季里，家人随时都可以穿上干净的散发着太阳香气的冬装。好了！我要休息一天了。我扶着酸痛的腰眼，靠在阳台上远望长空，飞鸟在长空翱翔，它们带着我的眼睛优美地在云彩里滑动，什么都不要去想，真好！下午就可以静静地看书了。这样的时候看书，往往一看就看到心里去了。书也真好！或者，我也会去长江边，慢慢地散步；在江边的沙滩上坐着，听着江鸥跟在轮船后面馋嘴地尖叫，看着那光屁股的小男孩在沙滩上蹒跚学步。江水那微腥的气息沁人肺腑，滚滚的波涛可以拍打到你疲惫的灵魂深处。长江真好！是不是只有这样，只有从最实在最与生存直接相连的最摆脱不了的辛勤劳动中直起腰来，一切的感觉才会加倍地好呢？

记得那是一九九一年的春节，我们家当时住在没有电梯的九层楼。那天我们的父母要来我们家吃团年饭。可是我们的水管子冻成了冰凌，家里没有自来水了。我只好把所有的菜都搬到楼顶上去洗，爬上水箱，把水箱表面的冰层砸碎，用塑料桶一桶一桶地打水，就像从井里打水那样。我的手背上布满了冻疮。在冰水里浸泡着，冻疮成了一颗颗的紫葡萄。水箱里只有半箱水，我使劲弯腰去打水，不知道怎么的一下子人就栽进去了。在我栽进水箱的一刹那，我甚至希望我已经就死掉了。那天我有一点经受不住生活的重负了，是情绪比较糟糕的一天。我在顶楼的寒风中洗菜的时候就满腹怨恨，我想这他妈的是人过的日子吗？

我还是不由自主地喊了救命。我丈夫来了。他在水箱的冰水里发现了我，吓得脸都变了颜色。他赶紧设法把我拉了上来。我患了严重的感冒，在高烧中度过了整个春节。

春天来了。柳梢绿得非常娇艳，桃李也开得如火如荼。武汉的花草树木最是知春的，几乎四季都不断绿。但是人们并不喜欢春天的忽冷忽热和漫天漫地的潮湿。接着是梅子雨，是大雷雨。大雷雨大得惊天动地。雨粒大得如巴掌，而且是那么地密集，狂

221

暴地啪啪抽打这个世界。谁家的窗户被掀开了，玻璃惊恐万状地哗啦啦地破碎着。不知是哪一棵大树被折断了，那痛苦的断裂声透过了雨的喧哗，使人不忍卒听。突然，电停了。目及之处黑压压一大片，那是高压线被扯断了。所有的人家都赶忙去关电视机和拔掉冰箱的插头。人们在蜡烛的微光下，看着雨水从窗户的缝隙里涌流进来，就像瀑布挂在窗台上。为了保护家具和家具里面的衣物，人们只好抱起毛巾被去蘸吸地板上的雨水。一昼夜的风雨过后，武汉市就沉浸在一片汪洋之中。骑自行车上班的人仗着路熟，在水中慢慢地骑着，眼看水要漫上屁股了，才自嘲地笑着下了车。有的年份，大雨一下就是几天几夜不肯停歇，直到武汉市的所有空间与所有人的心思都被大雨夺走。接着，洪水就来了。

　　雷是比雨更可怕的东西。在武汉，春天的雷是怎么也躲不过的。无论你在房间里还是在夜梦中，那强烈的闪电都会撕开你的眼睛。这种时候，我们只能冲到孩子的房间，把孩子紧紧抱在怀里。而我们自己，除了用祈祷来迎接炸雷，没有别的办法。这种炸雷时常唤醒我的动物意识，当它在我头顶爆炸的时候，我能明确地感到自己就是大自然的一头孱弱的动物，正匍匐在苍天之下。黄凯旋就是被春天的炸雷击毙的。这是一九九三年的事情。黄凯旋已经脱离了单位，在开出租车，是一个稍微秃顶、快乐诙谐、乐于助人的人了。大雷雨那天，他正在他红色的出租车里，一个炸雷穿过汽车的外壳击中了他。当场人就被烧焦了。我去参加了黄凯旋的追悼会。他的妻子哭得死去活来，见了我就像见了亲人一样搂得我透不过气来，其实原来我与她也就是点头之交。人和人在这天降的灾难面前自然就依靠在一起了。我们几个朋友凑了三千块钱，放在了他儿子的口袋里。

后来大毛给了黄凯旋的妻子两万元钱，让她给黄凯旋在风景优美的九峰山买一个墓位并安排厚葬。黄凯旋的妻子从邮局收到汇款就去办这事。我们几个朋友在黄凯旋的骨灰下葬的那一天都去了九峰山。大家为大毛的慷慨所感动，但也为大毛居然如此有钱而心里酸溜溜的。

武汉的夏天就更不用说了。副热带高压总是盘旋在这个城市的上空，导致武汉成百上千的湖泊和长江汉江的水蒸气散发不出去。以至于我们经常要在四十摄氏度左右的气温里持续地生活一个月或者两个月。整个城市都处在半昏迷的状态，一到午后，几乎所有的工厂和机关都关了门。人们在令人窒息的酷热中缓慢地摇动着蒲扇，不停地喝着菊花茶。家里的食物基本上是绿豆稀饭和西瓜，别的瓜果都因水分不足而在武汉惨遭冷遇。孩子们不分昼夜地浸泡在游泳池里、东湖里、月湖里、莲花湖里、长江里和汉水里。每年夏天都有溺水孩子父母绝望的哀哭回响在安谧的凌晨。大街上不时有凄厉的急救车飞驰而过，老弱病残每天都在以惊人的速度遭受淘汰，而新闻媒体习惯性地要在每天的早上向本市的居民报告这些不幸的消息。另外还有一个必然要报告的消息是洪水的水位。每年武汉市都在做着抗大洪的准备。有些居民的家里养着草龟，如果有特大洪水将至，草龟在前两天就会顽强地往高处爬，家里人就该收拾金银细软，准备漂流了。我家也一直养着龟，当然不是指望它预报洪水。是因为我们通过长江洪汛每年的提醒，深深感到了长江源头生态环境遭受破坏的危机。我们家将尽力养活来到我们家的所有生命，动物和植物。希望能够以此传达我们对大自然的敬畏和爱意。

大毛在武汉度过了一个复习高考的夏季。为了抗拒炎热坚持复习，他剃了一个光头，站在长江里，脖子上拴了一根尼龙绳，绳子的另一头则拴在废旧的趸船上，书本则装在塑料袋子里。江边巨大的合欢树上面的合欢花在大毛的头顶上开了又合，合了又开，落英飘在他的光头上。他对开着粉红色绒球状花朵的合欢树说：我再也不会忘记你这种非常漂亮的树，但是我一定要离开这个城市！

六

大毛说离开就离开，他一去北京，就四年没有再来武汉。

大毛去了北京之后，很快就给我们来了信。信是写给我们班全体同学的。大毛对北京和他所在校园的溢美之词充满了几页信纸，俨然是一个从旧社会突然步入了新社会的翻身农奴。我们大家一致认为大毛的信有炫耀之嫌，就派班上最差的同学给他写了一封错别字连篇的回信。柳思思因为没有单独收到大毛给她的来信而倍感沮丧。大家就开她的玩笑说：你算了吧。人家是首都的人，你是外省乡下人，没有共同语言的。

柳思思柳眉倒竖，双手叉腰说：放屁。我们走着瞧！

后来，大毛给我的来信和寄给我的高考复习资料，都被人先拆开看过后又用米饭粘上了。这种举动又惊醒了我内心的悸痛，那是在"文化大革命"抄家的时候，我看见红卫兵就那么理所当然地拿走了我父母的私人信件和日记本，我当时心里就难受得什么似的。从此我就绝对不再写信给人。我也绝对不再写日记。我把用米饭粘上的信封寄给了大毛，除此以外我一个字也没有写。大毛也就不再给我来信了。几个暑假，大毛都给我们全班同学来信，邀请大家去避暑胜地旅行。很多同学组织起来，大家咋咋呼呼地讨论怎么个去法。柳思思是最积极的。我没有参加他们。在熟人越多的地方，我总是越感到无聊。无聊感经常导致我一无所获。所以，我就和两三个与我谈得来的女同学一块儿旅行去了。

一九七九年的暑假，我们几个人坐火车去烟台。在从青岛至烟台的蓝村换车的时候，我听见大毛的声音在惊喜地叫唤我的名字。原来他在一辆方向与我相反的火车里。火车在行进着，声音响了好一会儿，大毛的脸才从车窗里伸了出来。我朝那张长了胡子的脸兴奋地"啊"了一声，那张脸就模糊了，很快就变成一个没有表情的黑点，侧挂在火车的车窗上。

在我毕业的那个暑假前夕，大毛给我挂来了长途电话。不知大毛是用什么方式说服了传达室的老头，他居然同意在晚上九点钟的夜色里蹒跚地摸到我们宿舍来叫我。在二十世纪八十年代初期的时候，电话还只是被用来传达紧急消息。我一听有我的电话，全身就紧张了起来。我如箭一般地冲下楼，只用了两分半钟就赶到了校门口的传达室。可是电话的话筒不知道已经被谁挂在了机座上。我还是拿起话筒听了好一会儿。第二天晚上，大毛又来了电话。我跑到传达室门口，透过锁着的纱门，看见黑色的话筒孤零零地被撇在油漆斑驳的桌子上。我衷心地希望传达室老头身体健康，脚步能够迈得更快一些。可他还是在我等待了六分钟之后才来给我开锁。我拿起话筒，话筒里果然已经是一片忙音。我不知道大毛有什么事情，或者说出了什么事情，因为他居然使用了电话！第三天晚饭之后，我就去邮局挂长途电话去了。我找了几个邮局，都说不能挂长途，要到专门的电信营业所才有该项业务。我转了几次公共汽车，总算找到了挂长途电话的地方。我在一张单子上填写了大毛的学校地址和他宿舍的号码，营业员递出来一张被无数的手指摸得油腻腻的小纸片，上面写着一个号码。之后，我就开始了漫长的等待。一个小时过去了，两个小时过去了，营业员叫号的声音总是兀然地响起，令我在瞬间遭遇一次希望与失望。她叫的号码总是与我的小纸片上的号码不符。夜已渐深，我担心回校太晚，学校关门。可是我已经等了这么长时间了，实在不忍放弃已经付出的等待。后来，待到营业员叫到我的号码的时候，我都不敢相信自己的耳朵了。我一再地确认了自己的号码才急促地跑进电话间。

我说：喂！

对方也盲目地用一种飘忽的高声说：喂喂！

这不是大毛的声音。这是大毛他们学校的传达室。传达室也要在证实了我传呼谁之后再去叫谁。他们的传达可能比我们的年轻，走路比较快。我听见一个有力的脚步来了，我的心提了起来，接着还是那个盲目的声音，它简单地无情地对我说：他不在。电话就被挂断了。我回到学校的确是晚了一点，大门叫不开。我只好从大门上面翻过去。当我正骑在大门顶端的时候，传达室的老头出现了，他用手电筒直射我的眼睛，牢骚满腹地说：如今真是不像话！女生在外面鬼混到深夜才回来，还会像土匪一样地飞檐走壁了！

我没有再敢出去打长途电话。我对长途电话的畏惧超过了对传达室老头的畏惧。长途电话与传达室老头加在一起的麻烦超过了我对大毛为什么给我来电话的好奇。

几天以后，我应邀去一个医生家做客。这位医生是我的第一个实习老师。我在武钢一栋宿舍楼的楼道里遇见了大毛。大毛和黄凯旋正在下楼，他们大声地说笑着，带着洗头之后的香皂的气息。大毛看见我之后站住了，摇了摇头，又眨了眨眼睛，像话剧演员那么强调地说：真的是你啊！

大毛是这天下午刚到武汉的，是黄凯旋开着单位的车去接的他。他就住在黄凯旋的家里。他说准备明天上午去我们学校的，大毛急急忙忙地解释着。我们都没有因为巧遇而改变我们这天晚上本来的计划。他是要和黄凯旋去看电影《城南旧事》的，据说这部电影非常好，黄凯旋特意为欢迎他而好不容易弄来了票子。我则想都没有想是否应该去对那位医生说一下，更改一下接受邀请的时间。

大毛在电影院遇上了他以前的好几个朋友。他的朋友好像到处都是，来得非常容易。这样，大毛就被他的朋友接走了。他们去游览了黄州文赤壁和蒲圻武赤壁。大毛让黄凯旋来问我愿意不愿意和他们一起去。我说不愿意。我和黄凯旋说话比较随便。我说我又不认识大毛的那些个朋友。黄凯旋说你呀你这个人，我就知道你不会去的。其实你去了不就和大伙认识了？我说我要认识那么多人做什么？黄凯旋说其实大毛是特意来看你的，他分配在北京了，工作以后就没有时间了。

原来大毛给我打电话就是急于告诉我他的分配结果。他被如愿以偿地分配到了北京某部委。这是一个牌子很大的中央机构。大毛说：电话找不到人他干脆就来武汉得了。人是干什么的嘛，只要有了人，什么人间奇迹都可以创造出来。大毛说这些话的时候喜形于色，人生的得意怎么也掩饰不住。

在黄凯旋的精心安排下，我和大毛终于有了一个单独在一起的时间。上午九点钟，我们分别来到了汉口的江汉关。碰头之后我们就沿着江汉路一直往大街上走。大毛建议我们逛逛书店，然后就去吃著名的蔡林记热干面，然后就到民众乐园听听汉剧、楚戏什么的。我同意了大毛的建议。尽管我觉得我们这样的行动带着没有任何基础的空虚感，也不知道会用什么样的收场来作为结局。但是大毛从北京特意地来了，我也就不能太坚持原则了。

没有料到的是，其实一切都不用我前思后想。生活自有它的规则。一场节外生枝的意外很快就结束了大毛的武汉之行。

我们在江汉路上步行了十来分钟，来到了十字路口，这里正在修建环形高架桥，人行道变得非常狭窄，偏巧这里又是最繁华、人流量最大的地方。行人都拥挤在一块儿，摩肩接踵地移动着。我的身后有一个男人早就不耐烦了。

他不断地催促我说：快一点！快一点！

我回过头告诉他：对不起，我快不了，前面都是人。

可是这个男人还是粗鲁地用指头捅着我的肩，说：快一点好不好！

他用一口汉腔骂骂咧咧地说：个把妈的，天上怎么不掉下一颗原子弹，把这么多婊子养的人都杀光！

大毛擎住了男人的手指头，然后把它甩到一边，说：请你对女同志礼貌一点。

男人伸手就要打大毛，说：咿呀嗨，太阳从西边出来了，江汉路上还冒出了一个敢管闲事的普通话！

这个时候的大毛已经是参加过大学生运动会的田径运动员，他比男人高多了，也强壮多了。大毛不仅敏捷地接住男人的巴掌还暗中使了一点劲。男人脸色顿时就变了，他一蹦三尺高，指着大毛的鼻子说：好！好！你给老子等着！老子今天踏平江汉路也要找到你！

男人飞快地挤出了人群。我和大毛都以为事情就此过去了。可是周围的武汉人警告我们说：你们要赶快走掉！否则大祸临头了！我和大毛都有一点不以为然。这青天白日的，又是武汉市最繁华的大街，交通警察就站在十字路当中的岗亭上在指挥交通，还会有什么事情吗？尤其是大毛，血气方刚的小伙子，又是在女同学面前，自然要表现得更加地从容不迫。可是，过了一会儿，我们身后就发生了异常的骚动。我回头一看，那个男人，率领五六个地痞，拎着西瓜刀和木棍，一路推开路上的行人，杀气腾腾地追上来了！

我不顾一切地拉着大毛就跑。大毛还不愿意。我当街就朝大毛发脾气了。我说：大毛，你现在要是不听我的，我从此绝对不再理睬你！绝对！我知道武汉人的德行，这些人上来就会拿刀捅人的。

我急得嗓音都变调了。大毛这才跟着我跑进了新华书店。我经常来逛这家书店，知道它与古籍书店和翰墨林都是相通的。最近它还开辟了一间地下室，专门卖古旧书籍。地下室的门非常隐蔽，一般人都不知道。男人一伙跟着追进了新华书店，一路耀武扬威地吆喝着，所有的人都纷纷让道。大毛屈辱地被我死死地拽着，跟着我转弯抹角地跑进了地下室。在地下室营业的还是往日的那位老营业员。老头对我已经面熟。我赶紧把大致情况告诉了他。他的眉头立刻皱了起来，说：不好！老营业员让大毛赶紧睡进书架下面的书柜里去。

大毛斩钉截铁地说：不！我就站在这里等他们！

我低声吼叫道：大毛！

大毛就是不听，昂首挺立，一副视死如归的样子。我的眼泪急得流下来了。

老营业员见此情形，他就端了自己的茶杯出去了。老营业员把地下室的门带上并且挂上了锁。他自己则坐在外面喝茶。男人一伙到底还是寻过来了。他们大声地问道：老师傅，看见一男一女两个大学生模样的人了吗？

老营业员就和战争电影里面的革命群众一样机智，他说：看见了，你们上楼的时候，他们早就跑出去了。

危险过去了。我坐在地下室的旧书报上好半天站不起来。一味地只知道对老营业员感激涕零。大毛突然挥起一拳砸在一只旧木箱上。木箱上的一颗生锈的钉子刺进了大毛的手。大毛的血顺着铁钉往下滴，大毛一咬牙将铁钉拔了出来。我怕大毛感染破伤风杆菌，连忙把他带到医院注射了破伤风疫苗。然后就找来黄凯旋，设法将大毛送上了北去的列车。

大毛在月台上举着他受伤的拳头，对我大叫道：冷志超，他妈的这种鬼地方，又不是你的故乡，你打算待多久！

月台上的人都纷纷看我。我没有说话。我只是体谅地朝他送去了微笑。心有余悸的我此时只有一个愿望：祝他一路平安地回到北京。

七

我们毕业分配的结果终于公布了，我被留在了武汉市。我的朋友们为我高兴得又唱又跳，我请他们去悦宾餐厅吃了湘味牛肉米粉和豆皮。消息传到大毛那里，据说他的态度比较淡漠。大毛的淡漠我理解，我遗憾的是他理解不了我的由衷喜悦。我，就是我，我的母亲是固定不变的，我的父亲也是固定不变的，我出生的那个日子也是固定不变的，我遭遇的一切也都被固定在了时间与环境的经纬线上。我是末代的颓废的知青，是最后的不受重用的工农兵大学生。无论我们怎样地努力学习，我们还是被分配到了边远的城镇和山区。为了象征性地显示公平，武汉市只挑选了五名学生。我是这五名学生中的一个。这是不容易的事情！我心里非常清楚，这就是我医学院毕业之后全部的最好的结果。在中国的大城市中，武汉市也许不是一个最理想的地方。但是我又能怎么样？

在那个年代，一个人一旦分配了工作单位，基本就是尘埃落定了。我感恩戴德地穿上了白大褂。我把自己简单的行李从学校的学生宿舍拎到了某医院的单身宿舍。然后去理发店剪掉了辫子，以比较老成的模样出现在门诊的诊断室里，期待着第一个病人毫不犹豫地坐到我的面前。

当第一个病人果真朝我走来的时候，我的心竟然加剧了跳动，结果在这个病人之后便是无数的病人。我的心早已平静如水，再忍不受任何干扰。而十几年的岁月居然就这么悄然地过去了。

大毛于一九八五年结婚，大约一年多之后离婚。离婚后只身南下，先后在广州、深圳、珠海、东莞、海南等地待过，混乱地从事改革开放时期的各种热门职业。其间第二次结婚。大毛的第二次婚姻生有一子，其子被送回长春由他的父母抚养。九十年代的后半期，大毛经常跑国外，在走遍了发达国家以后，选中了欧洲的德国。经过不屈不挠的努力，大毛取得了德国的长期居留证。我在德国读博三年，我知道那是全世界最有规矩最秩序井然的地方，是上帝的偏宠。大毛居住在了适合人类安心居住的地方，钱对大毛来说好像也不再是问题。黄凯旋非常佩服和羡慕大毛，他一再地对我大发感慨，说：大毛成功了！黄凯旋在遭受雷击的前几天还带一个熟人来找我看病，那是他最后一次对我说：大毛真是了不起，人家那才叫活了一次！

我做了医生之后，有机会到处出差了。我参加学术交流会，参加会诊，短期进修，购买医疗器械，等等。有一次我去北京听一个学术报告，意外地在王府井书店与大毛相遇。我们在书店说了好久的话还兴犹未尽，就相约第二天去逛琉璃厂。

我们在书店相遇的时候，大毛刚刚买好一大摞书，他正处在选购书的亢奋之中。我们见面就交换了彼此购买的书翻看。我买的基本上是医学方面的书和文学名著，大毛买的是《看不见的手——微观经济学》《大趋势——改变我们生活的十个新方向》等在社会上激起了热潮的社科类书。大毛的语言表达能力本来就比较强，在北京的几年，显然进步飞快。他把一条腿交叉搁在另一条腿上，肩膀靠着书架，旁若无人地、十分煽情地对我说：新的时代已经到来！中国正处于新旧交替的夹缝时期，经济体制的改革是必然的，社会结构的调整是必然而且无情的。也就是说体现个人价值的时候到了。

他引用并且活用了马克思的一句名言，他说：思想的闪电一旦真正射入这块没有触动过的人民园地，中国人（德国人）就会解放成为人！

听了大毛的话，我也很激动，便也去购买了他手里所有的书。

可是第二天在琉璃厂我们却又是不欢而散。那是在逛一家工艺品商店的时候，我被一种镂空的真丝绣花手绢迷住了，我对售货员说我要买三条。大毛抢着要付钱。我不让他付。

大毛坚持要付，他说：我应该买的。我早就应该给你一些礼物，但是我不知道你喜欢什么。

我觉得真要送人礼物还一定要去管人家喜欢什么吗？这种小心眼在我脑子里只是一闪而过。我主要是觉得这三条手绢很贵，一共一百多块钱，我们那时候的月工资才是八十多块。我怎么能让大毛为我一时的心血来潮付出将近两个月的工资呢？我说：你这个人真烦人。你又不是钱多得没有地方花。和我一样都是拿工资吃饭，何必与我讲这个客气呢？

售货员在一旁等着，低垂着眼睛偷偷地笑。大毛听了我的话，甩手就走了。他气冲冲地快步走着，径直到了公共汽车站。这时恰好来了一辆公共汽车，他居然就上车了。

大毛把我一个人扔在了商店里。我咬着颤抖的嘴唇不敢说话，生怕自己当着售货员的面哭出声来。幸而售货员是一个善解人意的姑娘，她劝慰我说：咱北方男人就是这样，特大老爷们。你呢，刚才也是太不给他面子了。现在时代不一样了。如今北京的男人你说他别的没有都可以，要说他没有钱，他就跟你急。

北京的售货员给我上了一课。我明白了自己的错误，垂头丧气地自己回去了。回到武汉还不到一个月，黄凯旋就告诉我说大毛结婚了。

大毛的婚姻总是给我一种虚假感和飘浮感。而我的感受自然是来源于大毛。在他结婚的前夕，他和我在王府井书店里谈了许久的话，却一句也没有谈到他的女朋友和婚姻。我相信，一般来说，那个时候他应该与女朋友交往很深了并正处在结婚的筹备过程中。后来，大毛也没有把他的婚姻当作一件比较重要的事情告诉我。好像是在一次有很多同学聚会的场合下，他与大家开玩笑顺口说了一声"我老婆"什么的。说这个词的时候他的眼睛找到了我，这就算通知我了。我结婚的时候，黄凯旋他们来祝贺，从黄凯旋口里我才知道大毛正在打离婚。几年后我在珠海见到大毛，我们几个武汉老乡在一个渔村吃海鲜的时候，我这才知道他已经第二次结婚。大家都说大毛的老婆非常年轻漂亮。当时他的老婆回他的家乡长春生孩子去了。又过了几年，大毛在德国轻描淡写地回答说，他的老婆在美国念书。如果把大毛比作长江上的一艘船，他的婚姻就好比船尾的一条鱼，他们同在一条生活的河流里，那条鱼却总是游动在他的身体之外。我没有真实地看见过大毛的任何一个妻子，也没有真实地走进过他那种婚姻意义上的家庭。我没有再见到过对自己的婚姻这么心不在焉的男人了。可是黄凯旋认定只有大毛才不枉活了一次。我把黄凯旋的评价转告过大毛，大毛说：他知道什么！

有一次，我去深圳参加一个进口医疗器械观摩会，黄凯旋背着我把我的行程告诉了大毛。我在机场的出口处意外地收到了大毛迎接我的大大的一束鲜花。这是我人生的第一束美丽鲜花。中国女人过去是没有人送鲜花的。因此我相信改革开放之后的中国女人都容易被鲜花打倒。反正我被打倒了。这意外之喜让我高兴得头昏目眩，也足够让我在短短几天里做一个懂事的乖女孩，一会儿被大毛带到拙劣虚假的民俗文化村去游览，一会儿又被带到天安大厦的顶楼滑冰场去滑冰。在这个过程中，大毛有机会充分地不露山水地表现他的经济实力。我跟跟跄跄滑冰的时候，他坐在冰场旁边的咖啡厅里悠然地喝咖啡，就那么看着我。我从他的神态里抓住了他报复后的满足，也许是他自己都还没有意识到的。他的神态分明在告诉我，告诉所有人，告诉这个世界，他不再是那个硬着头皮要给女同学买真丝手绢的大毛了！我没有戳穿他，当然。

大毛脸上罩一只宽大的变色眼镜，穿着梦特娇T恤，戴着浪琴手表，在宽敞平坦的镶着绿化带的深南大道上开着矫健的奔驰小轿车。大毛彻底地脱胎换骨了。阔气又潇洒了。不再是我二十岁遇到的那个把草绳系在腰间取暖的大毛了。

崭新的现代化城市童话一般地在我们眼前掠过，是大毛这种派头的人最好的人生背景。

大毛说：多棒啊！你难道不动心吗？

我说：动心啊。

大毛说：那就来吧。每天都有成千上万的人拥进深圳啊。

我无声地笑了，我缓缓地摇了摇头。

大毛说：担心什么呢？有我啊。我可以把你的户口弄来的。你在深圳每个月至少可以有三千块钱的收入，是你现在的多少倍啊！而且这里是海洋性气候，四季如春啊。

我当然还是没有去深圳。

后来，大毛很是无奈地说：我怎么才能说服你呢？

八

在珠海的聚会是柳思思发起的。柳思思嫁给了一个在珠海投资的港商，很阔气地住在深圳蛇口的小洋楼里。柳思思的老公投资的是一家制药公司，这家公司为了打开在内地的销售，请了我们十几家医院的有关人员商议做临床对照的事情。柳思思这一下就不放过我了。她抓住了一切机会尽情展示她的幸福生活和对旧日同窗的友爱。柳思思本来就是一个火热的女孩子，突然的富裕使她更加火热。柳思思掏钱组织了在珠海的武汉老乡的聚会，大家都坐上日本面包车，到海边的小渔村去吃最新鲜的海鲜。大毛出现在这个聚会上。据说他在珠海搞修建珠海机场的工程。我听了这话就犯晕，修建机场是一件多么浩大的工程，我不知道大毛能够在这里面搞什么。因为自从改革开放以来，但凡在南边做了几天事情的人说话都是这样，口气都大得无边而且内容都大而化之。我也就没有迂腐地追问大毛怎么在搞珠海机场。

那天来的都是武汉老乡，柳思思又是同班同学，大家彼此一点没有陌生感。无论是谁，统统都被笼罩在了柳思思制造的热烈而随意的气氛中。我和大毛在这样的气氛中相互笑了一笑，握了一个简单的手，就被大家拉去唱卡拉OK。好像我们中间根本就没有隔着几年的时光。

海鲜上来了。虾、蟹和贝类都在活蹦乱跳，海水的盐腥气在餐桌上弥漫。这的确是在城市的大酒楼里吃不到的新鲜，也是没有钱和没有车的人所享受不到的感觉。大家都积极地吃了起来：

律都喝了白酒。柳思思无比殷勤地劝说大家喝白酒，说海鲜是大凉的食物，不让白酒烧一烧就会坏肚子。十几个人大吃大喝，互相敬酒，碰杯，你和他说话，他又和他说话，嗓门需要一个高出一个。所有的话题几乎都被腰斩，所有的问题都是答非所问，语言的碎片在袅袅的酒气当中被大家掷过来踢过去。从这些碎片中，我仅仅知道大毛有了第二次婚姻。大毛的老婆非常年轻漂亮。还有大毛和柳思思的关系。似乎他们是情人，似乎又不是。柳思思倒是一个劲地替大毛剥基围虾。她把剥好的虾仁送进大毛的碟子里的时候，眼风十分的柔情。大毛却毫不在意地一再地把虾仁给旁人分享。后来大毛喝醉了。他突然地站了起来，自豪地对大家说：看，我会走路！你们谁会？

在回去的车上，大毛一直躺在后排。大家以为他在睡觉，可是当我们议论珠海这个城市如何如何好，气候如何如何好，如何静谧，如何小巧，如何适合居住和养老的时候，大毛伸过手来攥住了我的胳膊，用醉鬼那种没轻没重的语气说：你的性格适合珠海啊，你怎么不来珠海！武汉究竟有什么好？我就是想不通武汉究竟有什么好，值得你牺牲一切待下去！你是不是有病啊？正常的人谁不知道人往高处走，水往低处流啊！

柳思思问：大毛你瞎说冷志超，她牺牲了什么？

男人们解围说：大毛今天喝多了。

大家就又谈起别的来了。主要谈怎么挣大钱的问题。车内BP机此起彼伏地响，包括大毛的。大家都捂着嘴巴用手机回电话，也包括大毛。到了城里某个停车场，大毛说有急事。他急急地下了面包车，开上他自己的小车处理他的急事去了。这一次的大毛黑瘦了许多，显得慌慌张张，忙忙碌碌。

在从珠海回到武汉的途中，我思考了这么一个多年没有思考的问题。我为什么待在武汉？

我想起了我二十岁的那一年，那个油凌的天气，我从汉沙公路上进入了武汉。我的脚被大毛揣在怀里。这情形就是发生在湖北，在武汉。我在武汉读了医学院。我的人生初次地被别人尊重和赏识，我一动不敢动，生怕挪了一个地方，那良好的感觉就破损了。我在妇产科实习接生的第一个女孩子，名叫肖依，她体质不太强壮，时常来看病。她很羞怯，无论如何都要等着我给她看病。一年又一年，我看着她长大。现在肖依弹得一手好钢琴，只要为我弹奏，她就可以发挥得超常。所以在她参加比赛的时候，她的父母是一定要请我到场的。我和肖依的父母成了好朋友。肖依的父亲是华中农学院的副教授，研究无根栽培西红柿。有时候我们一起去华农看各种植物，在南湖边散步，或者看书。我和他们在一起，任何时候都没有不安的感觉。与人相处，没有不安的感觉是多么难得啊！这样的朋友在武汉，我还有一两个。我深知自己是一个不那么容易与周边融合的人，一般说来，别人进入不了我，我也没有进入他人的愿望。该死的，可恶的是我对一般人没有愿望！我是挑剔的，只不过装出不挑剔的样子罢了。在武汉这个七百万人口的大城市里，我生活了这么多年，才慢慢地挑选出自己的两三个好朋友。我不知道如果我换了一个地方，我是否能够从头再来，我是否有足够的时间和心情来遇上我的好朋友。

我不是一个人在武汉。事情没有那么简单。在我的周围，我还有一层层的基础。它们是我的工作，多年的出色工作，以及外界对我的信任和赞赏。那是我在某次会诊会上有力的发言。那是遇上紧急抢救的时候院长在广播里对我急切的呼叫。我们医院食堂的小朴总是偷偷地多给我碗里打一勺子菜。一到半个小时，浴室的老王就要恶狠狠地驱赶所有的人出去以便下一批人进来洗澡，对我却永远网开一面。我治疗过的许多病人，他们经常在大街上认出我并感激地与我打招呼。在有香花的日子里，在我上班途中，总有熟人把最新鲜的白兰花、茉莉花和栀子花塞进我手包。还有黄凯旋这样的一群朋友，他们和我谈不了多少话，但是他们在困难的时候喜欢找你，你碰上了困难也可以找他。如果他正在吃饭，他放下饭碗就会跟你走。黄凯旋死了，在不该死去的壮年，在这样的一个城市里，实在让你不忍心轻易地弃他而去。一旦有朋友长眠在那块土地上，你对这块土地的感觉就是不一样了。我又多次地逛过江汉路，那里有我和大毛惊心动魄的遭遇。那遭遇后来演变成了笑谈。那笑谈点缀着我们平凡的生活。我也曾多次路过我绝望地等待长途电话的电信局。现在到处都是电话了，那电信局已变成提供回忆的往事。你的往事，就矗立在那里，你触手可及，时常引发你的许多感慨。我三十五岁的时候还在体育馆门口平地摔了一跤，引得旁人捧腹大笑。我的丈夫在这个城市里到处寻觅，发现了我并且死死地盯住了我，使我在这个城市里成了新娘，后来又成为肥胖的孕妇，再后来又恢复了体型，这个城市是我作为女人的见证。我把我的孩子安排在这个城市最美好的季节出生，我成功了。而在这一切的深处，我父亲骑着毛驴的脚步声在向我走近，永远地在走近，我很怕我离开了这里，他就找不到我了。

——大概就是这些吧，这就是我之所以为我的原因，就是我正常呼吸的基础，是我生存巢穴里毛茸茸的细草。起初我感觉不到它们，一切都是慢慢地生长起来的。因为我感觉不到它们，所以我无从诉说和描绘。即便是现在我在心里描绘出来了，它们被描绘得这么肤浅和不准确还是使我不能对人开口诉说出来。

我是一个没有说服力的人。经常被雄辩者说得频频点头。但是我坚信我的本能。我本能需要什么我就离不开什么，这不是道理可以说得清楚的。也不是恶劣的气候和恶劣的人文环境可以与之匹敌的。个体生命的需要在关键时刻可以战胜一切！我坚信。

况且，武汉的秋天多好啊！有明净而高远的蓝天，有润泽而清爽的空气，这空气里暗香浮动，是桂花甜蜜的香。尤其是在其他三个缺陷太多的季节的烘托下，它是多么令人新鲜、爽朗、开心和感恩啊！

广州、深圳、珠海虽然没有寒冷的冬天，可那终年的潮湿和闷热何时是了？海南的太阳也太毒一点了！北方没有水！黄河近年屡次断流。在北京和天津喝茶，茶叶再好茶也不香，是水不好。而长江的水是甜的，汉江的水也是甜的，所有湖泊河塘的水都是甜的。水就是城市的血液对不对？一个大城市，没有大江大河怎么行呢？城市再大，没有江河大，你往长江边一站，只要你愿意，你的心就可以一日千里。这也许就是千百年来的优秀诗人都在湖北的长江边写下了脍炙人口的诗篇的原因吧？

况且，武汉的蔬菜是多么香啊！相信我。我吃过了东西南北的蔬菜之后，才发现没有什么地方的蔬菜比得上武汉。是不是正因为寒冷，土地才有机会浓缩和积攒自己的哺育能力？是不是正因为湿润和火热，植物才能够进入最佳的生命状态？武昌洪山宝通寺附近的紫菜苔，在初春的时节，用切得薄亮如蜡纸的腊肉片，急火下锅，扒拉翻炒两下。那香啊，那就叫香！真正的人间美味是无可言表的，唯有你自己来亲口尝一尝。来吧！广东的苦瓜味道太淡，海南的空心菜味道太淡，北方的萝卜味道太淡，湖南四川的辣椒太辣，绍兴的臭豆腐太臭，来吃一吃武汉的蔬菜吧。吃了就知道了。

九

从珠海的聚会之后开始，我不定期地收到大毛的明信片。大毛知道我是不会写信的。我们也没有交换过电话号码。也不是故意不交换，就是没有交换过。电话这种在当代非常普及的通讯工具不知道为什么被我们完全忽略了。我医院的通信地址十几年如一日地没有变化。大毛的明信片从人类居住的这个辽阔地球的四面八方越过万水千山地朝着这固定的一点飞来,就像候鸟。一般来说,明信片的正面是当地典型的风景,背面是一句简单的问候。明信片来自云南、西藏、上海、新加坡、德国、泰国、美国,还有一张是非洲的喀麦隆。我很好奇大毛到喀麦隆干什么去了,可是他没有留下具体的通信地址,也没有在明信片上多写几句话。有一年的冬天,我收到了一张来自芬兰的明信片,画面上是芬兰的圣诞老人。据说圣诞老人诞生在芬兰。仔细一看,我才看出画面上正宗的圣诞老人原来是戴着白胡子和红色圣诞帽的大毛。根据明信片所指点的方位来看,大毛去的地方都是人们想去旅行的地方,都是好地方。我不知道他是去旅行还是去工作,可是无论他去干什么,我都毫不怀疑那是出于他生命的需要。

  我在德国读博的最后一年是一九九六年。学业结束,拿到了学位,购买了机票,收拾了行装。我提着行李来到了柏林。我要在柏林度过我在德国的最后两天。我要在柏林好好地逛一逛,彻底地休息两天。第一天,我在德国漫长的冬夜里睡到了上午九点半。十点,我下楼,在我下榻的饭店里,面对餐桌上的圣诞花和一小截红蜡烛吃了一顿早饭。对于德国的早餐使用带有布尔乔亚味道的"早点"这个词不太合适,尽管进餐的环境很布尔乔亚;用我们当知青时候在农村常说的"早饭"是最恰当的了。德国的早餐非常丰盛,德国人也吃得非常多,他们在低回的音乐声中用心地慢慢地吃着,用小竹筐拣来的满满一竹筐烤得焦黄香脆的小面包,在他们轻声细语的交谈中便令人惊奇地消失了。当然,更令人惊奇的是与面包一同消失的食物,它们是大量的黄油,奶酪，果酱，烤肉，火腿，麦片，鸡蛋，水果，生黄瓜片或者生西红柿片，咖啡，冰冻鲜果汁，等等。在这种环境的影响和鼓励下，我也尽量慢慢地吃，多多地吃，学着他们把面包剖面切开，在每一个剖面上一层层地涂上黄油，奶酪，果酱，再铺上烤肉和西红柿片。这样夸张的面包，我最多也就只能吃下一个，然后需要喝一壶咖啡，以消化那些黄油和奶酪，之后还需要喝上满满一玻璃杯冰凉的果汁，否则心里就会烧得慌。即便是这样，餐厅的那位头发花白衣冠楚楚的老侍者在为我开门的时候还是怜香惜玉地说：小姐，你吃得太少了一点，热量不够的。

我的热量足够了，在国内我经常不吃早餐或者就吃一点稀饭和馍馍，我也精力充沛。我这么耐心地从我的早餐说起，是因为这一天有奇迹要发生。而这个奇迹得以形成，就是由我的懒觉，由我漫长的早餐铺垫出来的。有时候，我们在不自觉的行为中发展着生活的细节，发展的当时觉得这些细节毫无意义乃至无聊，当最后的谜底突然在我们面前揭晓的时候，我们在激动之余是怎样地后怕呵！试想如果我们先头不是这样而是那样做了呢？那么你人生的遭遇就会完全不一样。

这一天，我是准备独自去看博物馆的。由于我睡了懒觉，由于我在环境的影响下吃得很多而且很慢，这样，我十点半钟就没有能够出现在博物馆，而是还待在餐厅，望着被洁白镂花的窗帘装饰得很漂亮的窗外。窗外并没有什么，是寥落的行人和远处的教堂尖顶。这样，我就接到了一个电话。大堂的侍者拿着移动电话来到餐厅，他一眼就看见了我放在餐桌右角的那枚硕大沉重的铜钥匙，铜钥匙上有一个清晰的房间号码。侍者就径直把电话送给了我，说：小姐，您的电话。电话是我的柏林的朋友苇高雅来的。苇高雅是一个地道的日耳曼女医生的中国名字。她从我的导师那儿知道了我在柏林的下榻饭店。她盛情地邀请我今天晚上去吃法国菜。如果我此时此刻已经在某博物馆了,我就接不到苇高雅的电话了。这一天我肯定是在外面吃过了晚餐才回来。中餐在德国是小事一桩,德国的早餐足以需要整个白天来消化,中午最多随便添加一个汉堡包就够了。可是我接到了苇高雅的电话。她的盛情不容我谢绝。这样,无论我去哪里游玩,我都得在晚上八点到达那个法国餐馆。那个法国餐馆的名字我想用中文写出来可是就是写不出来。其实不同语种之间不能翻译的语言是大部分。翻译都是再创作。

这样,我在晚上八点整准时到达了这家法国餐馆。苇高雅也正好到达,我们在法国餐馆的衣帽架旁边拥抱了一下。也许是因为在法国餐馆的原因,苇高雅入乡随俗地在拥抱我的时候亲了我的脸颊,还像法国人习惯的那样发出了响亮的"啧啧"声。我不行,我不好意思,我发不出声音来。不过我不尴尬,我认为这是一个民主的自由的国家,我不想发出什么声音就可以不发。这样,我们就在最近生意比较红火的法国餐馆坐下了。我点了一个鲑鱼。苇高雅点了一个羊排。苇高雅拿起餐桌上一只橡木做的、形状类似于我们中国过去纺锤的东西给我看,说这是法国家常菜的一大特点,要我猜猜这个东西是做什么用的,我猜了好几次也没有猜出来。我旁边一个好心的法国小伙子看见我总也猜不出,很同情我,他希望我容许他帮助我,我说:当然。法国小伙子在我面前旋转了"纺锤"的顶端,立刻就有被碾碎了的胡椒粉飘洒下来,使我猝不及防地打了一个极大的喷嚏。法国小伙子慌忙地向我道歉,我正要说没有关系,可出口的又是喷嚏。周围的人都大笑起来，我的笑声尤其失去了控制，嘹亮得近乎放肆。这种情况无论是在德国还是法国，发生在餐馆里显然是有一点惊世骇俗的。这惊世骇俗的笑声惊动了几乎在餐馆进餐的所有食客。在离我们的餐桌最遥远的一个角落里，有一个中国人站起来了，他朝我们这边张望着。这个人就是我好几年没有见到的、我的好友大毛。

世界这么大，欧洲的国家这么多，德国的城市也还有许多个，柏林的餐馆无计其数，人们都有自己的时间轨道，大毛有他的，我也有我的，我后天就要回国了，可是，我们就是遇上了！这是多么玄乎的概率！就像中大彩那么罕见。在这种概率降临的时刻，不由人不震惊，不由人不兴奋。我们都向对方奔过去，我绕过一张又一张餐桌，不时地撞在人家餐桌的拐角上，我口里干脆不间断地说着对不起对不起对不起。我们相会在法国餐馆那充满了艺术情调的酒柜前，法国酒保双手撑在柜台上，孩童般天真和期待的眼睛看着我们，用人类都能够会意的语言说：嘭——这是开香槟酒的声音，他在祝贺我们。我们在香槟酒的声音中稍微迟疑了一下，还是拥抱了。这是一个没有更多意义的入乡随俗的拥抱，仓促而短暂。在法国餐馆的环境里，在法国酒保的祝贺下，我们除了拥抱好像别无选择。

饭后，我们与各自的朋友告了别。然后我们就近去了路边的一家酒吧。这个时候的我已经比较能够喝德国啤酒了。我们在高脚凳上坐着，一口一口地喝着啤酒。玻璃窗外是德国冬天的毛毛细雨。雨丝在路灯下时隐时现，像个幽灵。酒吧的墙壁上到处是彩色颜料的涂鸦，和柏林大街上被年轻人乱画的墙壁一样。我不知道酒吧的墙壁上是年轻人乱画的还是艺术家认真画的。我和大毛在酒吧聊到凌晨一点多钟的时候，我犯困了。我的头就像被人打了一闷棍，立刻就昏头涨脑，语无伦次起来。大毛将我送回了饭店。我用钥匙打开饭店的门，自己摇晃着走了进去。

由于大量的啤酒，我和大毛在酒吧里的谈话随着谈话的发生而消失着，就像春天里的雪花，根本不等落到地面就融化了。现在还留在我记忆中的只有那幽灵般的雨丝，酒吧墙壁上的涂鸦和挂在酒吧门口的酒幌子。最后我向酒吧招手道再见的时候，唯有它在给我回应。

第二天，这是我在德国的最后一天了。上午十点，我被大毛的电话唤醒。他已经来到我的饭店了，坐在大堂里看当天的报纸。我还是坚持吃了饭店提供的免费早餐。之后，我坐上大毛的小车。我们去看了残存的一段柏林墙，然后沿着菩提树下大街散了一个多小时步。因为这一天是周末，街上所有的商店都遵循德国的法律规定而关门歇业。我们就回到了大毛的住处。大毛的住处也就是他们公司的所在地。他们公司租用的是一幢十九世纪的老房子，据说曾一度是某位丹麦王子在柏林的别墅。公司的几个德国人都休息度周末去了。大门紧闭，花园树丛参差，杂草繁密。从外表看，这幢楼房已经是风烛残年了。大毛用遥控器打开了车库的卷闸门，我们直接从车库进到了房子里头。我发现我首先进入的是厨房。厨房的明亮、洁净和现代化使我顿时对这古老的旧屋产生了相当的好感。当然，对于这个世界来说，我永远是幼稚的，更精彩的东西总是在后面。大毛带着我参观了这幢豪宅的每一个角落。地下室里居然有一个巨大的游泳池和整套桑拿设备，还有豪华的更衣室，精致的化妆间和舒适的休息室。地下室里还有一个房间装的全部是机器设备，那儿有一只圆形的表盘。

大毛说：很简单，如果你想要哪个房间是多少温度，你就扭动一下指针。

我没有去扭动那根指针，我相信德国人会将机器制造得无比精密。外面飘起了雪花，我穿着一件牛仔衬衣，赤着脚走在温暖的地板上。一种制暖的热油通过地板底下纵横交错的管道网络，将整幢楼房均衡地温暖着。纯粹是出于情调的需要，也是出于不忍心拂逆过去的老房东的善意，我们还是点燃了客厅的壁炉。老房东在出租这幢房子的时候，他特意劈了一垛木柴，整整齐齐地码在院子里，大毛说这垛木柴至少可以烧两个冬天。我听了这话就毅然地跑出去抱了几根木柴进来，在壁炉里生着了火。这是我人生的第一次，在零下摄氏十五度的冬天里，穿得轻松单薄，光着脚丫子，坐在火苗熊熊的壁炉前。鲜花在窗台上盛开。餐桌上有一大盘肥硕的水果，德国最好的莫芝尔河的白葡萄酒在玻璃杯里泛着浅琥珀色的柔光。客厅的一面墙壁是整面的落地玻璃，反映在玻璃墙壁上的，是户外自由的绿树和青草，是石阶侧面默默无语的青苔，是被穿着大衣的老人牵在手里的可爱的狗。这一切都使我根深蒂固的冻疮从骨子里很难受地痒痒了起来。这是那种挠不到的痒痒，比疼痛还难受。

如果说我没有被这幢豪宅所震动，那是假的；如果说我没有感到我的生活与这种生活的天渊之别，那是假的；如果说我没有因为这种天渊之别而产生深深的悲哀，那也是假的；可如果说我愿意在这幢房子里永远地待下去，那肯定也是假的。

后来，大毛对我说：留下来吧！

我肯定地回答了他：不。

大毛企图说服我。他说：德国是上帝给人类的恩赐。我们要懂得领会上帝的意思。你也知道很多中国人为了留在德国不惜一切代价。

我说：我知道。

我说：我还知道你和隔壁左右的邻居是不可能来往的。我还知道你从北京带来的大葱藏在阳台的盆花底下，黄酱藏在你卧室的抽屉里。

大毛不吭声了。过了一会儿，大毛说：一个人为了自己的理想，总得要忍受一些不如意的东西。

我说：是的，我选择忍受武汉的冬天和夏天。

大毛说：你成熟多了，但你也变得尖刻多了。

那天，我们一起做了两道中国菜。京酱肉丝和粉条熬大白菜。粉条是从北京辗转带来的。大白菜很不理想，就在土耳其人开的蔬菜店购买的。据说这个品种的大白菜，在德国的名字还就是叫作北京大白菜。

我飞上了天空。开始了十几个小时的飞翔。我将如期地回到我的国家和我所在的城市。大毛在送我到机场的途中恢复了他的自信。

大毛笑着说：你一回去就会发现你非常不适应了。

大毛说：冷志超同志啊，你还是幼稚的，你还是年轻了一点儿，见识还是少了一点儿，回去再好好想一想吧。

我说：我肯定会怀念在德国的生活的，我也肯定会怀念这幢别墅的，特别是游泳池和壁炉。

我怎么能够不向往和怀念美好的舒适的生活呢？尽管我知道自己不是太聪明，但我还不至于那么傻。

这一次，大毛主动给了我一张他的名片，上面有他在德国的电话和地址。大毛对我的教导冲淡了分手的感伤，仅仅为了这个，我也要从心里感谢大毛的教导。是他使我比较轻松愉快地在一九九六年的岁末步入了专门为我提供离别的柏林机场。

十

今年的春天，说是由于厄尔尼诺的影响，武汉本来就潮湿的春天出现了更加不可思议的潮湿。整栋的楼房，家里的家具都挂满了细碎的雾珠，脚步的轻微走动，就会使脆弱的雾珠惆怅地流了下来。在这样的春天里，人需要非常强健的精神系统才能使自己不被烦闷和颓丧所感染。我们的呼吸每天都是这样地困难。对一场淋漓尽致的大雨的期盼和对灿烂阳光的期盼成了我们对生活的全部期盼。医院里哮喘和肺气肿病人的死亡率急剧地上升。

中午，下班的时间到了。我正要收拾听诊器、处方签什么的，一个病人坐到我的面前说：大夫，我是慕名而来的，请给我看看病吧。

这是大毛！

大毛的话音刚落，我情不自禁地给了他一拳。我的举动把别的大夫吓坏了，以为我的精神在武汉的春天里受潮了，出手殴打起病人来了。

大毛的到来使我多么快乐啊，尤其是在这种天气里，尤其是在我们现在的这个年纪。一个老友突然出现在你的面前，这种情形也许在世界上重复了无数次。但是，在现在的中国，在我们这种四十岁左右的人里面，并且是深深地陷落在俗世的忙碌和纠缠于名利之中的中年人，并且那陷落和纠缠的范围已经突破了国界。这样的人一般都不再有精力和心力去延续没有实际用途的往日友谊。那需要有多大的力量和勇气才能从自己的生活规律中突围啊。要知道，中国的此时此刻的成年人，正处在最不容易突破自己的历史时刻。而大毛却突破了他自己，他就这么丢开一切来武汉看望老同学了。

我当机立断地向科室里请了假，然后邀请大毛住到我的家里去。大毛愉快地接受了邀请，他说：好啊，一直都还没有看看你的家呢。

我们三口之家居住在市内，是不太宽敞的两居室，以便我们上班和孩子上学。但我从来没有想过要把大毛请到那里去，因为我们在市郊还有一栋小楼房，那是我们周末或者想开心的时候来居住的。我在花园的一角种了一些蔬菜。我们家里的人称它为"我们的农舍"。

我开着我那辆普通的小车，把大毛带向我们的农舍。当我的车离开了市区，踏上了宽阔的国道的时候，大毛突然感觉出了这地方。他说：这就是那一年，我们从洪湖进入武汉市的公路吧？

对，就是那条国道。现在它拓宽了，质量也提高了，是一级公路了。公路两旁是几米宽的绿化带。潮湿的气候使人们感到难受，植物却因此而青翠欲滴、格外舒展。我们的农舍就在这附近。我坐在我家的花园里，可以遥遥看见进出武汉市的车辆。我那二十岁的往事便不可能走远，它总是伴随在我的身边。车一拐弯，进入了天水湖山庄。山庄的保安已经认识我的车，没有要求我出示证件。我流畅地把车一直开到我们自己家的车库里。

大毛吃惊地说：这是别墅啊！

我提醒他说：可我家的房子很小，花园里种了蔬菜，严格地说是农舍。

大毛站在我家的花园里四处打量，他说：行啊！你行啊！又是私车又是郊外别墅，你很前卫啊！

我不想因为我的反驳而冒犯我远道而来的朋友。我的车和小楼房都是最简单和最普通的，我的唯一目的就是为了回归农舍。我常常赤脚坐在园子里看书，让那凉丝丝的地气沁入我的脚板，沁入我的身体，就和我当年做知青的时候一样，和我父亲小时候一样，和我爷爷终生一样。我的根毕竟是农民啊。我一直不愿意公开我们的小楼不是因为别的什么，就是因为害怕人们会用一个通俗的观点去归纳你。什么别墅啊，前卫啊，这种归纳似是而非地让你很不舒服。但社会上已经形成了许多语言事实，你个人只能望洋兴叹，一跺脚由他们说去罢了，只是被人们议论着、评价着、归纳着的那个人不再是你。冷瞅着一个不是你自己的人被当作你在社会上活动着，那怎么不是一种奇怪的痛苦呢！当然，我们山庄里更多的是大宅豪屋，可以称得上别墅。这些别墅终日关着大门，只有夜晚才有豪华的小车悄悄地进出。在大门打开的时候，流泻在门廊上的光线里，常常有一个俏丽的妙龄女郎闪身进入。或者是一个外貌猥琐穿着却很有质量的男人，他习惯停在台阶上咳嗽一声，把痰吐在自己家的花园里。这些别墅的房东一般都是不愿意公开身份和姓名的。他们和我保密的动机不一样。中国的经济体制改革也就是这十几年的工夫，千万富翁、亿万富翁的钱是怎么赚来的？大概都是不便说得那么清楚的。总之，现在中国的豪华别墅总不是那么磊落和顺眼，多多少少都散发着暴发的味道。我们是不应该和这样一些别墅主人住在一个山庄的，但是由于我们也需要现代化的物业管理，我们目前没有别的选择。

我前卫吗？也许我是愚蠢。我想可能不会有人像我这么没有头脑，倾其所有地在郊区购置一栋农舍，为的是回到原初的单纯生活。也许还为了将城里放不了的四季衣物往这里放下一部分。在炎热的苦夏，躲开大街的喧嚣和汽车的尾气还有无数邻居做菜时候的油烟，龟缩到这里，坐在我的阴凉的廊下，双足插入泥土之中，这就是我生命的挣扎。为了生命的挣扎，我会不惜代价。为了静静聆听湖水的细细吟唱，我也会不惜代价。

我和大毛坐在我的花园里，喝着清茶，吃着点心。装点心的瓷碟是我曾祖母出嫁时候的陪嫁。有青花的，也有粉彩的，都比较粗糙，一望而知是普通民窑烧出来的，朴素又温和，与我家花园里种的茄子和小葱，与篱笆上缠绕的牵牛花和金银花同在，它们相处得非常和谐。我家楼房里头简单得近乎清贫，但是日常所用的东西都很称手。一般中国人认为这就是别墅。我可是住过丹麦王子在柏林的别墅的，我清楚地知道这就是农舍。

大毛有一点控制不住他的万千感慨。他说：怎么可以想象十几年前的那一天，我们从这条公路上走过呢！那天，你的脚就跟冰疙瘩一样。

我说：是啊！你穿着一件军大衣，里面的棉袄还扎着草绳。

大毛说：我操，湖北这气候。你在武汉坚持到了今天，真是不容易啊！

我真不知道说什么才好。我一再地希望可一再地说不出我在心中描绘过的若干理由。我唯有微笑着喝茶而已。

我的丈夫回来了。他们两个男人的握手是结结实实的。然后他们坐在花园里继续聊天。我抽身去做饭，在他们近旁忙碌，耳朵里捡到他们的只言片语。我在园子里摘茄子。男人们抽着烟谈论时事和即将在法国开赛的世界杯足球赛。我听见我丈夫把巴西球星罗纳尔多也说成了罗纳尔兔。这是我的叫法,我觉得罗纳尔多很像一只可爱的兔子。大毛一边说话一边在桌面上无意识地旋转一颗图钉,这使我想起了他在医学院课堂上的表现。春天的薄雾浸润着我们的花园,尽管没有明亮的光线,我还是看见了大毛的白头发。我看见了,在他的耳侧和鬓角。大毛依然年轻健壮,身体板直,没有发福的迹象,可白头发有了。无论如何,生命的年龄总是被现在的我一再地想起。我再也不像二十岁那样,对年龄毫无感知。白头发对于我来说,它是一种郑重的提醒。

饭后,我和大毛去散步。我们沿着天水湖走着。天水湖是一个活水湖,它与汉江相通,水面辽阔得像大海。成群的黑色蜻蜓在湖面上盘旋,不时地惊起试图歇在小荷上的水鸟。远处的农家传来了隐约的鸡鸣和犬吠。远近一片迷蒙。我觉得这一切都美好极了,大毛却并没有太在意眼前的景色。他好像在别的情景之中。我们谈起了彼此的家庭。大毛依然是那么含糊而简单地说:他们都好。

我说:柳思思呢?

大毛说:可能还在珠海吧,要么去了香港。你以为我喜欢她那样的女人吗?

我不出声了。我为大毛对柳思思的语气感到愤愤不平。男人有时候是多么不可思议啊。难道柳思思对大毛还不够倾心,还不够好吗?男人到底需要什么?我得承认,大毛对柳思思的态度一直在刺痛我。从前的刺痛有尴尬和嫉妒的成分,现在却分明有着物伤同类的酸楚和作为女人对男人的不解。对柳思思则只有怜悯了。这种情感的转变是什么时候发生和完成的,我自己一点都不知道。

你好吗？大毛问了之后很快又否定了自己的问题，接着说：看得出来你很好。比我要好。

我说：你怎么不好呢？

大毛说：我怎么又好呢？

大毛扭转了话题，说：看来你是不会出国居住的了。

大毛又说：我最近在美国买了一栋房子。

我恭喜了他。不管怎么说，一个中国人在美国买了房子总归是一件好事。

大毛毫无把握地说：那房子你可以随时去住。你先头摘茄子的样子使我产生了幻觉，觉得完全是在我的园子里发生的情景。

我说：谢谢。

大毛认真得有一点严厉地说：你为什么不跟我走？始终？这是我一生中最不理解和最不敢相信的事情！

这是我最无法回答大毛的问题。也许一生一世都无法回答。因为我不知道，我说不清楚。

我慌不择路地把话题转移到了最近在武汉火热上映的美国大片上来，我问：美国人也看《泰坦尼克号》吗？

最初大毛好像听不懂似的睃了我一眼。俄而，他明白了。他停下来，点了一支香烟，吸了一口，问我：你刚才说什么？

我说：美国人看《泰坦尼克号》吗？

大毛没有表情地说：也是看疯了。

我追问：你看了吗？

大毛说：我？我当然没有。这么多人都看、都说好的东西想必就不是什么好东西，一个通俗故事而已。这是我对一个采访我的记者说过的话，报纸上已经登出来了。

我说：大毛，我觉得你可以不喜欢《泰坦尼克号》，不去看它，这很正常。如果你就这么平静地如实地告诉记者说我不想看它，那就真的是正常。但是你为什么要对记者下断言说它不是好东西呢？你没有看你就说它不是好东西的根据何在呢？因为大众都说好，那个东西就一定通俗不堪，对吗？你以为你是谁呢？你不是大家，对吗？你是极少数的精英，对吗？你要发出和大家不一样的声音，以便引起大家注意，不是吗？其实这不就正好说明，你毫无事实依据地否定某个东西的心理基础纯粹是出于最世俗的动机吗？

大毛看着我，有点发愣。

我也愣了。大毛是难得的稀客啊，我这是在干什么呢？我如此激烈地批评大毛是为什么呢？我是在报复和打击他！我有一点儿明白了。看大毛的样子，他也有一点儿明白。但是为了什么要打击和报复呢？这就又不明确了。为着柳思思抑或为着女人这个性别？为着某种一直盼望却又不希望发生的冒犯？为着突然撕裂了我们之间保存完好的某种默契？为着他生气勃勃大大咧咧地所做的一切所说的一切？为着我们骨肉般地相同和仇敌般的不同？

我几乎要哭。我说：对不起，大毛。

大毛摸了摸我的肩头，说：没事。

稍停，大毛平静地说：我们回去吧，湖边的水汽太重了。我始终还是受不了武汉的气候。

这一次的谈话是我和大毛相识以来最尖锐也是最失败的一次谈话。我们都感到了流血和疼痛。比流血和疼痛更使我们难受的是彼此话不对茬。

回到房子里以后，大毛活跃多了。他和我丈夫开着男人之间粗鲁而健康的玩笑。他们爬到阁楼上去翻看多年以前的旧报纸。直到我大声地叫他们下来吃饭。这时我认识到：有一定距离的、生疏的、萍水相逢的友谊是多么轻松愉快的、没有责任和负担的友谊啊。

黄昏来临之前，大毛要走了。原来我是打算了他要住两天的，我甚至已经将客房换上了新的卧具。散步回来以后，我猜测他不会住下来了，果然就是这样。在大毛豁朗的自由的姿态面前，我和我丈夫的挽留显得庸俗而多余。大毛又刮了胡子，洗了脸，西装穿得很有派。他和我丈夫紧紧地握了一个手，从我家的花园里走了出去。

我丈夫对我说：你去送送大毛。

我跟在大毛的身后送他，送到了花园的篱笆门边，我止步了。我穿着一件松垮的灯芯绒外套，手里端着一杯茶。我想说点什么，可说出来的话，从内容到语气都很像母亲给儿子的，我说：你要多多保重身体啊。

大毛说：知道的。你也一样。

我说：再见了。

大毛：我们会再见的。

我目送大毛走向来接他的小车，那小车是他用电话召唤来的。大毛无论在哪里都有神奇的能力，就像当年下油凌的那一天，一眨眼，他就借来了一辆自行车。大毛的脚步非常矫健，毫不拖泥带水，正是那种不倦地追逐更肥沃的土地，不倦地追逐更新更好更完善的脚步。这种脚步也带着浓厚的天生的痕迹。

大毛在上车之前回头望了望我。我把手微微地举起摇了摇。突然，我非常非常清晰地感觉到，十几年的岁月就在他和我之间倏忽地过去了！如旷野里灰色的野兔在奔跑。说简单也很简单，大毛一直想把我带到更好的地方去生活，而我竟然傻乎乎地在武汉一待就是十几年将近二十年！

雾霭越发深重起来。路灯跳了一下，亮了。空气中的水分几乎用肉眼可以看出来。它们渐渐地浸透了我的肌肤。我呼吸困难但通体滋润。武汉的水是甘甜的，这不能不承认。我在园子里久久坐着，好像等待着什么。不，我没有等待。我是在想我这个人为什么要这样？要像现在这样生活，而不是那样地生活？是不是由于我从小的经历就埋下了我这一生的伏笔呢？是不是我这个人注定了或者说是习惯了在忍受苦难中捕获那细小的微弱的幸福呢？或者说人生的幸福本来就细小和微弱，我是为了扩大它而在病态地自虐呢？为了看见食物那炫目的美好，我宁愿饥饿。为了永远的相聚，我宁愿一再地分离。我在用失去收获得到吗？我在用坎坷拒绝平淡吗？我在用缺陷逃避完满吗？是啊，在我这个年纪，我已经慢慢看见了自己，从透明的二十岁走了过来。对于这个姑娘，我有多么熟悉就有多么陌生，有多少喜欢就有多少讨厌。我一直试图对她解释清楚什么却永远也解释不清楚，其中包括对大毛深深的歉意和比歉意更深刻更复杂的那份感觉。

《当代》1998年第5期